高职高专机电类工学结合模式教材

CAD/CAM技术应用
——UG NX 5.0

孟爱英　范伟　主编

U0132884

清华大学出版社
北京

内 容 简 介

本教材以介绍 UG NX 5.0 的基本操作和命令为基础,着重实例讲解,用实例项目带动教学,做到简单明了,快捷高效,使学生在较短的学时里掌握 UG 软件的基本操作和产品设计的一般流程,从而对 CAD/CAM 技术有一个全面真实的了解与应用。同时兼顾知识的系统性,在内容编排上,仍按大家比较熟悉的方式,采用常见的提问解答方式逐步介绍 UG 环境界面与基本操作,再逐渐介绍曲线绘制与编辑,实体特征建构与编辑,曲面造型与编辑,装配、加工等内容,逐步深入。

本教材从培养学生掌握应用 CAD/CAM 技术与熟练操作 CAD/CAM 软件为出发点,以 UG 软件为平台,将 CAD/CAM 的理论与技术应用紧密结合起来,形成了新的教学内容体系,注重学生掌握从草图绘制、曲线曲面造型、零件造型、装配到工程图以及自动编制数控机床加工程序的应用技能,以达到培养 CAD/CAM 技术工程应用能力的目的。

本书可作为高职高专的数控、模具、计算机辅助设计等专业教材,也可供从事产品开发设计工作的相关人员参考。

图书在版编目(CIP)数据

CAD/CAM 技术应用——UG NX 5.0 / 孟爱英等主编 . —北京:清华大学出版社,2009.6
高职高专机电类工学结合模式教材
ISBN 978-7-302-19851-2

Ⅰ. C… Ⅱ. 孟… Ⅲ. 计算机辅助设计-应用软件,UG NX 5.0-高等学校:技术学校-教材 Ⅳ. TP391.72

中国版本图书馆 CIP 数据核字(2009)第 047709 号

责任编辑:贺志洪
责任校对:李　梅
责任印制:孟凡玉

出版发行:清华大学出版社　　　　　　　　　　地　　　址:北京清华大学学研大厦 A 座
　　　　　http://www.tup.com.cn　　　　　　　邮　　　编:100084
　　　　　社　总　机:010-62770175　　　　　　邮　　　购:010-62786544
　　　　　投稿与读者服务:010-62776969,c-service@tup.tsinghua.edu.cn
　　　　　质　量　反　馈:010-62772015,zhiliang@tup.tsinghua.edu.cn
印　刷　者:北京嘉实印刷有限公司
装　订　者:北京国马印刷厂
经　　销:全国新华书店
开　　本:185×260　　　印　　张:15.5　　　字　　数:238 千字
　　　　　(附光盘 1 张)
版　　次:2009 年 6 月第 1 版　　　　　　　　印　　次:2009 年 6 月第 1 次印刷
印　　数:1～4000
定　　价:29.00 元

中国正逐步成为世界制造业的中心,加工制造水平也越来越高。CAD/CAM 技术正逐渐成为机械制造必备的技术手段之一,同时也迎来了对该领域技术人才的巨大市场需求。目前,在高校毕业生普遍存在就业难的形势下,真正掌握 CAD/CAM 技术的大中专院校毕业生却供不应求。CAD/CAM 技术已成为机械行业从业人员和大专院校相关专业学生学习和培训的热点。

由于 CAD/CAM 技术发展十分迅速,各种软件层出不穷,版本更新越来越快,面对种类繁多的软件以及日益复杂的功能,初学者往往感到十分茫然,难以把握学习要领,进而影响学习效果和积极性。本书采用全新的图解教学法,着重培养读者的三维意识。图解教学法的核心是图解构图法教学,用"鲍丁解牛"的手法将一个难懂的三维模型分解成若干结构简单的部分,再依次分析每个结构简单的部分需要哪些方法、手段,将复杂的问题通过分析转变成若干简单的问题,再逐一解决符合学生学习心理的构图方法。让初学者快速掌握软件的核心功能,其目的是快速入门,并使学生快速掌握软件使用的基本技能,以满足相关专业的实际要求。

本书的目标是使初学者快速地掌握各种 CAD/CAM 技术的基础知识和基本技能。以介绍 UG NX 5.0 的基本操作和命令为基础,以实例讲解各种操作和命令,用实例项目带动教学,可使读者在较短时间内掌握 UG 软件的使用。本书可供高职高专院校机电一体化、计算机辅助设计与制造、模具设计与制造、数控加工技术等专业的教材,也可以为具有高中以上文化程度的工程技术人员自学 CAD/CAM 技术的入门教程,还可以用于 CAD/CAM 技术的普及与提高。本书由浙江工业职业技术学院孟爱英和范伟主编,参加编写的人员还有王卫东及叶海见。

编　者

2009 年 1 月

CHAPTER 1

基本环境及常用选项

1.1 UG NX 5.0 简介

UG 是集 CAD/CAM/CAE 为一体的三维参数化设计软件,是当今世界上最先进的计算机辅助设计、分析和制造软件之一,广泛应用于航空航天、通用机械、汽车、电子等领域。

1. UG NX 5.0 特点

UG 的如下特点使其在 CAD/CAM/CAE 软件中具有领先地位。

(1) 采用主模型结构,主模型是供 UG 各模块(如分析、工程图、装配、加工等)共同引用的部件模型。实施主模型的好处是在开发过程中对主模型的任何修改,相关模块会自动更新数据。

(2) CAD/CAM/CAE 三大系统紧密集成。用户在使用 UG 强大的实体造型、曲面造型、虚拟装配及创建工程图等功能时,可以使用 CAE 模块进行有限元分析、运动学分析和仿真模拟,以提高设计的可靠性;根据建立的三维模型由 CAM 模块还可以直接生成数控代码,用于产品加工。

(3) 复合的建模方式。采用复合的建模技术,将曲线的构建、实体的构建、几何模型的显示及参数化输出融为一体。

(4) 参数的关联输出。双击建模模型即可修改模型,形象直观,修改方便。

(5) 曲面设计以非均匀 B 样条为基础。可用多种方法生成复杂曲面,功能强大。

(6) 良好的二次开发环境。用户可用多种方式进行二次开发。

(7) 知识驱动自动化(KDA)。便于获取和重新使用知识。

2. UG NX 5.0 功能模块

UG 的整个系统由许多模块构成,涵盖了 CAD/CAM/CAE 各种技术,其中常用的几个模块介绍如下。

（1）基本环境模块（Gateway）。该模块是进入 UG 的入口，它仅提供一些最基本的操作，如新建文件、输入/输出不同格式的文件、层的控制、视图定义等，是其他模块的基础。

（2）建模模块（Modeling）。该模块提供了曲线、直线和圆弧、编辑曲线、成型特性、特征操作、编辑特征曲面、编辑曲面、自由曲面成型、形象化渲染等三维造型常用工具。曲线工具用来构建线框图；特征工具完全整合基于约束的特征建模和显示几何建模的特性，因此可以自由使用各种特征实体、线框架构等功能；曲面工具是架构在融合了实体建模及曲面建模技术基础上的超强设计工具，能设计出如工业造型设计产品般的复杂曲面外形。

（3）制图模块（Drafting）。该模块可使设计人员方便地获得与三维实体模型完全相关的二维工程图。3D 模型的任何改变会同步更新工程图，从而使二维工程图与 3D 模型完全一致，同时也减少了因 3D 模型改变更新二维工程图的时间。

（4）装配模块（Assembling）。该模块提供了并行的自顶而下或自底而上的产品开发方法，在装配过程中可以进行部件的设计、编辑、配对和定位，同时还可对硬干涉进行检查。在使用其他模块时，可以同时选择该模块。

（5）外观造型设计模块（Shape Studio）。协助工业设计师快速而准确地评估不同的设计方案，提高创造能力。

（6）结构分析模块（Structures）。该模块能将几何模型转换为有限元模型，可以进行线性静力、标准模态与稳态热传递及线性屈曲分析，同时还支持对装配部件，包括间隙单元的分析。分析的结果可用于评估各种设计方案，优化产品设计，提高产品质量。

（7）运动仿真模块（Motion Simulation）。该模块可对任何二维或三维机构进行运动学分析、动力分析和设计仿真，可以完成大量的装配分析，如干涉检查、轨迹包络等。交互的运动学模式允许用户可以同时控制 5 个运动副，可以分析反作用力，并用图表示各构件位移、速度、加速度的相互关系，同时反作用力可输出到有限元分析模块。

（8）注塑流动分析模块（MoldFlow Part Adviser）。使用该模块可以帮助模具设计人员确定注塑模的设计是否合理，可以检查出不合适的注塑模几何体并予以修正。

1.2　UG NX 5.0 绘图环境

本书以 Windows XP 系统下的 UG NX 5.0 版本为例，阐述 UG 的使用方法。通过对下列问题解答的方式让初学者了解使用 UG 操作的一般流程和基本方法。

1.2.1　定制 UG 工作环境

1. UG 工作界面简介

启动 UG 并进入到建模模块后，其界面如图 1.1 所示，这就是 UG NX 5.0 所提供的绘图环境。

（1）标题栏。标题栏的主要作用是显示应用软件的图标、名称、版本、当前工作模块以及文件名称等。

（2）菜单栏。UG NX 5.0 的菜单栏由 13 个下拉菜单组成（图 1.1 中只显示了其中的 11 个下拉菜单），提供了 UG 所有的功能命令。它与所有的 Windows 软件一样采用下拉

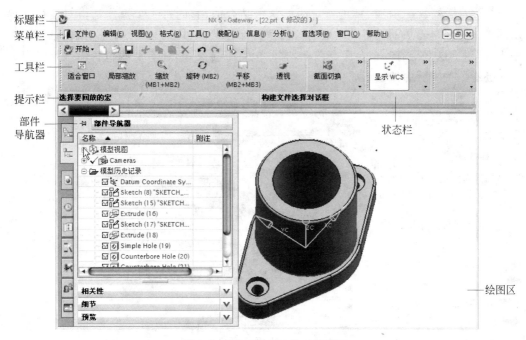

图 1.1　UG NX 5.0 的工作界面

式菜单,单击任意一项主菜单,便可打开它的一系列子菜单。

　　提示:UG NX 5.0 版本的软件中菜单栏的最左边的图形显示了软件当前所在的模块,这一图形会随着用户调用不同的模块而发生改变,图 1.1 显示为基本环境模块的图形标志。

　　(3) 工具栏。将菜单中常用操作命令以图标的形式放在工具栏上,单击图标,即可调用相应的操作命令。

　　工具栏也按功能进行分类,同一类的操作命令放在一个工具条上,工具栏由若干个工具条组成,集成了 UG 中常用的命令。

　　提示:系统还提供了工具栏定制功能,以方便用户定义出符合自己需要的工具栏。可以通过添加、删除按钮来自定义或创建自己的工具栏,还可以显示、移动和隐藏工具栏。可以将工具条放置在任何位置上,具体操作可以参见后面工具栏定制。

　　(4) 部件导航器。部件导航器也称造型树。在绘图区域的左侧有一个树状的节点图形,这就是造型树,每增加一个特征,就会在造型树中增加一个节点。造型树真实地再现了建模的过程,并反映了各个特征间的关系。

　　在造型树的节点上右击,就可以对该节点进行编辑,如显示尺寸、参数编辑、删除、抑制和隐蔽体等。

　　(5) 绘图区。创建、显示和修改 CAD 模型的区域。绘图区的背景颜色也是可以定制的。

　　UG NX 5.0 的绘图区左下角增加了方位坐标系。这一坐标系显示了文件的初始坐标系状态。它不会随着工作坐标的更改而发生改变。

（6）对话框。UG 的工具是与对话框紧密结合的,它的每一步操作都由对话框来提示属性的选择与参数的设置。一般的对话框各部分结构如图 1.2 所示。一个对话框可以分为几个栏,这些栏有些包含命令图标,有些包含下拉菜单,还有一些包含输入框。对话框中还有一些部分由按钮组成。

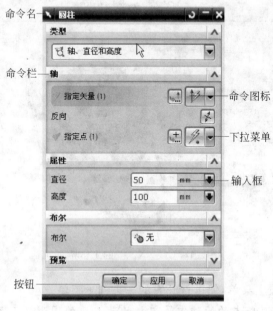

图 1.2　UG NX 5.0 对话框

提示：UG NX 5.0 中,对话框可以悬挂在命令轨道上,也可以脱离轨道到任意位置,可以通过单击对话框左上角的图标 和 来切换它的位置。

对话框中常用按钮和它们的含义说明如下。

【确定】：完成操作并关闭对话框或显示下一个对话框。

【应用】：完成操作但不关闭对话框,可以继续使用该对话框。

【后退】：回到上一个对话框或取消上一个选取的对象。

【取消】：取消操作并关闭对话框。

（7）提示栏和状态栏。提示栏用于提示当前命令的操作步骤。而状态栏则显示系统或图形的状态。

提示：提示栏中的信息非常重要,因为 UG 的绝大多数命令都需要很多步操作才能完成,学会看提示栏中提示,就不用死记硬背各个操作步骤了,这对初学者来说尤其重要。

2. 工作环境的定制

UG 系统默认的参数只能满足一般的需要,在使用过程中往往需要更改一些系统默认的控制参数,如切换语言环境(中文版还是英文版)、工具条定制、视图的显示方式和设置快捷键等。

1) 如何进行中英文界面切换

UG NX 5.0 提供了多种语言界面,各种界面之间可以互相切换,切换方法如下：

① 单击【开始】|【控制面板】|【性能与维护】|【高级】|【环境变量】命令,弹出"环境变量"对话框。

② 在"系统变量"列表框中找到"UGII_LANG"选项,单击【编辑】按钮(或用鼠标左键双击),弹出如图 1.3 所示的"编辑系统变量"对话框。

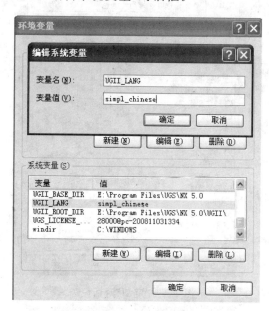

图 1.3 "编辑系统变量"对话框

③ 将"变量值"改成(字母大小写均可,但千万不可输错)simpl_chinese(重启 UG 后,变成中文界面)或 English(重启 UG 后,变成英文界面)。

④ 单击【确定】按钮,重新打开 UG 软件后即可进入中文(英文)界面。

2) 工具栏的定制

如果显示所有工具条,UG 的绘图空间将变得很小,为此需要对工具栏进行定制,使系统只显示常用的几个工具条,并且每个工具条上只显示常用的命令图标。同时可以根据需要显示命令的名称或者将它们隐藏起来。

(1) 如何定制工具条的位置。工具条显示在软件中的模式分为两种:一种是嵌入于工具栏中,另一种是悬浮在视图区域中。嵌入式工具条可以放置在软件的 4 个周边,而浮动式工具条可以放置在视图区域的任意位置。将工具条从工具栏中脱离的具体操作方法如下:

① 将鼠标指针放置在工具条的最前端竖条虚线处,等鼠标指针变为四向箭头。

② 按下鼠标左键不放,拖动鼠标到合适的位置。

③ 释放鼠标左键。

(2) 如何显示/隐藏工具条。

方法 1:在工具栏上右击,选择弹出菜单中需要的工具条,工具条名称前显示"√"符号的说明该工具条已经显示在工具栏中,反之则可隐藏该工具条。

方法 2:将光标放在绘图区上方的任意位置,然后单击右键,在弹出的快捷菜单中单击【定制】命令,或单击【工具】|【定制】命令,弹出如图 1.4 所示的"定制"对话框。通

过选择或取消选择"工具条"选项卡中工具条名称前的复选框来显示或者隐藏相应的工具条。

图 1.4   "定制"对话框

（3）如何显示/隐藏命令名称。当单击"定制"对话框"工具条"选项卡中某一个工具条时，该工具条呈高亮显示模式。"定制"对话框的右侧"文本在图标下面"复选框显示了该工具条的显示模式，"文本在图标下面"复选框前的方框内显示"√"符号的，则该工具条同时显示了命令图标及相应图标的命令名称，反之仅显示命令图标。也可以直接在某一工具条的级联菜单中选择"文本在图标下面"选项，如图 1.5 所示。

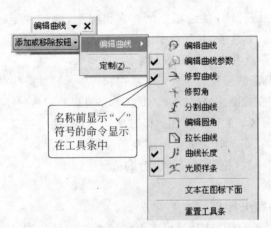

图 1.5   【编辑曲线】级联菜单

（4）如何显示/隐藏工具条上的命令。在工具条上增减命令是增加工作效率和合理安排视图空间的有效方式。

以定制【编辑曲线】工具条上的命令为例,具体方法如下:

① 单击工具条右下端的三角符号,单击【添加或删除按钮】|【编辑曲线】命令。

② 在弹出的菜单中单击图标名称即可,如图1.5所示。

(5) 如何定制命令图标大小。在图1.4所示的"定制"对话框中,单击"选项"选项卡,出现如图1.6所示的界面。

图1.6 "定制"对话框的"选项"选项卡界面

该对话框的下半部分可用来设置工具条图标的大小以及菜单图标的大小。用户可根据需要选择。一般推荐使用"特别小"图标以扩大绘图区域的工作空间。

3) 如何定制绘图区域

默认的绘图区域是呈渐变色的,从上到下,由浅蓝色至浅灰色。

用户可以自己定制背景颜色。以将背景设为白色为例,具体方法如下:

① 单击菜单【首选项】|【可视化】命令。

② 在弹出的"可视化首选项"对话框中单击【编辑背景】按钮,弹出"编辑背景"对话框,如图1.7所示。

③ 选择"着色视图"和"线框视图"栏中的"普通指引线"单选按钮。

④ 单击"普通颜色"栏的带色彩的方框,进入"颜色"对话框,如图1.8所示。

⑤ 在"基本颜色"栏中选择白色,单击【确定】按钮。

⑥ 单击"编辑背景"对话框中的【确定】按钮。

⑦ 单击"可视化首选项"对话框中的【确定】按钮。

4) 如何定制快捷键

熟练使用快捷键能极大地提高草图绘制、三维造型等软件操作的速度。用户可以根

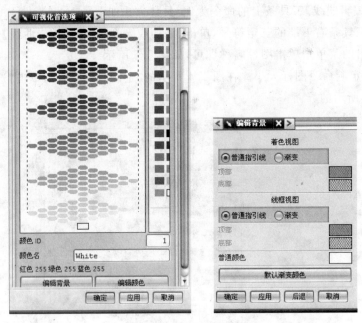

图 1.7 "可视化首选项"对话框和"编辑背景"对话框

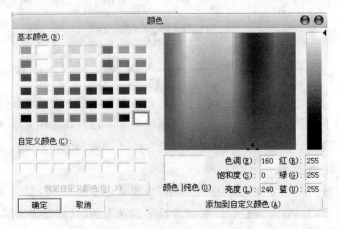

图 1.8 "颜色"对话框

据需要定义快捷键,具体方法如下:

① 在图 1.4 所示的"定制"对话框中,单击对话框右下角的【键盘】按钮,打开如图 1.9 所示的"定制键盘"对话框。

② 在"定制键盘"对话框的"类别"栏中,选择命令所在的菜单条,使之呈现高亮的显示状态。例如,单击"文件"菜单条。

③ 此时,"命令"栏显示的是相应菜单条所包含的所有命令。单击"命令"栏中的某一个命令(例如,【打开】命令),使之呈现高亮的显示模式。

④ 在"当前键"栏中显示了所选择命令的快捷键。例如,图中显示了【打开】命令的快

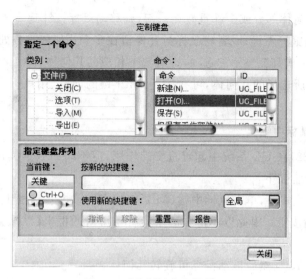

图 1.9 "定制键盘"对话框

捷键为 Ctrl＋O。

⑤ 选择"当前键"栏中的内容，右边的【移除】按钮自动激活，用户可以单击【移除】按钮来删除原有的快捷键。

⑥ 单击"按新的快捷键"栏下方的输入框，然后直接在键盘上按需要的快捷键，就可以在输入框内显示出来。单击【指派】按钮，就可以添加新的快捷键。

提示：推荐使用系统已经设置的命令快捷键，无须去更改它。

对于系统没有设置快捷键的常用命令，用户可以设置一个快捷键。

1.2.2 鼠标的应用及常用热键

在 UG 中需要使用带滑轮的三键鼠标或不带滑轮的三键鼠标，如图 1.10 所示从左到右分别为左键（MB1）、中键（MB2）和右键（MB3）。

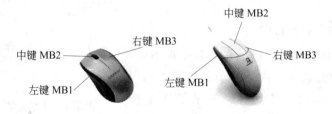

图 1.10 常用鼠标按键方式

1. 如何操作鼠标左键

鼠标左键（MB1）用于选择菜单、选取几何体、拖动几何体等。

（1）通常鼠标指针移动到某个几何体上方时，该几何体会高亮显示，这时单击鼠标左键即可选取该几何体。

（2）若多个几何体部分或全部重叠在一起,则移动鼠标指针到要选择的几何体上(不重叠的部分),单击鼠标左键;或者将鼠标指针停留在多个几何体重叠处,会弹出一个对话框,选择使几何体变成高亮显示的选项,即可选中相应的几何体。

（3）若要取消所选择的几何体,可在按下 Shift 键的同时,用鼠标左键(MB1)选取需反选的几何体。

2. 如何操作鼠标中键

鼠标中键(MB2)在 UG 系统中起着重要的作用,但不同的版本其作用具有一定的差异。其操作方法通常如下:

（1）在对话框模式下,单击鼠标中键(MB2),相当于单击对话框上的【默认】按钮(一般情况下为【确定】按钮),因此以单击中键来代替单击对话框上【默认】按钮的操作,从而加快操作速度。

（2）按下中键不放,然后拖动鼠标可旋转几何体。

（3）按下 Ctrl+中键不放,然后拖动鼠标可缩放几何体。向上移动鼠标可缩小几何体,向下移动鼠标可放大几何体。

（4）按下 Shift+中键不放,然后拖动鼠标可平移几何体。

3. 如何操作鼠标右键

单击鼠标右键(MB3),会弹出快捷菜单(称为鼠标右键菜单),菜单内容依鼠标指针放置位置的不同而不同。

（1）鼠标指针放置在工具栏上则弹出用于定义工具栏的右键菜单。

（2）鼠标指针放置在绘图区域空白处,弹出的鼠标右键菜单与视图相关,如图 1.11 所示。

（3）鼠标指针放置在实体上则弹出与实体相关的一些操作。如编辑参数、隐藏实体和删除等命令。

4. 如何操作鼠标组合键

（1）缩放几何体:同时按下左键和中键不放,拖动鼠标可缩放几何体。向上移动鼠标缩小几何体,向下移动鼠标放大几何体。效果等同于按 Ctrl+中键。

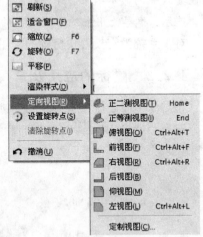

图 1.11 【定向视图】级联菜单

（2）平移几何体:同时按下中键和右键不放,然后拖动鼠标可平移几何体。效果等同于按 Shift+中键。

5. 快捷键的操作

菜单项名称后列出的如 Ctrl+N、Ctrl+O 等就是快捷键。UG 的快捷键很多,最常用的快捷键如表 1.1 所示。

表 1.1　常用快捷键

按　键	功　能	按　键	功　能
Ctrl＋N	新建文件	Ctrl＋J	改变对象的显示属性
Ctrl＋O	打开文件	Ctrl＋M	建模
Ctrl＋S	保存	Ctrl＋B	隐藏选定的几何体
Ctrl＋R	旋转视图	Ctrl＋Shift＋B	反隐藏。使隐藏的对象显示，显示对象隐藏
Ctrl＋F	满屏显示	Ctrl＋Shift＋U	显现所有隐藏的几何体
Ctrl＋Z	撤销	Ctrl＋Shift＋K	从隐藏的多个几何体中选取一个或多个几何体，并使之不再隐藏
Ctrl＋D	删除	Shift＋Tab	在"多选"对话框中，通过光标的逐级移动以便于选择所需的选项
Ctrl＋C	复制	Tab	将鼠标在对话框中的选项之间进行切换
Ctrl＋V	粘贴	方向键	对于单选框中的选项可以利用方向键来进行选择
Ctrl＋T	几何变换	Enter 键	其功能相当于对话框中的【确定】按钮

1.3　使用 UG NX 5.0 的一般流程

1.3.1　启动、退出 UG

1. 如何启动 UG

双击桌面上的 NX 5.0 图标或单击【开始】|【所有程序】|【UGS NX 5.0】|【NX 5.0】，即可启动 UG，进入如图 1.12 所示的 UG NX 5.0 的软件界面。

提示：启动 UG 后，首先进入的是基本环境模块。对于初次使用 UG 软件的用户来说，建议仔细地阅读一下 UG NX 5.0 的基本概念，并将鼠标移到基本概念栏中的概念上时，该概念显示为红色，此时视图右侧显示的是该概念的解释。

2. 如何退出 UG

退出 UG 系统可以单击【文件】|【退出】命令。

1.3.2　新建、打开、保存和关闭文件

1. 如何新建一个文件

新建文件时必须指定文件名和文件存放路径，快捷键为 Ctrl＋N。

操作步骤如下：

（1）单击【文件】|【新建】命令，或者直接单击【标准】工具条上的"新建"图标，出现如图 1.13 所示的"文件新建"对话框。

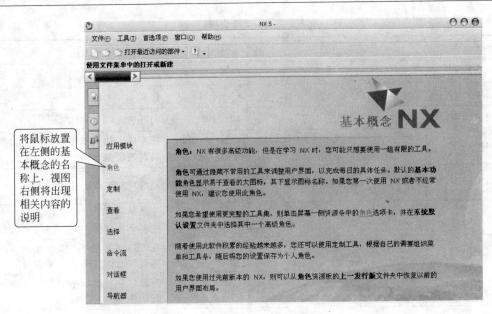

图 1.12　UG NX 5.0 的软件界面

将鼠标放置在左侧的基本概念的名称上，视图右侧将出现相关内容的说明

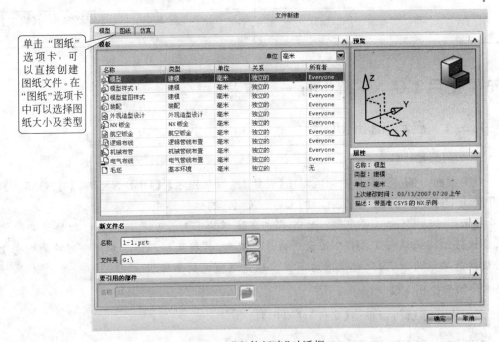

单击"图纸"选项卡，可以直接创建图纸文件。在"图纸"选项卡中可以选择图纸大小及类型

图 1.13　"文件新建"对话框

　　（2）在"模型"选项卡的"模板"栏中选择文件类型，一般选择"毛坯"，也可以直接选择各种特定的模块。

　　（3）在"名称"栏中输入新建文件的文件名称。

　　（4）单击"文件夹"栏右侧的图标来定义文件存放路径。

　　（5）单击【确定】按钮。

提示：文件名称和路径只能是英文字符，不能为中文字符。

2. 如何打开一个已存在的文件

打开已有的 UG 文件，快捷键为 Ctrl＋O。

操作步骤如下：

（1）单击【标准】工具栏中的图标或菜单栏中的【文件】|【打开】命令，系统打开"打开部件文件"对话框，如图 1.14 所示。它的"文件类型"栏可以当作文件过滤器使用，即当指定文件类型为＊.prt 文件时，文件夹内仅显示＊.prt 类型的文件。

（2）在文件夹内单击所需的文件，右侧预览中可显示文件的内容。

（3）单击【OK】按钮，即可打开一个已经存在的 UG 部件文件。

图 1.14 "打开部件文件"对话框

3. 如何保存文件

保存文件，快捷键为 Ctrl＋S。

在三维造型过程中，每隔一段时间就应保存当前文件，以免由于操作失误或死机等原因造成文件丢失或损坏。

保存文件的方式有 4 种，分别是保存（按组合键 Ctrl＋S）、仅保存工作部件、全部保存、另存为（按组合键 Ctrl＋Shift＋A）。

（1）保存文件。单击【标准】工具栏中的"保存"图标，或选择下拉菜单【文件】|【保存】命令，或者按组合键 Ctrl＋S。

（2）仅保存工作部件。只能对当前的特征模型进行保存，与"保存文件"的效果区别不大，操作方法是在菜单中执行【文件】|【仅保存工作部件】命令。

（3）全部保存。可以执行对当前的操作或已操作的一个或多个部件特征进行保存。操作方法是执行【文件】|【全部保存】命令。

（4）另存为。当前三种保存方式只能将文件保存在新建部件文件的文件目录中，而

"另存为"保存方式却非常灵活,不仅可以重新选择文件的保存放置位置,同时还可以选择保存文件的类型,如图 1.15 所示。具体操作方法是选择下拉菜单【文件】|【另存为】命令或按组合键 Ctrl+Shift+S。

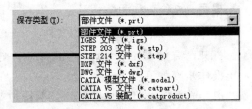

图 1.15 文件保存类型

4. 如何关闭 UG 文件,而不关闭软件

在【文件】菜单下的【关闭】命令包含多种关闭方式,如图 1.16 所示,须掌握以下 3 项。

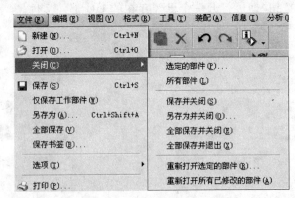

图 1.16 【关闭文件】菜单栏

(1) 选定的部件。关闭所选取的部件。选择该选项,会弹出一个对话框,列出当前已打开的文件,从中选择要关闭的文件,单击【OK】按钮,即可关闭所选择的文件。

(2) 所有部件。关闭所有部件。

(3) 保存并关闭。保存并关闭当前文件。

1.3.3 调用相应的模块及具体命令

1. 如何调用标准模块

单击【标准】工具条中【开始】命令图标选择相应的模块名称。例如,选择【建模】,如图 1.17 所示。

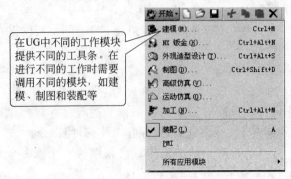

图 1.17 【开始】级联菜单

2. 如何选择具体的命令

在 UG NX 5.0 中进行设计时,应选择具体的命令进行相关的操作,如调用建模模块下的【曲线】工具创建线框图形,调用【特征】工具进行实体造型,调用【曲面】工具构造自由曲面等。譬如在建模模块下要画直线或圆弧,此时如果工具栏中没有【直线和圆弧】工具条,就要调用【直线和圆弧】工具条,将鼠标放置在绘图区上方的工具栏、菜单栏或其他位置单击右键,此时出现一个瀑布式菜单,单击【直线和圆弧】,就会有如图 1.18 所示的【直线和圆弧】工具条浮在工作界面上。

图 1.18 【直线和圆弧】工具条

1.4 常用菜单和常用工具条

1. 常用菜单简介

UG 系统共有 13 个主菜单,每个主菜单下又有很多个子菜单。主菜单主要有文件、编辑、视图、插入、格式、工具、装配、信息、分析、首选项、应用、窗口及帮助。菜单中包含了 UG 软件中所有的功能命令,初学者没有必要等到全部学完所有的功能命令后再开始使用 UG,一般只需对 UG 略有了解便可以使用它了,然后边学边用,由浅入深,直到精通。

2. 常用菜单及级联菜单的功能操作

通过常用菜单功能的举例说明,可以让读者明白常用菜单的基本功能操作方法。下面以【编辑】和【视图】菜单为例说明其功能的操作方法。
【编辑】菜单的下拉式菜单如图 1.19 所示,主要有删除、
显示和隐藏、变换等选项。

1)如何进行对象的删除操作

删除操作是在常用菜单【编辑】下面,当然也可以单击标准工具条上的图标 ✕。删除所选取图形元素,可按快捷键 Ctrl+D;或在图形元素上单击鼠标右键,选择【删除】命令也可以达到同样的效果。

操作步骤如下:

(1)按 Ctrl+D 键调用【删除】命令,会弹出如图 1.20 所示的"类选择"对话框。

(2)可以直接在视图区域选择需要删除的几何对象,使之成为高亮的显示状态;也可以使用如图 1.20 所示的"类选择"对话框的过滤器选择某一类实体。

图 1.19 【编辑】下拉式菜单

(3)单击鼠标中键确定,即可删除所选几何对象。

提示:参考的元素被删除时,会一起删除基于参考元素的几何对象,系统在删除这些

图 1.20 "类选择"及"过滤器"对话框

几何对象前会出现提示框提示用户。

按快捷键 Ctrl＋Z 可恢复刚被删除的元素。

提示：使用【类选择】工具可以同时选择具有某一共同属性的多个实体。例如，选择所有曲线，选择所有位于第 2 层中的实体，选择所有绿色的实体等。

【类选择】工具条是一个常用的工具，删除、隐藏、变换等在多个实体同时操作的命令中都会用到。

需要掌握【类选择】命令中以下几种方法。

① 类型过滤器：单击"类选择"对话框中的"类型过滤器"图标，则出现"根据类型选择"对话框，在此对话框中可以指定一种实体类型，例如，用户指定曲线，确认以后在视图区域只会选择曲线的元素。

② 图层过滤器：单击"类选择"对话框中的"图层过滤器"图标，则出现"根据图层选择"对话框，在此对话框中可以指定实体所在的工作层，例如，用户指定图层为 2，那么确认以后在视图区域只会选择位于图层 2 的实体。

③ 颜色过滤器：单击"类选择"对话框中的"颜色过滤器"图标，在弹出的"颜色"对话框中选择需要的颜色，或者单击"继承"图标，然后在视图区域选择包含所需颜色的任意实体，确认以后系统自动识别选择的颜色。并且以颜色作为选择实体的过滤器，在视图区域选择实体时只会选择到指定颜色的实体。

单击"类选择"对话框中的"全选"图标，可以方便用户选择具有同一属性的所有实体。

2）如何进行对象的几何变换操作

对所选几何体作平移、旋转及比例缩放等操作,按快捷键 Ctrl＋T。

操作步骤如下:

（1）按快捷键 Ctrl＋T,或者单击菜单【编辑】|【变换】命令,得到类似图1.20所示的"类选择"对话框,在视图区域直接选择需要进行几何变换的实体,或者使用前面所述的"类选择"对话框选择需要的实体。

（2）单击鼠标中键确定,弹出如图1.21所示的"变换"对话框。

（3）选择需要的操作,以平移为例,单击【平移】按钮,出现如图1.22所示的"平移变换"对话框。

（4）单击"增量"按钮,在出现的如图1.23所示的"变换增量"对话框中,输入沿各轴的移动距离。正数表明沿轴的正方向移动,负数表明沿轴的负方向移动。

图1.21 "变换"对话框

图1.22 "平移变换"对话框

图1.23 "变换增量"对话框

（5）单击【确定】按钮,完成几何体的平移操作。

3）如何操作视图的显示模式

【视图】菜单中常用的菜单项与鼠标右键菜单项内容相似,为了方便操作,一般是从鼠标右键菜单中调用。在视图区域的空白处,单击鼠标右键出现的右键菜单如图1.24所示。通过选择右键菜单中的选项,例如,选择【定向视图】中的某个视图位置,可以将视图调整到合适的角度。其中,缩放、旋转和平移等操作一般通过鼠标操作实现。

实体的显示模式操作如下:通过选择右键菜单中【渲染模式】下的各种选项可以调整实体的显示模式,如图1.25所示。

常用的显示模式及它们的对比如图1.26所示。

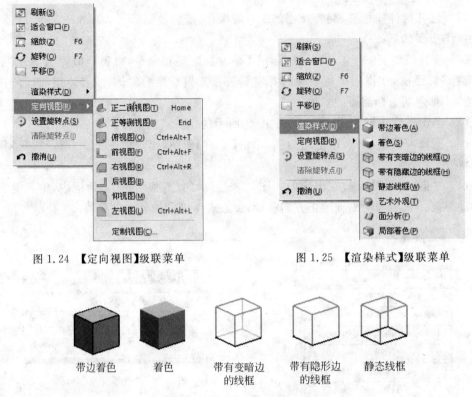

图 1.24 【定向视图】级联菜单　　　　　　图 1.25 【渲染样式】级联菜单

带边着色　　着色　　带有变暗边　带有隐形边　静态线框
　　　　　　　　　　的线框　　　的线框

图 1.26　实体的显示模式

3. 常用工具条

1) 常用工具条简介

UG 将常用的功能进行分类,形成 20 多个工具条。如果工具条的图标没有显示功能名称,那么将鼠标指针置于工具栏图标之上并停顿 1s,就会出现提示,显示该图标的功能。对于初学者而言,可以参考前述工作环境定制及工具栏定制中介绍的方法,显示出常用的工具条的图标文本。常用工具条主要有【标准】工具条、【视图】工具条、【实用】工具条、【直线和圆弧】工具条、【曲线】工具条、【编辑曲线】工具条、【特征】工具条、【特征操作】工具条、【编辑特征】工具条、【曲面】工具条、【制图】工具条、【装配】工具条等。下面通过调用【标准】工具条让读者掌握调用常用工具条的基本方法和步骤。

2) 如何调用【标准】工具条

将光标放置在绘图区上方的菜单栏、工具栏或其他任一位置上单击右键,会出现瀑布式菜单,在【标准】前打上“√”,在工具栏上就会显示出【标准】工具条。【标准】工具条综合了【文件】菜单和【编辑】菜单中常用的命令,用来管理文件和模块,如图 1.27所示。

图 1.27 【标准】工具条

1.5 图层的使用

图层类似于一张透明的图纸。部件中的对象可以分布在任意一个或多个图层中,所有的图层叠加在一起就构成了完整的部件。

在一个 UG 部件中最多可以使用 256 个图层,不同人员对图层的使用习惯不一样,在 UG NX 5.0 中新增了 5 个预定义层,包括曲线层、基准层、曲面层、草图层和实体层。其中 1~20 层为实体(Solid);21~40 层为草绘(Sketch);41~60 层为曲线(Curve);61~80 层为参考对象(Reference Geometries);81~100 层为片体(Sheet Bodies);101~120 层为工程制图对象(Drafting Objects)。使用图层功能可以将几何元素分门别类地进行管理,从而使整个工作井然有序。

1. 如何设置图层

选择【格式】下拉菜单中的【图层设置】命令,或单击【实用】工具条上的 图层,可打开"图层设置"对话框,如图 1.28 所示。

该对话框常被用来设置图层的可见性或设置当前工作层。以将第 2 层设为当前工作层,而将第 3 层设为不可见为例进行介绍,操作方法如下:

(1) 单击"图层/状态"栏中的"2 Selectable",使之成为高亮显示状态。

(2) 单击【作为工作层】按钮。此时,"图层/状态"栏中第二行变成"2 Work",而第一行变成"1 Selectable"。

(3) 单击"图层/状态"栏中的"3 Selectable",使之成为高亮显示状态。

(4) 单击【不可见】按钮。此时,位于第 3 层中的实体就被隐藏起来了。

(5) 单击【确定】按钮。

提示:层的状态有以下 4 种选择。

【可选】:位于该层上的几何元素是可见的、可被选择的,即被编辑的。

图 1.28 "图层设置"对话框

【作为工作层】:新创建的几何元素位于工作图层上。工作层是可见的、可被选择的。

【不可见】:位于该层上的所有几何元素是不可见的。它与隐藏的概念有所区别。隐藏通过切换工作平面可以显示出被隐藏的实体。而【不可见】操作只能通过【可选】操作来恢复层中实体的可见性。

【只可见】：位于该层上的几何元素是可见的，但不能选择也不能被编辑。

2．如何将对象移动至图层

将所选择的几何元素移动到指定的图层。

操作步骤如下：

（1）单击菜单【格式】|【移动至图层】，在视图区域选择实体，单击鼠标中键确定。弹出如图 1.29 所示的"图层移动"对话框。

（2）在"目标图层或类别"栏中，输入目标图层序号"2"。

（3）单击鼠标中键确定，此时将所选实体移动到第 2 图层。

3．如何将对象复制到图层

（1）单击菜单【格式】|【复制至图层】，在视图区域选择实体，单击鼠标中键确定。弹出如图 1.30 所示的"图层复制"对话框。

（2）在"目标图层或类别"栏中，输入目标图层序号"2"。

（3）单击鼠标中键确定，此时将所选实体复制到第 2 图层。

图 1.29　"图层移动"对话框

图 1.30　"图层复制"对话框

1.6　计算机宽屏时图形校调

下面介绍如何调节计算机宽屏时图形失真。当计算机显示器是宽屏时，有时画出来的图形会出现失真的现象，最明显的是画出来的圆变成了椭圆，此时该如何来调节呢？单击菜单栏【首选项】|【可视化】，此时出现"可视化首选项"对话框，如图 1.31 所示，单击中间的【校准】按钮，出现如图 1.32 所示的"校准屏幕分辨率"对话框，可以移动对话框中的滑块来调节对话框中的圆，这样就可以调节计算机宽屏时所产生的图形失真现象。

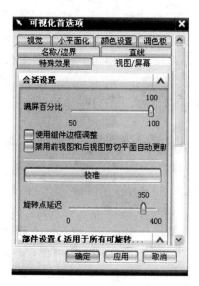

图 1.31 "可视化首选项"对话框

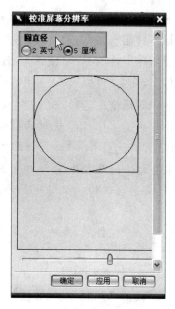

图 1.32 "校准屏幕分辨率"对话框

1.7 创建文件的基本操作

在桌面上双击 图标或选择【开始】|【所有程序】|【UGS NX 5.0】|【NX 5.0】命令,打开 UG NX 5.0 软件系统。选择【文件】|【新建】命令,弹出如图 1.33 所示的"文件新建"对

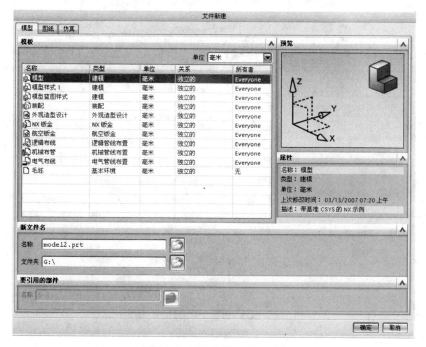

图 1.33 "文件新建"对话框

话框,在"单位"下拉列表框中选择文档所使用的单位,可以是毫米或者是英寸,在大列表框中选择一种建模类型,通常选择第一项就可以了。在"新文件名"选项栏的"名称"输入框中设置新建零件的名称,或者单击其后的 图标并在弹出的对话框中选择一个已经存在的文件名,在"文件夹"输入框中输入文件所存放的路径,或者单击其后的 图标并在弹出的一个对话框中选择一个文件夹。单击 确定 按钮创建一个空白的文档。可以通过单击对话框中的 图标隐藏对话框中的内容,单击 图标展开隐藏的部分。

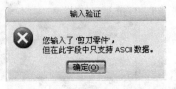

图 1.34 "输入验证"提示框

注意:文件的路径及名称只能为英文符号,不能为中文字符,否则会报错。报错时会弹出如图 1.34 所示的提示框。

在新建一个文件后,系统只是位于入口(Gateway)的位置,这时是无法进行产品设计或者分析等操作的,需要进入相应的模块之后才能开展相关的工作。在【标准】工具栏中,单击 开始 按钮,弹出如图 1.35 所示的菜单,菜单中包含了【建模】、【仿真】和【加工】等模块,分别对应了 CAD、CAE 和 CAM 三个领域。下面所介绍的 CAD、CAM 领域中的内容,本书前几章主要是通过选择弹出菜单中的【建模】选项进入建模设计模块。

图 1.35 【所有应用模块】级联菜单

1.8 基准平面、基本轴、基准坐标系

1.8.1 如何创建基准平面

基准平面是创建其他几何体的辅助平面,它的创建方法与平面的创建方法类似。其中常用的是自动判断和主平面。这里以自动判断的创建为例说明其操作方法,操作步骤如下:

(1)打开已保存的 UG 文件 1-1.prt。

(2)单击【特征】工具条中的【基准平面】命令图标。

(3)在如图 1.36 所示的"基准平面"对话框中的"类型"栏选择"自动判断"。

图 1.36 "基准平面"对话框

(4)将鼠标指针放置在圆柱对称轴的位置,静止 3s,直到鼠标指针下显示"…"符号,如图 1.37 所示,单击鼠标左键。

(5)在弹出的"快速拾取"对话框中选择"中心线",如图 1.38 所示。

图 1.37 建立基准平面

图 1.38 "快速拾取"对话框

（6）单击如图 1.39 所示的长方形的中心位置。

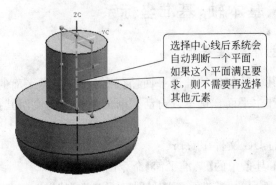

图 1.39   确定基准平面

1.8.2   如何创建基准轴

基准轴是创建其他几何体的辅助轴，常用于创建旋转实体和拉伸实体。其中最常用的是"自动判断"。此外还有"XC-Axis"、"YC-Axis"、"ZC-Axis"、"点和方向"和"两个点"等方式。这里以"自动判断"方法为例，说明其操作方法，操作步骤如下：

（1）打开 UG 文件 1-1.prt。

（2）单击【特征】工具条中的【基准轴】命令图标，系统弹出如图 1.40 所示的"基准轴"对话框。

图 1.40   "基准轴"对话框

（3）单击"基准轴"对话框中的第一个命令图标"自动判断"。

（4）单击圆柱对称轴的位置，如图 1.41 所示。

（5）双击箭头符号可以改变基准轴的方向，单击鼠标中键确定。生成的基准轴如图 1.42 所示。

1.8.3   如何创建基准坐标系

在创建曲线等几何要素时，生成的几何体是位于工作坐标 XY 平面上的（用捕捉点的方式也可以在空间上画线）。当需要在不同平面上建立曲线时，需要用坐标系工具动态 WCS 或者旋转 WCS 和 WCS 原点来转换 XY 平面所在的位置，以方便建模。

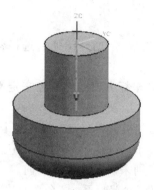

图 1.41 建立基准轴

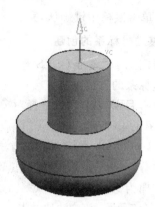

图 1.42 确定基准轴

1. 动态坐标系的创建

使用动态 WCS 工具,可以动态地调整工作坐标的原点位置,及 X、Y、Z 轴的方向。

操作步骤如下:

(1) 打开 UG 文件 1-1. prt。

(2) 单击【特征】工具条中的【基准 CSYS】命令图标,弹出如图 1.43 所示的"基准 CSYS"对话框。

(3) 单击"基准 CSYS"对话框中的第一个命令图标【动态】。可以使得视图中的工作坐标呈现出如图 1.44 所示的编辑状态。

图 1.43 "基准 CSYS"对话框

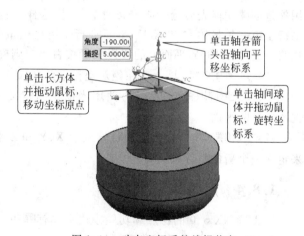

图 1.44 动态坐标系的编辑状态

(4) 单击长方体并拖动鼠标即可移动坐标原点,此时与【捕捉点】工具条联合使用就可以将坐标原点定位到一个特殊点或者特定坐标的点上。

(5) 单击轴向箭头并拖动鼠标即可将工作坐标沿着该轴的轴向作平移,也可以直接输入距离值沿轴向移动一定的距离。

(6) 单击轴间球体并拖动鼠标即可旋转坐标系,此时坐标原点不动。也可以直接在弹出的框内输入角度值,将坐标系在相应的平面内旋转一个角度。

（7）单击鼠标中键确认，完成坐标系的调整。

2. 基准坐标系的创建

参看图1.43"基准CSYS"对话框的"类型"下拉列表框，下面介绍通过选择各选项创建基准坐标系的方法。

（1）🦶 自动判断：通过选择对象或输入沿X、Y和Z坐标方向的偏置值来定义一个坐标系，如图1.45所示。

（2）🔧 原点，X点，Y点：该方法利用点创建功能先后指定3个点来定义一个坐标系。这3点应分别是原点、X轴上的点和Y轴上的点。定义的第一点为原点，第一点指向第二点的方向为X轴的正向，从第二点到第三点按右手定则来确定Z轴正方向。

（3）📦 三平面：该方法通过先后选择3个平面来定义一个坐标系。3个平面的交点为坐标系原点，第一个面的法向为X轴，第一个面与第二个面的交线方向为Z轴，如图1.46所示。

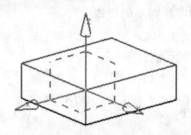

图1.45　基准坐标系　　　　　　图1.46　"三平面"法创建基准坐标系

（4）🔧 X轴，Y轴，原点：该方法先利用点创建功能指定一个点作为坐标系原点，在利用矢量创建功能先后选择或定义两个矢量，这样就创建基准CSYS。坐标系X轴的正向平行于第一矢量的方向，XOY平面平行于第一矢量及第二矢量所在的平面，Z轴正向由从第一矢量在XOY平面上的投影矢量按右手定则确定。

（5）🔧 绝对CSYS：该方法在绝对坐标系的(0,0,0)点处定义一个新的坐标系。

（6）🖥 当前视图的CSYS：该方法用当前视图定义一个新的坐标系。XOY平面为当前视图所在的平面。

（7）🔧 偏置CSYS：该方法通过输入沿X、Y和Z坐标轴方向相对于选择坐标系的偏距来定义一个新的坐标系。

1.8.4　习题练习

1. UG NX 5.0的特点和功能模块主要有哪些？

2. 如何定制UG的工作环境？

3. 如何利用鼠标及常用热键？

4. 如何启动、打开、保存及退出UG？

5. 如何调用UG的相应模块及具体命令？

6. 如何定制工具栏及工具条？

7. 如何设置及调用图层？

8. 如何创建基准平面、基准轴及基准坐标系？

CHAPTER 2

草　图

草图绘制是 UG 绘图中一种非常方便的二维图形绘制方式，在 UG NX 5.0 中用来绘制草图的工具称之为草图生成器，它是 UG 众多应用模块中的一个，每个草图都是驻留于指定平面的 2D 曲线和点的命名集合。可以通过扫掠、拉伸或旋转草图得到实体或片体，创建详细部件特征。

2.1　草图生成器

像其他 NX 应用模块一样，草图生成器有它自己的界面，具有可定制的工具条、右键弹出菜单以及其他组件。以下介绍草图生成器界面的主要元素。

2.1.1　草图生成器的界面

启动 UG 软件以后，单击【标准】工具条上的"新建文件"图标，系统弹出"文件新建"对话框，设定"模板"类型为"模型"、"新文件名"名称为"Model2"和存盘文件夹为"D:\CAD\3\"，单击鼠标中键确定进入建模模块。单击【特征】工具条上的"草图"图标，系统弹出"创建草图"对话框，按下鼠标中键确定系统进入"草图生成器"模块，草图生成器界面如图 2.1 所示，分为 11 个部分。

2.1.2　主要工具条介绍

在定义草图平面之后，草图生成器的工具条选项将变为可用。通过这些选项，可以使用主要的草图功能。

1.【草图生成器】工具条

【草图生成器】工具条如图 2.2 所示。

【草图生成器】工具条各选项功能如表 2.1 所示。

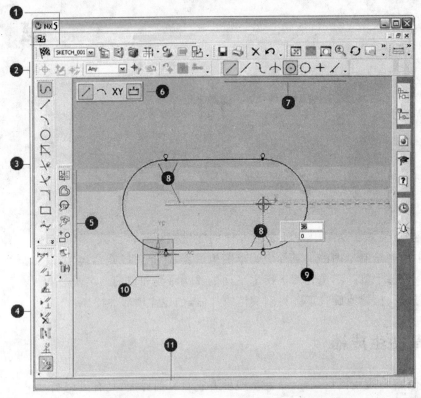

1—【草图生成器】工具条；　　　2—【草图生成器选择】工具条；
3—【草图曲线】工具条；　　　　4—【草图约束】工具条；
5—【草图操作】工具条；　　　　6—当前命令的图标；
7—【捕捉点】工具条；　　　　　8—草图中的曲线；
9—动态输入框；　　　　　　　　10—草图平面；
11—状态消息

图 2.1　草图生成器界面

图 2.2　【草图生成器】工具条

表 2.1　【草图生成器】工具条各选项功能

图　标	名　称	功　能
 	完成草图	停用草图并退出，也可以按 Ctrl＋Q 键退出草图生成器
 SKETCH_002	草图名称	编辑外部草图时，此下拉框显示工作部件中的所有外部草图名称。可以重命名外部草图、打开要编辑的外部草图
	使视图定向到草图	定向视图，以便俯视草图平面
	使视图定向到模型	定向视图到当前的建模视图，这是在进入草图任务环境之前显示的视图

续表

图 标	名 称	功 能
	重附着	可以将草图附着到不同的平面、基准平面或路径上,还可以使用此选项更改草图的参考方位
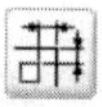	草图定位尺寸选项	可以用下拉菜单创建、编辑、删除或重定义草图定位尺寸
	延迟评估	多数情况下,这个选项可以延迟草图约束的评估,直到选取评估草图。即:①创建曲线时,NX 不显示约束;②指定约束时,NX 不会更新几何体,直到选择评估草图选项。注意:拖动曲线或者使用快速修剪或快速延伸命令时,这个选项不会延迟评估
	评估草图	用于评估当前草图。只有延迟评估打开时,此图标才是可用的
	更新模型	用于更新模型,以反映对草图所做的更改。如果存在要进行的更新,并且退出了草图任务环境,则自动更新模型
	显示对象颜色	在对象显示属性和草图生成器颜色中指定的颜色之间切换草图生成器对象的显示

2.【草图曲线】工具条

【草图曲线】工具条用来绘制和修改草图曲线,如图 2.3 所示。

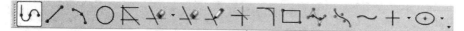

图 2.3 【草图曲线】工具条

【草图曲线】工具条各选项功能如表 2.2 所示。

表 2.2 【草图曲线】工具条各选项功能

图 标	名 称	功 能
	配置文件	这个选项可以创建一系列相连的直线或线串模式的圆弧,即上一条曲线的终点变成下一条曲线的起点
	直线	此选项通过自动判断的约束创建直线。在选择直线选项后,将在图形窗口的左上角显示 XY 和参数图标
	圆弧	可以用以 3 点定圆弧或中心和端点定圆弧中任一种方法创建圆弧,每种方法均可使用坐标值或参数
	圆	可以用以中心和直径定圆或三点定圆中任一种方法创建圆弧,每种方法均可使用坐标值或参数
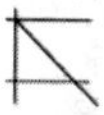	派生曲线	可以根据现有直线以单条直线偏置、多条直线偏置、平分线等形式创建新的直线
	快速修剪	使用此选项将一条曲线修剪至任一方向上最近的交点。如果曲线没有交点,可以将其删除
	快速延伸	使用此选项将一条曲线延伸至另一条邻近的曲线

图　标	名　称	功　　能
	制作拐角	使用此选项延伸或修剪两条曲线以制造拐角
	圆角	用这个选项在两条或三条曲线之间创建一个圆角。可以用这个选项修剪输入的曲线,删除三曲线圆角的第三条曲线,并指定圆角半径值。移动光标可以预览圆角并决定其尺寸和位置
	矩形	此选项提供可以在草图平面上创建矩形的方法
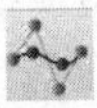	艺术样条	这个选项可以通过拖放定义点和极点并在定义点指派斜率或曲率约束,动态创建和编辑样条
	拟合样条	通过与指定的定义点拟合来创建样条
	样条	这个选项可以用建模样条命令创建样条
	点	选择点将显示点构造器,点构造器提供一个在整个 NX 中指定点的标准方式。点构造器使用现有几何体创建点。还可以在三维空间确定点的位置
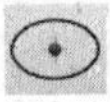	椭圆	通过指定中心点和参数来绘制椭圆
	一般二次曲线	通过使用各种放样二次曲线方法或一般二次曲线方程来创建二次曲线截面

3.【草图约束】工具条

【草图约束】工具条如图 2.4 所示。

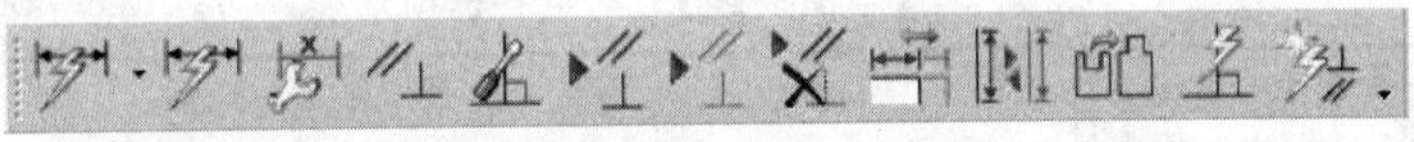

图 2.4　【草图约束】工具条

【草图约束】工具条各选项功能如表 2.3 所示。

表 2.3　【草图约束】工具条各选项功能

图　标	名　称	功　　能
	自动判断的尺寸	这个选项可以选择几何体,并允许系统基于光标位置和选定的对象,智能地自动判断尺寸类型。包括约束直线平行;水平或竖直的尺寸;圆弧和圆的半径或直径尺寸;点/圆弧/圆/椭圆和点/圆弧/圆/椭圆之间的平行、水平或竖直尺寸;直线和点/圆弧/圆/椭圆的垂直尺寸;直线和直线之间的成角值或垂直距离尺寸等
	约束	可将几何约束添加到几何草图中,也可以指定并保持用于草图几何图形和草图几何图形之间的条件
	附加尺寸	将草图约束附加到新的几何体中

续表

图标	名 称	功 能
	自动约束	自动约束,这个命令可以选择 NX 自动应用到草图的几何约束的类型
	显示所有约束	显示所有约束符号
	不显示约束	隐藏图形窗口中的约束符号
	显示/移除约束	显示与选定草图几何体相关的几何约束,还可以删除指定的约束,或列出有关所有几何约束的信息
	转换至/自参考对象	能够将草图曲线(但不是点)或草图尺寸由活动对象转换为参考对象,或由参考对象转换回活动对象。NX 在草图中显示参考尺寸,并更新它们的值。但是参考尺寸并不控制草图几何图形。默认情况下,NX 用双点划线字体显示参考曲线
	备选解	可以显示备选解并选择一个结果
	自动判断约束	在构造曲线时,可以通过设置对话框中的一个或多个选项,控制 NX 自动判断哪些约束设置
	创建自动判断的约束	这个选项可以在创建和/或编辑草图几何图形时,启用/禁用自动判断的约束。如果关闭这个选项,草图生成器可以利用自动判断的约束,但是不会在文件中存储实际的约束

4.【草图操作】工具条

【草图操作】工具条如图 2.5 所示。

图 2.5　【草图操作】工具条

【草图操作】工具条各选项功能如表 2.4 所示。

表 2.4　【草图操作】工具条选项功能

图标	名 称	功 能
	附加尺寸	可在草图生成器中使用 Modeling 的编辑曲线命令,以便用于对直线、圆弧或圆进行编辑
	编辑定义	可以使用该选项向用于定义特征的线串中添加对象(曲线、边和面),或从中删除这些对象
	添加现有曲线	将绝大多数已有的曲线和点,以及椭圆、抛物线和双曲线等二次曲线添加到当前草图
	交点	在曲线和草图平面之间创建一个交点
	相交曲线	这个选项可以方便地查找指定几何体穿过草图平面处的点,并在这个位置创建一个关联点和基准轴

续表

图 标	名 称	功 能
	投影曲线	通过沿草图平面法向将外部对象投影到草图的方法,可以创建曲线、线串或点。投影的线串是固定的曲线。可以通过关联方式或非关联方式将曲线投影到草图上
	偏置曲线	这个选项可以偏置关联曲线和非关联曲线。可以偏置与当前草图和其他草图中的曲线不关联的曲线、投影曲线、基本曲线、关联曲线和边缘
	镜像曲线	这个命令可以通过现有的草图直线创建草图几何体的镜像副本。草图生成器既可将镜像几何约束 ▷|◁ 应用到与镜像操作关联的所有几何体中,又可将镜像直线转换为参考直线

2.2 用直线命令来绘制图形

2.2.1 常用命令介绍

1. 直线命令

在单击"直线"选项后,将在图形窗口的左上角显示 XY 和参数图标。直线有两种绘图模式,在默认情况下绘制线段起点以 XY 坐标点方式,绘制线段终点以参数方式,要输入长度值和线段与 X 正半轴的夹角值。图 2.6 所示为绘制线段的起点,图 2.7 所示为绘制线段的终点。

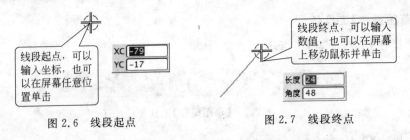

图 2.6 线段起点   图 2.7 线段终点

要锁定一个模式来绘制图形,可双击 XY 或参数图标。要解开锁定模式可单击参数或 XY 图标,如表 2.5 所示。

表 2.5 直线选项

图 标	功 能
XY	使用 XC 和 YC 坐标来指定直线的端点,这是直线起始点的默认模式
参数	使用长度和角度参数来定义直线。当定义直线的终止点时,NX 会切换到此模式

2. 快速修剪

使用此选项可将一条曲线修剪至任一方向上最近的交点。如果曲线没有交点,可以将其删除。

按住鼠标左键并拖动鼠标来修剪一条曲线,曲线修剪前后的示例如图2.8和图2.9所示。

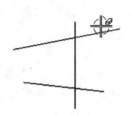
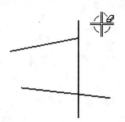

图2.8 一条曲线修剪前　　　　　　图2.9 一条曲线修剪后

要修剪多个对象,按住鼠标左键并将光标拖动到要修剪的对象上,在拖动时光标变成蜡笔形状,在蜡笔后面留下一条橘黄色线迹,线迹经过的曲线将被删除,示例如图2.10和图2.11所示。

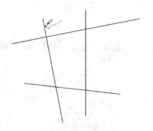

图2.10 多个对象修剪前　　　　　　图2.11 多个对象修剪后

修剪至边界,在如图2.12所示的"快速修剪"对话框中"边界曲线"栏"选择曲线"项上单击左键;然后单击左键选择如图2.13所示的线1和线2,按下中键确定,单击左键选择线2和线4的中段,修剪完成情况如图2.14所示。

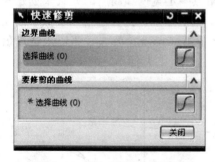
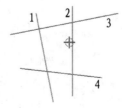
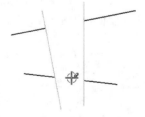

图2.12 "快速修剪"对话框　　　图2.13 边界修剪前　　　图2.14 边界修剪后

3. 快速延伸

使用此选项可将一条曲线延伸至另一条邻近的曲线。延伸单条曲线时,可移动鼠标到曲线要延伸段单击鼠标左键,单条曲线延伸前后的示例如图2.15和图2.16所示。

延伸多条曲线时,可按住鼠标左键并将光标拖动到要修剪的对象上,在拖动时光标变成蜡笔形状,在蜡笔后面留下一条橘黄色线迹,线迹经过的曲线将被延伸到最近的边界,其示例如图2.17和图2.18所示。

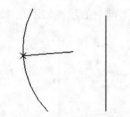

图 2.15　单条曲线延伸前

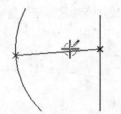

图 2.16　单条曲线延伸后

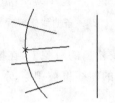

图 2.17　多条曲线延伸前

图 2.18　多条曲线延伸后

延伸至一条边界曲线,在"快速延伸"对话框中"边界曲线"栏"选择曲线"项上单击左键(如图 2.19 所示);然后单击左键选择边界曲线,单击中键确定;单击左键选择线要延伸线(示例如图 2.20 所示),延伸完成情况如图 2.21 所示。

4. 矩形 □

此选项提供在草图平面上创建矩形的方法,可以指定一个角度然后创建不平行于 XC/YC 的矩形。绘制矩形有以下 3 种方法:

图 2.19　"快速延伸"对话框

(1) 用两点创建矩形 ▯。此方法用指定两个对角点确定宽度和高度的方式来创建矩形。用这两点来创建一个四边分别平行于 XC 和 YC 轴的矩形。此方法绘制类似于绘制直线,第一点以 XY 坐标点方式(如图 2.22 所示),绘制第二点以参数方式要输入宽度值和高度值(如图 2.23 所示)。

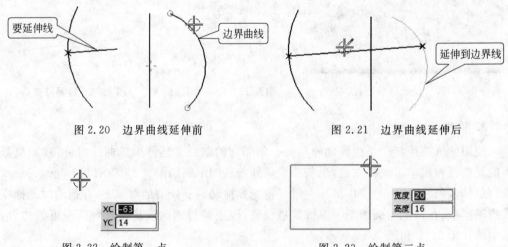

图 2.20　边界曲线延伸前　　　　　　图 2.21　边界曲线延伸后

图 2.22　绘制第一点　　　　　　　　图 2.23　绘制第二点

（2）用三点创建矩形 。此方法允许创建与 XC 轴和 YC 轴成角度的矩形。前两个选择的点显示宽度和矩形的角度，第三个点指示高度（在屏幕上任意选取三个点可以出现一个矩形）。第一点以 XY 坐标点方式确定（如图 2.24 所示）；修改宽度、高度和角度值（如图 2.25 所示，在输入值时按键盘上的 Tab 键来回切换）后按下键盘上的回车键；然后选择一个象限，单击鼠标左键放置矩形。

图 2.24　输入第一点坐标(用三点创建矩形)　　　图 2.25　输入矩形参数(用三点创建矩形)

（3）从中心创建矩形 。此方法允许先指定中心点、第二个点来指定角度和宽度，并用第三个点指定高度以创建矩形（在屏幕上任意选取三个点可以出现一个矩形）。第一点也可以以 XY 坐标点方式确定（如图 2.26 所示）；修改宽度、高度和角度值（在输入值时按键盘上的 Tab 键来回切换）后按下键盘上的回车键；然后选择一个象限，单击鼠标左键放置矩形，如图 2.27 所示。

图 2.26　输入第一点坐标(从中心创建矩形)　　　图 2.27　输入矩形参数(从中心创建矩形)

5. 智能约束

这个选项可以选择几何体，并允许系统基于光标位置和选定的对象，智能地自动判断尺寸类型。智能约束能约束几何体的形状和位置，下面以直线为例，约束直线的形状的操作过程如图 2.28 所示。

(1) 单击【草图约束】工具条中的"智能约束"图标 ，用鼠标单击选择直线，向上拖动光标(选择标注尺寸位置)出现标注尺寸

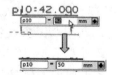

(2) 在直线上方空白处单击鼠标左键，出现输入栏"P10=42"，输入数字"50"

(3) 完成后直线长度变成 50

(4) 同样操作还可以定义斜线的长度。对于其他的几何体形状都可以这样定义

图 2.28　约束几何体的形状

（1）约束线段的位置。约束直线和 X 基准轴的距离，依次选择图 2.29 中的直线和水平 X 轴，向右拖动光标，在空白处单击左键，出现距离尺寸（尺寸值可直接修改，若修改已有的标注尺寸，可以双击要修改的尺寸）。约束直线和 Y 基准轴的距离，依次选择图 2.29中的直线和 Y 轴，在空白处单击左键，出现距离尺寸。

（2）约束角度。依次选择图 2.30 中的直线和水平 X 轴，并单击鼠标左键，然后单击鼠标中键确定（若值需要修改可以修改后再单击鼠标中键）。

（3）约束直径。选择图 2.31 所示的圆，移动光标向左到达需要的位置并单击鼠标左键，然后单击鼠标中键确定。

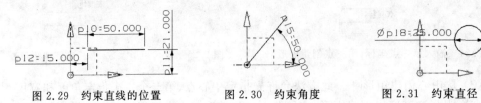

图 2.29　约束直线的位置　　　　图 2.30　约束角度　　　　图 2.31　约束直径

（4）约束半径。选择图 2.32 所示的圆弧，移动光标向左到达需要的位置并单击鼠标左键，然后单击鼠标中键确定。

（5）约束圆的位置。选择图 2.33 所示的圆的圆心和 X 轴，移动光标向右到达需要的位置并单击鼠标左键，然后单击鼠标中键确定；选择圆的圆心和 Y 轴，移动光标向上到达需要的位置并单击鼠标左键，然后单击鼠标中键确定。

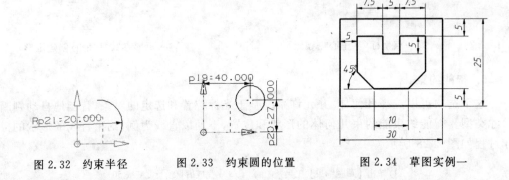

图 2.32　约束半径　　　　图 2.33　约束圆的位置　　　　图 2.34　草图实例一

2.2.2　实例讲解——草图实例一

1. 图形

绘制的图形如图 2.34 所示。

2. 图形分析

这是一个完全由直线组成的图形，最容易让读者掌握的方法是一段一段地绘制直线首尾相连，构成两个封闭的环来完成图形，也可以利用草图参数特性先在草图上绘制一个外形相似的图形，然后添加约束，利用参数驱动来完成图形，当然还有更多的方法。无论采用哪种方法，最终要求完成这个练习。在下面的实例操作过程中对两种方法进行讲解。

3. 绘制过程

方法1：

单击【特征】工具条上的"草图"图标，系统弹出"创建草图"对话框，按下鼠标中键确定系统进入草绘界面。

绘制图形过程如图2.35所示。

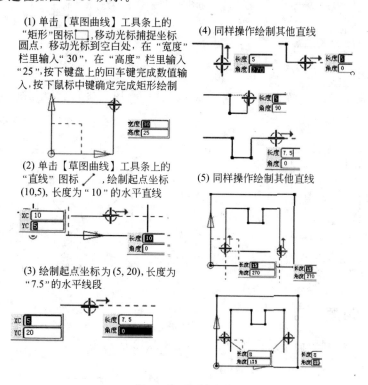

(1) 单击【草图曲线】工具条上的"矩形"图标，移动光标捕捉坐标圆点，移动光标到空白处，在"宽度"栏里输入"30"，在"高度"栏里输入"25"，按下键盘上的回车键完成数值输入，按下鼠标中键确定完成矩形绘制

(2) 单击【草图曲线】工具条上的"直线"图标，绘制起点坐标(10,5)，长度为"10"的水平直线

(3) 绘制起点坐标为(5,20)，长度为"7.5"的水平线段

(4) 同样操作绘制其他直线

(5) 同样操作绘制其他直线

图2.35　绘制图形

修剪多余曲线、标注图形，操作过程如图2.36所示。

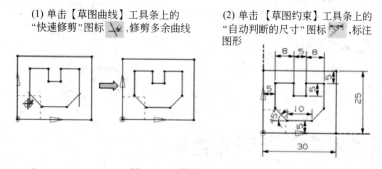

(1) 单击【草图曲线】工具条上的"快速修剪"图标，修剪多余曲线

(2) 单击【草图约束】工具条上的"自动判断的尺寸"图标，标注图形

图2.36　修剪、标注图形

方法2：

绘制草图，单击【草图曲线】工具条上的"直线"图标，绘制大致相似于图2.34所示的草图(各线段尺寸可以任意，但要接近图2.34所示，相差太大不利于编辑)，如图2.37所示。

修改尺寸约束。单击【草图约束】工具条上的"自动判断的尺寸"图标，先标注如图 2.38 所示内层封闭环尺寸约束草图形状；再标注如图 2.39 所示内层环和外层环之间距离尺寸约束草图形状；最后标注如图 2.40 所示外层环尺寸约束草图形状，至此草图绘制完成。

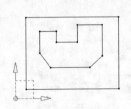

图 2.37　绘制草图

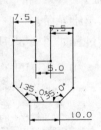

图 2.38　约束内层图形形状

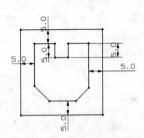

图 2.39　约束位置

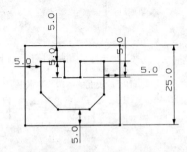

图 2.40　约束外层图形形状

2.2.3　习题练习

在 UG 草图绘制界面中绘形如图 2.41 和图 2.42 所示图形。

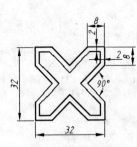

图 2.41　习题练习 1

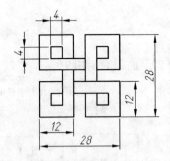

图 2.42　习题练习 2

2.3　用圆和圆弧命令来绘制图形

2.3.1　常用命令介绍

1. 圆命令 ◯

可以用以下两种方法之一创建圆。

（1）中心和半径决定的圆，通过指定中心和直径创建圆。绘制步骤如图 2.43 所示。

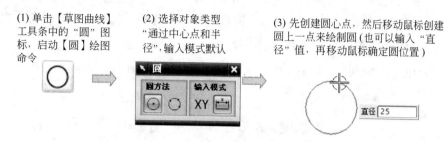

图 2.43 通过中心和半径创建圆步骤

（2）通过三点的圆，通过指定三点创建圆。绘制步骤如图 2.44 所示。

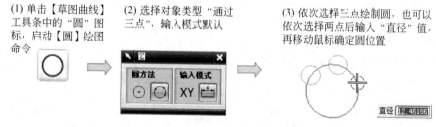

图 2.44 通过三点创建圆步骤

2. 圆弧

有以下两种绘制圆弧的方式。

（1）三点定圆弧，绘制步骤如图 2.45 所示。

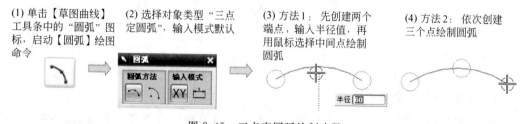

图 2.45 三点定圆弧绘制步骤

（2）通过中心点和端点创建圆弧，绘制步骤如图 2.46 所示。

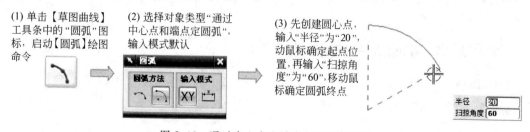

图 2.46 通过中心点和端点创建圆弧步骤

3. 圆角

用这个选项在两条或三条曲线之间创建一个圆角。可以用这个选项修剪输入的曲线，删除三曲线圆角的第三条曲线，并指定圆角半径值。移动光标可以预览圆角并决定其尺寸和位置。圆角绘制步骤如图 2.47 所示。

(1) 单击【草图曲线】工具条中的"圆角"图标，启动【圆角】绘图命令　(2) 选择对象类型"修剪输入"，输入模式默认　(3) 依次选择两条曲线，输入"半径"为"8"，单击鼠标左键　(4) 完成半径为8mm的圆角

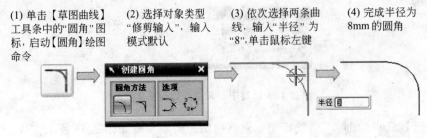

图 2.47　圆角绘制步骤

4. 椭圆

椭圆的绘制方法是先确定椭圆中心点位置，然后输入椭圆参数，绘制过程如图 2.48 所示。

(1) 单击【草图曲线】工具条中的"椭圆"图标，启动【椭圆】绘图命令　(2) 系统弹出"点选择"对话框，在屏幕上选择椭圆中心点的位置，然后输入椭圆参数　(3) 生成椭圆

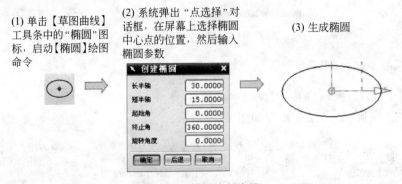

图 2.48　椭圆绘制步骤

5. 转换至/自参考对象

能够将草图曲线(但不是点)或草图尺寸由活动对象转换为参考对象，或由参考对象转换为活动对象。UG NX 5.0 在草图中显示参考尺寸，并更新它们的值。但是参考尺寸并不控制草图几何图形。默认情况下 UG NX 5.0 用双点划线字体显示参考曲线，如图 2.49 所示。

2.3.2　实例讲解——草图实例二

1. 图形

绘制的图形如图 2.50 所示。

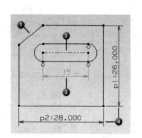

1—活动的曲线；2—参考曲线；
3—参考尺寸； 4—活动的尺寸

图 2.49 参考对象

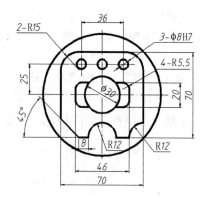

图 2.50 草图实例二

2. 图形分析

这个图形尺寸较多但并不复杂，通过分析可以把图形分成 4 个部分，第一部分为一个圆；第二部分为一个矩形，修剪四角成形；第三部分为一个圆和一个倒圆角的矩形重叠；第四部分为 3 个圆。这 4 部分图形的几何中心都是坐标原点，如图 2.51 所示。为简化绘图步骤，可以把第三部分的圆和第一部分的圆一起绘制，第三部分的矩形和第二部分的矩形一起绘制，这样全图分三步来绘制，如图 2.52 所示。

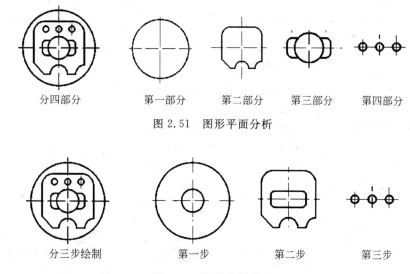

分四部分　　　　第一部分　　　第二部分　　　第三部分　　　第四部分

图 2.51 图形平面分析

分三步绘制　　　　　第一步　　　　　第二步　　　　　第三步

图 2.52 图形绘制步骤

3. 绘制过程

(1) 新建模型文件，文件名为"xixuekuai"，存盘文件目录为"D:\CAD\3\"。

(2) 进入草图绘图界面。单击【特征】工具条中的【草图】命令图标，弹出"创建草图"对话框，在不做选择的情况下，系统默认构图面为 X-Y 面，单击鼠标中键进入草图绘图界面，图形的几何中心放在坐标轴的原点处。

（3）绘制两个同心圆，单击【草图曲线】工具条中的【圆】命令图标○，直接移动鼠标捕捉坐标原点并按下鼠标左键选定圆心，在屏幕"直径"栏里输入"30"，重复操作再绘制一个圆心在原点、直径为100mm的圆；单击【草图约束】工具条中的【自动判断的尺寸】命令图标，标注两圆尺寸，如图2.53所示。

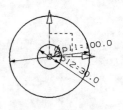

图2.53　绘制圆

（4）绘制两个矩形，操作过程如图2.54所示。

（1）单击【草图曲线】工具条上的"矩形"图标 □，系统弹出"矩形"对话框，选择矩形方式为"从中心"

（2）直接移动鼠标捕捉坐标原点并按下鼠标左键选定圆心，在屏幕弹出的参数栏里"宽度"项里输入"46"、"高度"栏里输入"20"、"角度"栏里输入"0"，单击鼠标左键矩形绘制完成

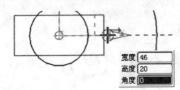

（3）重复操作绘制一个中心点在圆心，宽度是"46"、高度是"20"、角度是"0"的矩形

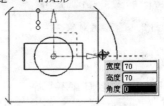

（4）单击【草图曲线】工具条上的【圆角】命令图标 ，给矩形倒圆角R15和R5.5

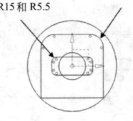

图2.54　矩形绘制过程

（5）绘制两圆并修剪轮廓，操作过程如图2.55所示。

（1）单击【草图曲线】工具条上的"圆"图标○，绘制半径是R12的两圆

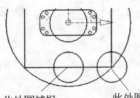

此处圆捕捉矩形底边中点为圆心

（2）单击【草图曲线】工具条上的"快速修剪"图标，修剪图形

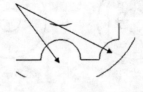

此处圆捕捉矩形底边右端点为圆心

图2.55　绘制两圆并修剪

（6）标注约束图形，如图2.56所示。

（7）绘制两个线段并标注尺寸，水平线段用来给要绘制的三个小圆定位，斜线段用来绘制倒斜角，如图2.57所示。

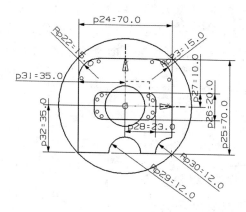

图 2.56　标注约束图形

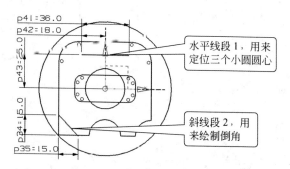

图 2.57　绘制两个线段

（8）绘制三个直径为"8"的圆,如图 2.58 所示,然后将三个圆的定位直线转化为参考线。

（9）修剪多余直线完成操作,单击 ![完成草图]退出草图界面,完成后的草图如图 2.59 所示。保存文件,在第 3 章绘制实体实例中还将用到这个草图。

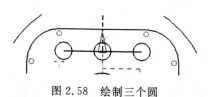

图 2.58　绘制三个圆

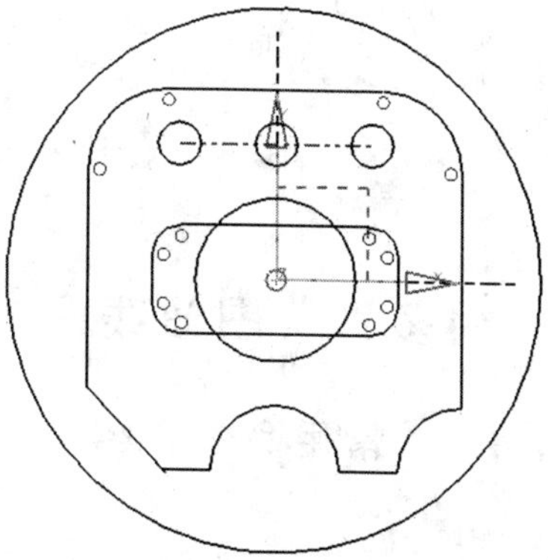

图 2.59　修剪完成草图

2.3.3 习题练习

在 UG 草图绘制界面中绘制如图 2.60～图 2.63 所示图形。

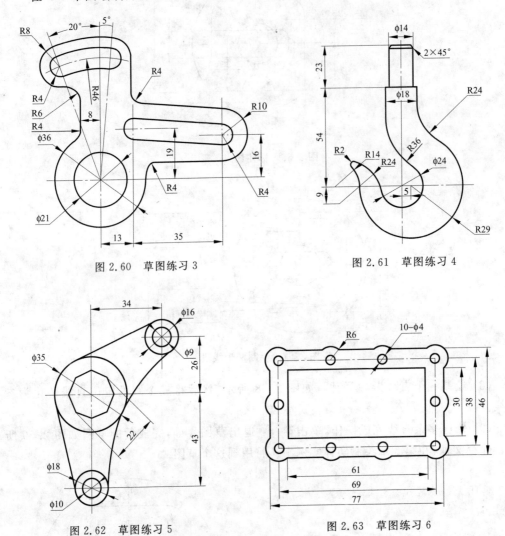

图 2.60 草图练习 3

图 2.61 草图练习 4

图 2.62 草图练习 5

图 2.63 草图练习 6

2.4 用多种草图曲线命令来绘制图形

2.4.1 常用命令介绍

1. 轮廓 ⌐

这个选项可以创建一系列相连的直线或线串模式的圆弧,即上一条曲线的终点变成下一条曲线的起点。轮廓绘制步骤如图 2.64 所示。

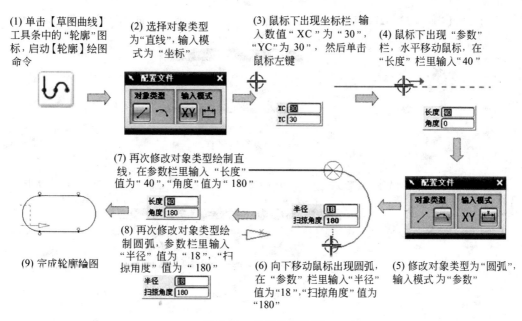

图 2.64 轮廓绘制步骤

2. 艺术样条 ✓

使用此选项交互创建关联或非关联样条。可以拖动定义点或极点创建样条,也可以在给定的点处或者对结束极点指定斜率或曲率。艺术样条的创建示例如图 2.65 所示。

3. 自动约束 ✓

几何约束的类型有水平、竖直、重合、点在曲线上、平行、垂直、正切、等长、等半径、同心和共线。系统分析当前草图中的几何体,在绘制草图时可以自动应用到草图上的可能位置并在可行的地方应用选定约束。对于希望 UG NX 5.0 添加的每一约束类型,打勾选中就可以应用到草图中。

图 2.65 使用"通过点"和"根据极点"创建的艺术样条

4. 约束 ✓

有些草图曲线自动约束、没有约束或要修改自动约束的结果时可以使用【约束】命令,使用【约束】命令的步骤如图 2.66~图 2.68 所示。

5. 镜像 ✓

这个命令可以通过现有的草图直线创建草图几何体的镜像副本。镜像后将镜像几何约束 ▷ ◁ 应用到与镜像操作关联的所有几何体中,同时将镜像直线转换为参考直线。镜像操作步骤如图 2.69 所示。

6. 偏置 ✓

这个选项可以偏置关联曲线和非关联曲线,可以偏置与当前草图和其他草图中的曲

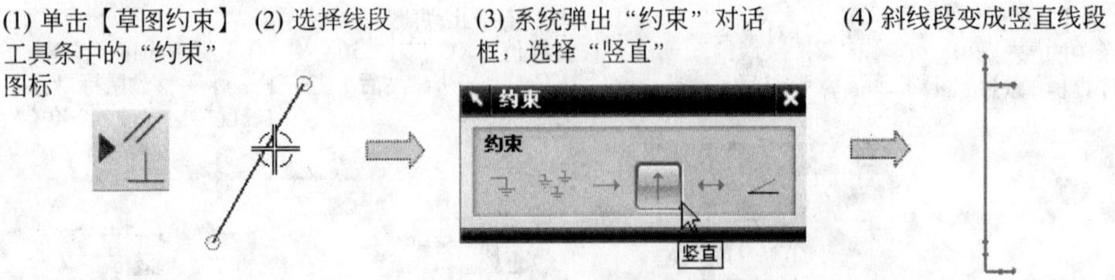

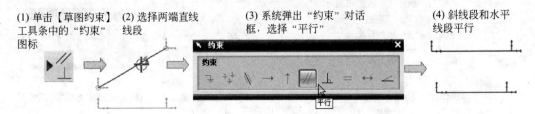

图 2.66　约束直线竖直

图 2.67　约束两条直线段平行

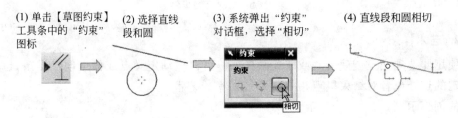

图 2.68　约束直线段和圆相切

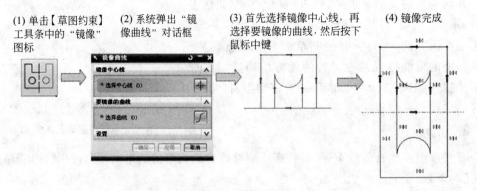

图 2.69　镜像操作步骤

线不关联的曲线、投影曲线、基本曲线、关联曲线和边缘。偏置曲线操作步骤如图 2.70 所示。

7. 投影曲线

通过沿草图平面法向将外部对象投影到草图的方法，可以创建曲线、线串或点。投影的线串是固定的曲线，可以通过关联方式或非关联方式将曲线投影到草图上。

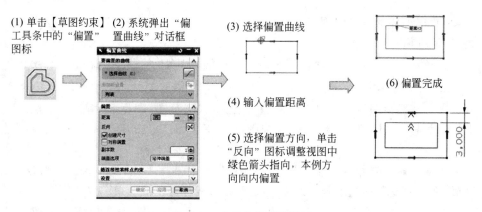

(1) 单击【草图约束】 (2) 系统弹出 "偏
工具条中的 "偏置" 置曲线" 对话框
图标

(3) 选择偏置曲线

(4) 输入偏置距离

(5) 选择偏置方向，单击
"反向" 图标调整视图中
绿色箭头指向，本例方
向向内偏置

(6) 偏置完成

图 2.70 偏置曲线操作步骤

能够投影的对象包括以下几种。

- 关联和非关联曲线。
- 边。
- 面(选择一个面将自动选择投影它的边)。
- 其他草图或草图中的曲线。
- 点和捕捉点,包括直线的端点以及圆弧和圆的中心。(注意:不能在"草图生成
  器"内同时投影点和曲线。)

投影曲线操作步骤如图 2.71 所示。

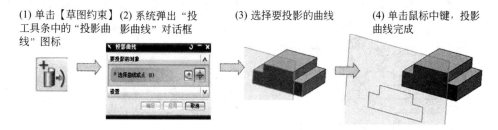

(1) 单击【草图约束】 (2) 系统弹出 "投
工具条中的 "投影曲 影曲线" 对话框
线" 图标

(3) 选择要投影的曲线

(4) 单击鼠标中键,投影
曲线完成

图 2.71 投影曲线操作步骤

2.4.2 实例讲解——草图实例三

1. 图形

绘制的图形如图 2.72 所示。

2. 图形分析

衣帽钩图形上圆弧线较多,圆弧和圆弧之间保持相切,这是绘图的难点。通过观察可
以发现一些圆的圆心位置已经标注出来了,比较容易绘制,像 $\phi17.5$、$\phi26$、$2-S\phi10$、$R14$
等尺寸的圆/圆弧。有些圆弧只知道半径信息而圆心位置在图上没有直接标出,要利用圆
弧和其他图素的几何关系来确定,像 $R46$、$R7.5$、$2-R5$、$2-R4$ 等尺寸的圆/圆弧。对于
这样的图形首先要选好基准,约束定位基准和坐标轴之间的几何、位置关系,然后绘制圆
心和定位基准有直接尺寸约束关系的圆,接着绘制简单的图形,约束其与定位基准的几何

尺寸关系,再绘制比较复杂的图形。

3. 绘图过程

(1) 新建一个文件。单击【标准】工具栏里的"新建"图标□,新建一个文件名为"gouzhi. prt"的模型文件。

(2) 进入草图绘图界面。单击【特征】工具条中的"草图"图标✏,弹出"创建草图"对话框,在不做选择的情况下,系统默认构图面为 X-Y 面,单击鼠标中键进入草图绘图界面。

(3) 建基准轴。单击【草图曲线】工具条中的"直线"图标╱,直接在 X 坐标轴旁边绘制一条横线,在 Y 坐标轴旁边绘制一条竖线,这两条直线作为基准线,长短和图形长度大小相近;单击【草图约束】工具条中的"自动判断的尺寸"图标⚡,用鼠标选择横线和 X 轴,修改两者距离为 0,重复操作选择竖线和 Y 轴,修改两者距离为 0,如图 2.73 所示;单击【草图约束】工具条中的"转换至/自参考对象"图标,系统弹出"转换至/自参考对象"对话框,用鼠标选择已绘制的横线和竖线,按下鼠标中键确定,两条线转化成点画线样式,如图 2.74 所示。

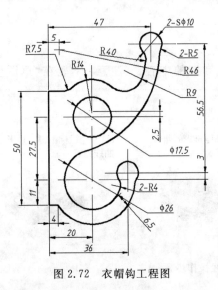

图 2.72 衣帽钩工程图

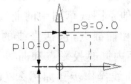

图 2.73 绘制两条直线

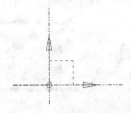

图 2.74 转化参考线

(4) 绘制 6 个圆并标注尺寸。单击【草图曲线】工具条中的"圆"图标○,在两条基准线之间的位置(即坐标轴第一象限)绘制 6 个圆。圆的位置可以任意选定(为了绘图方便,一般都要绘制在原始图形的大致位置),完成后如图 2.75 所示;单击【草图约束】工具条中的"自动判断的尺寸"图标⚡,标注 6 个圆的圆心分别到基准轴的距离,具体见表 2.6,完成后如图 2.76 所示。为了使视图显示得清楚而整洁,可以将已标注好的尺寸隐藏。用鼠标依次选择已标注的各尺寸,然后同时按下键盘上的 Ctrl+B 键,完成隐藏操作。再次单击【草图约束】工具条中的"自动判断的尺寸"图标⚡,标注 6 个圆的直径,如图 2.77 所示。

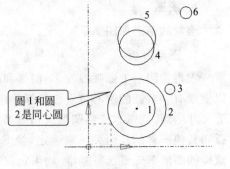

图 2.75 绘制 6 个圆

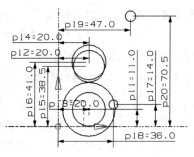

图 2.76 标注定位尺寸

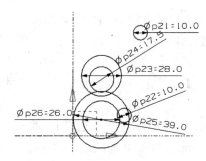

图 2.77 标注定形尺寸

表 2.6 6 个圆的参数

	圆心到 X 轴距离/mm	圆心到 Y 轴距离/mm	圆直径/mm
圆 1	P11＝11	P13＝20	26
圆 2	11	20	39
圆 3	P17＝14	P18＝36	10
圆 4	P15＝38.5	P12＝20	17.5
圆 5	P16＝41	P14＝20	28
圆 6	P20＝70.5	P19＝47	10

（5）绘制 R46 的圆弧并标注尺寸。单击【草图曲线】工具条中的"圆"图标，绘制 R46 圆弧。先用鼠标在圆 6 内部任意位置单击一下确定圆弧的一个端点，然后用鼠标靠近圆 1，系统会自动捕捉圆弧和圆 1 相切，当出现相切符号时单击鼠标左键，把圆弧和圆 1 的切点作为圆弧的另一个端点，然后在屏幕上出现的半径栏里输入 46 后按下鼠标左键完成圆弧绘制，如图 2.78 所示。

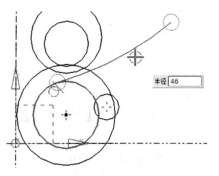

图 2.78 绘制 R46 圆弧

单击【草图约束】工具条中的"自动判断的尺寸"图标，标注 R46 圆弧圆心到基准轴 Y 轴的距离为 5mm，如图 2.79 所示；标注 R46 圆弧半径为 46mm，如图 2.80 所示。

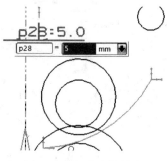

图 2.79 标注定位尺寸

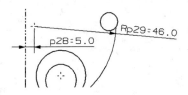

图 2.80 标注定形尺寸

　　（6）绘制 R40 的圆弧并标注尺寸。单击【草图约束】工具条中的"偏置曲线"图标🗂，系统弹出"偏置曲线"对话框,在"偏置"栏中"距离"项里填入 6mm,用鼠标左键单击选择 R46 圆弧为偏置曲线,偏置方向为向左,按下鼠标中键完成操作,R40 圆弧出现。单击【草图约束】工具条中的"自动判断的尺寸"图标⚡,约束 R40 圆弧和 R46 圆弧的距离为 6mm,如图 2.81 所示。

　　（7）绘制直线：单击【草图曲线】工具条中的"直线"图标／,捕捉圆心,绘制一条长度是 50mm 并与 Y 基准轴重合的直线,如图 2.82 所示,然后分别捕捉直线上端点向圆 5 作一条水平线和圆 5 有一个交点,捕捉直线下端点向圆 2 作一条水平线和圆 2 有一个交点,如图 2.83 所示。

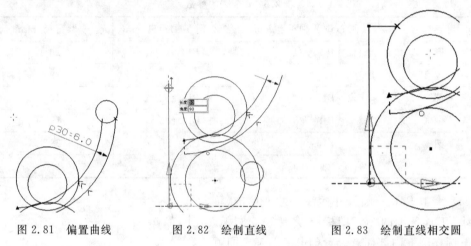

| 图 2.81　偏置曲线 | 图 2.82　绘制直线 | 图 2.83　绘制直线相交圆 |

　　（8）修剪曲线：单击【草图曲线】工具条中的"快速修剪"图标🗡,按图 2.84 所示修剪多余曲线。

　　（9）倒圆角：单击【草图曲线】工具条中的"圆角"图标⌐,按图 2.85 所示在图中 6 处尖角处做圆角。圆角完成后用鼠标单击【草图生成器】工具条中的"完成草图"图标🏁完成草图,退出草图模式,完成后的草图如图 2.86 所示。

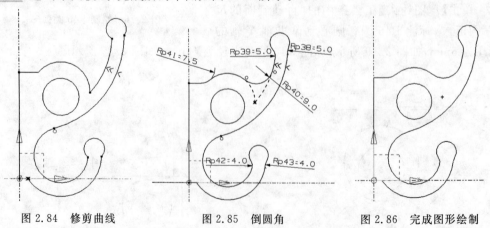

| 图 2.84　修剪曲线 | 图 2.85　倒圆角 | 图 2.86　完成图形绘制 |

2.4.3 习题练习

在 UG 草图绘制界面中绘制如图 2.87 和图 2.88 所示图形。

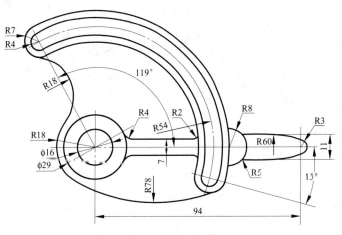

图 2.87 草图练习 7

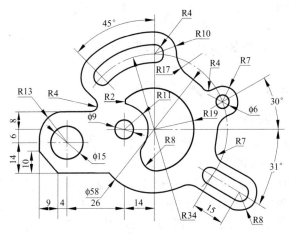

图 2.88 草图练习 8

CHAPTER 3

实 体 造 型

NX Modeling 应用模块提供了一个实体建模系统,可以进行快速的概念设计。用户可以交互式地创建并编辑复杂的、典型的实体模型。可以通过直接编辑实体尺寸的方法或使用其他构造技术对实体进行更改和更新。其他 NX 应用模块可以直接对"建模"中创建的实体对象进行操作,而不用进行任何实体转换。例如,可以通过访问相应的应用模块来执行制图、工程分析和 NC 加工功能。

3.1 拉伸创建实体特征

3.1.1 常用命令介绍

1. 拉伸📖

使用此功能沿指定方向扫掠 2D 或 3D 曲线、边、表面和草图的轮廓或曲线特征的直线距离,由此来创建实体。布尔运算选项允许创建拉伸部分或对其与其他对象进行求和、求差或求交。

如果选择单个开放或封闭的剖面,则可得到单个片体或实体。如果选择多个开放或封闭的剖面,则可得到多个片体或实体。

单击【特征】工具条中的"拉伸"图标,系统弹出"拉伸"对话框,"拉伸"对话框提供了 8 种拉伸方法,如图 3.1 所示,下面分别介绍。

(1)截面。每个未断开的曲线或边线串(连续并相互连接)都可组成单个截面或轮廓线串。如果选择多个剖面线串,则将在"拉伸"特征中得到多个片体或实体。

📐曲线:此图标用于选择现有的曲线、草图和边来作为截面,默认状态此图标为开。

📐草图:可选择使用此图标打开草图生成器并创建特征内部的截面。在退出草图生成器时,草图被自动选为要拉伸的截面。创建"拉伸"特征后,草图就在其内部,而不显示在图形窗口或部件导航器中。

选择要用于创建拉伸特征的曲线或边缘几何体

指定要拉伸的方向。默认方向为选定剖面的法向

定义整体构造方式和拉伸的限制

指定新的"拉伸"特征在创建时与其他体相交的方式

为拉伸特征添加斜度

通过偏置截面曲线获得新截面

指定拉伸特征为片体还是实体

当指定了足够参数来创建可能的拉伸特征时，该选项在图形窗口中对其创建预览

图 3.1 "拉伸"对话框

（2）方向。可利用曲线、边缘或任意标准矢量方法（包括"矢量构造器"上的那些方法）指定某个特定的方向。拉伸特征和方向之间将存在关联性。如果在创建"拉伸"之后更改针对方向选择的几何体，则"拉伸"特征将进行相应的更新。

可通过单击"反向"图标 ☒ 调整矢量锥形箭头的方向，从而更改拉伸体的方向。

（3）限制。在限制栏里有 6 种限制模式，使用下拉菜单，选择控制拉伸限制的模式。

① 值：允许指定拉伸起始或结束的值。值是数字类型，轮廓之上的值为正；轮廓之下的值为负。可将限制值直接输入到对话框的数据输入框或图形窗口的动态输入框中，除了直接输入值外，还可在轮廓的任一侧将开始和结束限制手柄拖动一个线性距离，在拖动手柄时，起始值和结束值会根据它们与轮廓的距离而发生更改。操作示例如图 3.2 和图 3.3 所示，布尔运算模式为 ☒ 无。

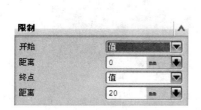

图 3.2 "值"限制模式

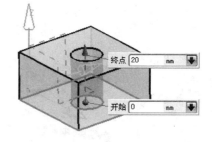

图 3.3 "值"限制模式时拉伸示例

② 对称值：将起始限制距离转换为与结束限制相同的值。操作示例如图 3.4 和图 3.5 所示，布尔运算模式为 ☒ 无。

③ 直至下一个：将拉伸体沿方向路径延伸到下一个体。操作示例如图 3.6 和图 3.7 所示，布尔运算模式为 ☒ 无，布尔运算模式为 ☒ 求差 时结果如图 3.8 所示，布尔运算模式为 ☒ 求交时结果如图 3.9 所示。

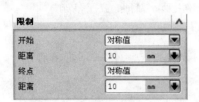

图 3.4　"对称值"限制模式

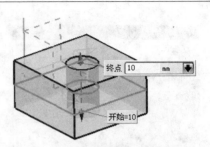

图 3.5　"对称值"限制模式时拉伸示例

图 3.6　"直至下一个"限制模式

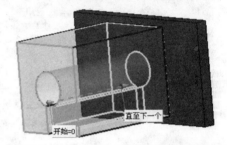

图 3.7　"直至下一个"限制模式时拉伸示例

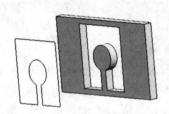

图 3.8　"求差"模式拉伸示例

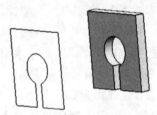

图 3.9　"求交"模式拉伸示例

④ 直至选定对象：将拉伸体延伸到选择的面、基准平面或体。操作示例如图 3.10 和图 3.11 所示，片体和实体不能进行布尔运算，只能利用片体修剪拉伸实体。

图 3.10　"直至选定对象"限制模式

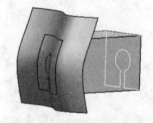

图 3.11　"直至选定对象"限制模式时拉伸示例

⑤ 直到被延伸：当选定的面小于拉伸实体截面时，系统会自动延伸选定的面，使其能裁剪拉伸实体。操作示例如图 3.12 和图 3.13 所示。

⑥ 贯通：允许沿着拉伸路径使拉伸完全延伸，从而通过所有可选的体。当"开始"限制模式为"值"，"终点"限制模式为"贯通"，布尔运算模式为为 求差时，操作结果如图 3.14 和图 3.15 所示；当"开始"和"终点"限制模式都为"贯通"，布尔运算模式为 求交时，操作结果如图 3.16 和图 3.17 所示。

图 3.12　"直到被延伸"限制模式

图 3.13　"直到被延伸"限制模式时拉伸示例

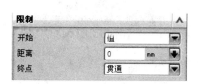

图 3.14　"贯通"限制模式 1

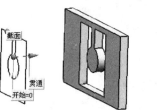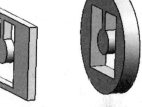

图 3.15　"贯通"限制模式时拉伸示例 1

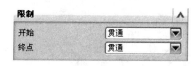

图 3.16　"贯通"限制模式 2

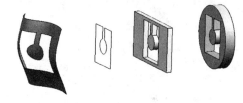

图 3.17　"贯通"限制模式时拉伸示例 2

(4) 布尔。布尔运算选项允许创建拉伸部分或对其与其他对象进行求和、求差或求交。

　无：创建独立的拉伸实体。

　求和：将两个或多个体的拉伸体合成为一个单独的体。

　求差：从目标体移除拉伸体。

　求交：创建一个体，这个体包含由拉伸和与之相交的现有体共享的体积。

(5) 草图。可以通过在对话框中的数据输入框或动态输入框中输入数值或拖动图形窗口中的拔模手柄指定拔模角。正角使得拉伸体的侧面向内倾斜，朝向选定曲线的中心。负角使得拉伸体的侧面向外倾斜，远离选定曲线的中心。角度值为零将导致无斜率。拔模只应用于基于线性轮廓的拉伸特征。可以指定以下类型的拔模。

① 从起始限制：方法是从起始限制开始，并延伸至结束限制。操作示例如图 3.18 和图 3.19 所示。

② 从截面：方法是从起始限制开始，延伸至结束限制，并与轮廓线串对齐(或通过轮廓线串)。操作示例如图 3.20 和图 3.21 所示。

③ 起始截面：允许为沿轮廓上下延伸的拔模指定一个角度值。仅当开始和结束限制面在轮廓的相反侧时可用。非对称时操作如图 3.22 和图 3.23 所示；对称时操作如图 3.24 和图 3.25 所示。

图 3.18 "从起始限制"拔模方式

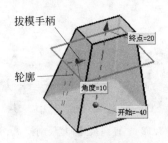

图 3.19 "从起始限制"拔模方式示例

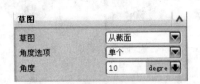

图 3.20 "从截面"拔模方式

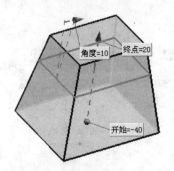

图 3.21 "从截面"拔模方式示例

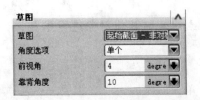

图 3.22 "起始截面-非对称"拔模方式

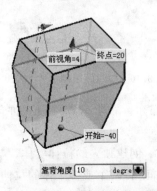

图 3.23 "起始截面-非对称"拔模方式示例

图 3.24 "起始截面-对称"拔模方式

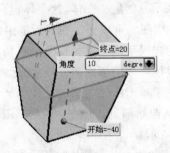

图 3.25 "起始截面-对称"拔模方式示例

④ 从截面匹配的端部：允许为沿轮廓上下延伸的拔模指定一个角度值。起始限制面与结束限制面对称，且起始限制面的大小变得与结束限制面的相同。操作示例如图 3.26 和图 3.27 所示。

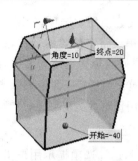

图 3.26 "从截面匹配的端部"拔模方式　　　　图 3.27 "从截面匹配的端部"拔模方式示例

（6）偏置。使用偏置在拉伸中最多可添加两个偏置。可以在对话框的数据输入框或动态输入框中输入偏置值,也可以在图形窗口中拖动偏置手柄。可以指定以下类型的偏置。

① 单侧：这种偏置可用于填充孔,从而创建凸垫,简化部件的开发。操作示例如图 3.28 和图 3.29 所示。

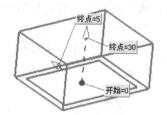

图 3.28 "单侧"偏置方式　　　　　　图 3.29 "单侧"偏置方式示例

② 两侧：利用起始偏置手柄和结束偏置手柄可创建两侧偏置。操作示例如图 3.30 和图 3.31 所示。

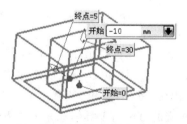

图 3.30 "两侧"偏置方式　　　　　　图 3.31 "两侧"偏置方式示例

③ 对称：起始偏置和结束偏置的值相同;起始偏置手柄和结束偏置手柄指向为相反方向。对称偏置的值是由最终指定的偏置选项所决定的,操作示例如图 3.32 和图 3.33 所示。

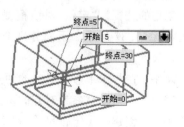

图 3.32 "对称"偏置方式　　　　　　图 3.33 "对称"偏置方式示例

（7）设置。使用此选项，指定拉伸特征为片体还是实体。要获得实体，此剖面必须为封闭轮廓线串或带有偏置的开放轮廓线串。如果使用偏置，则无法获得片体。在某些情况下，可将拉伸的片体更改为实体，或将实体更改为片体。

（8）预览。当指定了足够参数来创建可能的拉伸特征时，该选项在图形窗口中对其创建预览。使用预览可决定创建拉伸特征之前参数的正确性。默认情况下会选择该选项。

2. 布尔运算

每个布尔运算选项提示用户指定一个目标实体（用作开始的实体）和一个或多个工具实体。目标实体由这些工具修改，运算终了时这些工具实体就成为目标实体的一部分。可以选择保存及保留未修改的目标和工具体的副本。

求和：使用此布尔函数，将两个或多个体的体积组合为单个体。此选项创建一个"求和"特征，操作示例如图3.34所示。

求差：此特征允许用户使用工具体从目标体中移除体积。此操作会留下一个空的空间，这是原来被减去的目标体所在的位置。"求差"选项用于创建"求差"特征，操作示例如图3.35所示。

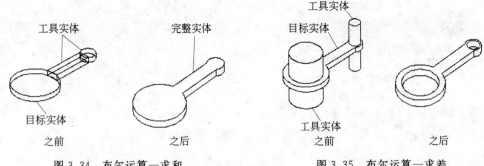

图3.34 布尔运算—求和   图3.35 布尔运算—求差

相交：此选项允许用户创建包含两个不同的体共有体积的体。可以将实体与实体相交、片体与片体相交，也可以使片体与实体相交，但是不能将实体与片体相交。此选项产生"相交"特征。"相交"会留下一个空的空间，这是相交的目标与工具体原来的位置。操作示例如图3.36所示。

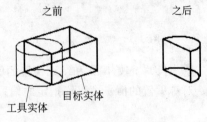

图3.36 布尔运算—相交

3. 定位方式

在创建成形特征时，需要用"定位"对话框来定位所创建的特征。"定位"对话框提供了9种定位方式，如图3.37所示。下面分别介绍各种定位方式的含义。

水平：在与水平参考对齐的两点之间创建定位尺寸。工作示例如图3.38所示。

竖直：在与垂直参考对齐的两点之间创建定位尺寸。工作示例如图3.39所示。

平行：创建一个定位尺寸，在平行于工作平面测量时，它约束两点之间的距离。工作示例如图3.40所示。

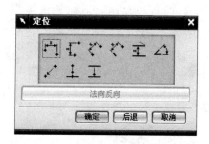

图 3.37 "定位"对话框

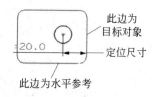

图 3.38 水平定位工作示例

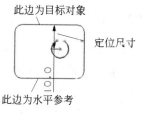

图 3.39 竖直定位工作示例

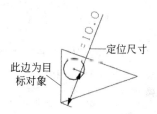

图 3.40 平行定位工作示例

垂直：创建一个定位尺寸，它约束目标实体的边缘与特征或草图上的点之间的垂直距离。工作示例如图 3.41 所示。

平行距离：创建一个定位尺寸，它对特征或草图的线性边和目标实体（或者任意现有曲线，在或不在目标实体上都可以）的线性边进行约束以使其平行并相距固定的距离。工作示例如图 3.42 所示。

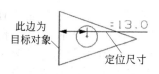

图 3.41 竖直定位工作示例

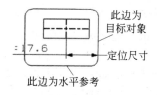

图 3.42 平行距离定位工作示例

角度：以给定角度，在特征的线性边和线性参考边或曲线之间创建定位约束尺寸。工作示例如图 3.43 所示。

点到点：使用相同的"平行"选项创建定位尺寸，但是两点之间的固定距离设置为零。工作示例如图 3.44 所示。

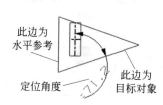

图 3.43 角度定位工作示例

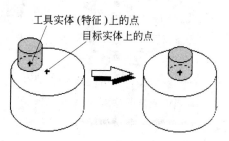

图 3.44 点到点定位方式工作示例

⟂点到线上：创建定位约束尺寸时与"垂直"选项相同，但是边或曲线与点之间的距离设置为零。工作示例如图3.45所示。

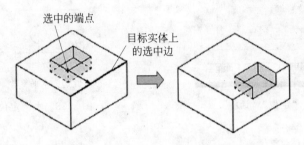

图 3.45　点到直线上定位方式操作示例

⟁直线至直线：以与"平行距离"选项相同的方式创建定位约束尺寸，但是在目标实体上特征/草图的线性边和线性边/曲线之间的距离设置为零。工作示例如图3.46所示。

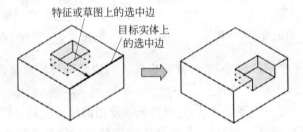

图 3.46　直线到直线上定位方式操作示例

4. 孔

"孔"选项允许用户在实体上创建一个简单的孔、沉头孔或埋头孔。对于所有创建孔的选项，深度值必须是正的。单击【特征】工具条中的"孔"图标，系统弹出"孔"对话框，孔创建一般步骤如图3.47所示。

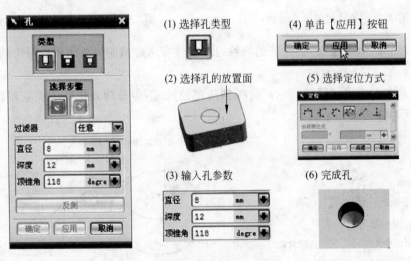

图 3.47　孔创建步骤

孔分为以下三种类型。

■"简单：允许用户创建一个有指定"直径"、"深度"和尖端"顶锥角"的简单孔。简单孔结构和参数如图3.48所示。

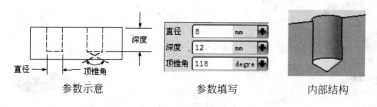

参数示意　　　　　参数填写　　　　　内部结构

图3.48　简单孔结构和参数

■"沉头孔：允许用户创建有指定"沉头孔直径"、"沉头孔深度"、"顶锥角"、"沉头直径"（即"孔径"）和"沉头孔深度"（即"孔深度"）的沉头孔。沉头孔结构和参数如图3.49所示。

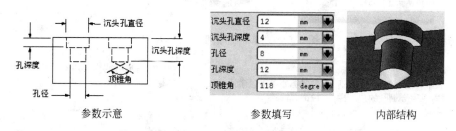

参数示意　　　　　参数填写　　　　　内部结构

图3.49　沉头孔结构和参数

■"埋头孔：允许用户创建有指定"埋头孔直径"、"孔深度"、"顶锥角"、"埋头孔角度"和"孔径"的埋头孔。埋头孔结构和参数如图3.50所示。

参数示意　　　　　参数填写　　　　　内部结构

图3.50　埋头孔结构和参数

5. 边倒圆

边倒圆是按指定的半径对所选实体或者片体的边缘进行倒圆，使模型上的尖锐边缘变成圆滑表面。

单击【特征操作】工具条中的"边倒圆"图标，系统弹出"边倒圆"对话框。对话框提供4种类型的圆角特征。"等半径"边倒圆操作步骤如图3.51所示；"可变半径"边倒圆操作步骤如图3.52所示；"拐角倒角"边倒圆和"拐角突然停止"边倒圆操作步骤和前两种方式相似，倒圆结果稍有不同，如图3.53和图3.54所示。

(1) 单击 "边倒圆" 图标，系统弹出 "边倒圆" 对话话框，见左图

(2) 在 "要倒圆的边" 栏中输入半径值

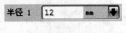

(3) 选择要倒圆的边（图中有三条）

(4) 单击【应用】按钮完成边倒圆

(5) 倒圆后实体特征

图 3.51 "等半径"边倒圆操作步骤

(1) 单击 "边倒圆" 图标，系统弹出 "边倒圆" 对话框，在 "要倒圆的边" 栏中输入半径值 6

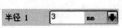

(2) 选择要倒圆的边（图中有三条）

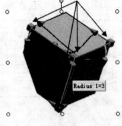

(3) 在 "可变半径点" 栏中鼠标处单击以激活变半径倒圆模式

(4) 用鼠标选中 4 个定点

(5) 在点动态输入字段中输入半径值

(6) 单击【应用】按钮完成边倒圆

图 3.52 "可变半径"边倒圆操作步骤

图 3.53 "拐角倒角"边倒圆样式

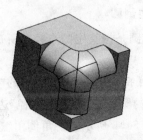

图 3.54 "拐角突然停止"边倒圆样式

3.1.2 实例讲解——实体实例一

1. 图形

绘制的图形如图 3.55 所示。

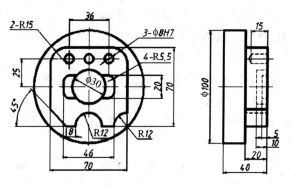

图 3.55　实体实例一

2. 图形分析

　　铣削块图形不复杂,通过分析可以把图形分成基本实体和依附在基本实体上的特征两个部分,而基本实体又可以进一步细分成两个图形元素,如图 3.56 所示。经过这样简化后,绘制就变得容易了。先绘制由两个图形元素构成的基本实体,然后通过布尔运算减去依附在基本实体上的特征,铣削块的三维数字模型就建好了,如图 3.57 所示。在实际绘图中为了减少操作步骤,可以在草图中一次将图 3.55 中主视图中轮廓曲线画好,然后按照前面分析的操作步骤完成实体和特征的操作。

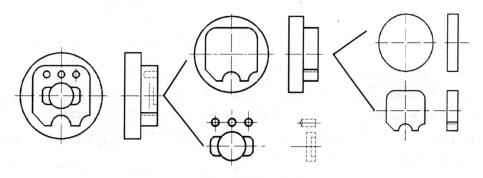

图 3.56　图形平面分析

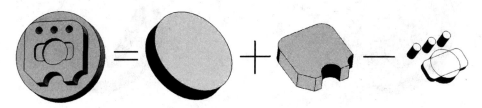

图 3.57　图形三维模型分析

3. 绘制过程

前面在草图实例 2 中讲解了本例草图的绘制,这里就调用前面的草图来绘制三维实体。

(1) 打开已存盘文件,文件名为"xixuekuai",存盘文件目录为"D:\CAD\3\",打开后铣削块草图如图 3.58 所示。

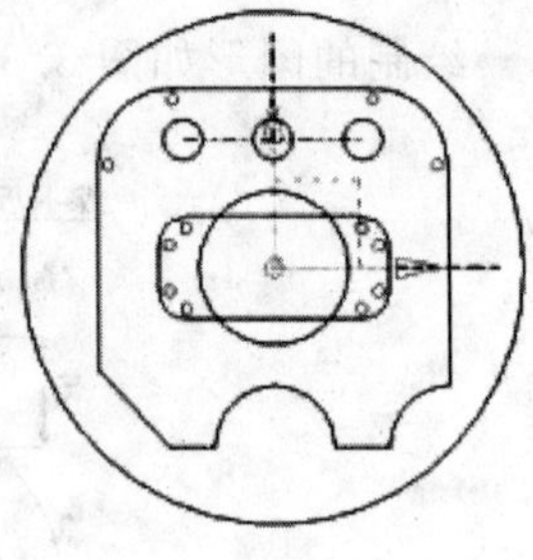

(2) 启动【拉伸】命令,单击【特征】工具条中的"拉伸"图标 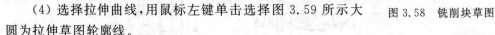,系统弹出"拉伸"对话框("拉伸"对话框参见图 3.1 所示)。

(3) 选择"选择意图",将鼠标移到【选择杆】工具条处选择"单条曲线"项 。

(4) 选择拉伸曲线,用鼠标左键单击选择图 3.59 所示大圆为拉伸草图轮廓线。

图 3.58　铣削块草图

(5) 修改拉伸距离和方向。在"拉伸"对话框的"限制"栏中的"开始距离"项里输入"0","终点距离"项里输入"20",然后确认拉伸方向是否朝向 Z 轴负方向,如果不是则用鼠标单击对话框中"方向"栏里"反向"图标 ,操作如图 3.60 所示。单击【确定】按钮完成拉伸操作。

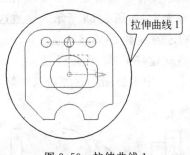

图 3.59　拉伸曲线 1

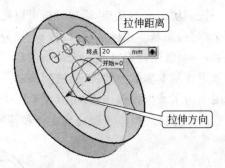

图 3.60　修改拉伸距离和方向

(6) 重复步骤(1)和(2),在"拉伸"对话框的"限制"栏中的"开始距离"项里输入"0","终点距离"项里输入"20",选择如图 3.61 所示一圈草图线为拉伸草图轮廓线,并确认拉伸方向是否朝向 Z 轴正方向,如果不是则用鼠标单击对话框中"方向"栏里"反向"图标 ,在对话框中"布尔"项里选择"求和" ,按下鼠标中键完成拉伸操作,完成后如图 3.62 所示。

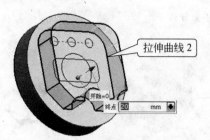

图 3.61　拉伸曲线 2

图 3.62　完成后的实体拉伸

（7）重复步骤（1）和（2），单击【特征】工具条中的"拉伸"图标 ▥，系统弹出"拉伸"对话框，在对话框"限制"栏的"开始距离"项里输入"15"，"终点距离"项里输入"20"，然后用鼠标左键依次单击选择图3.63所示一圈曲线为拉伸草图轮廓线，并确认拉伸方向是否朝向Z轴正方向，如果不是则用鼠标单击对话框中"方向"栏里的"反向"图标 ▨，在对话框中"布尔"项选择"求差" 布尔 [📦求差 ▼]，按下鼠标中键完成拉伸操作。

（8）重复步骤（7），拉伸曲线为圆，如图3.64所示，不同之处是"开始距离"项里输入"10"，"终点距离"项里输入"20"。

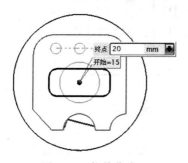

图 3.63　拉伸曲线 3

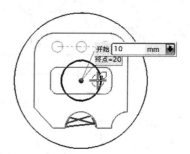

图 3.64　拉伸曲线 4

（9）启动孔命令，单击"特征"工具条中的"拉伸"图标 ◨，系统弹出"孔"对话框。

（10）修改孔类型和参数。在对话框中"类型"栏里单击"简单"图标 ▣，在"直径"栏里输入"8"、"深度"栏里输入"15"、"顶锥角"栏里输入"118"。

（11）选择建孔平面。移动鼠标选择切削块实体的上表面作为孔基准面，如图3.65所示。

（12）选择孔定位方式。按下鼠标中键确定，在系统弹出"定位"对话框中单击"点到点"定位方式图标 ⬈，移动鼠标到【视图】工具条 ⬛ 图标上，单击图标右边的小三角，修改显示模式为 [📦 带有变暗边的线框(D)] 模式，这时可以看到前面画的草图线，选择如图3.66所示的那个直径为8mm的圆的圆心作为孔的定位中心，系统弹出"设置圆弧的位置"对话框，单击其中的 [圆弧中心] 按钮，圆孔自动生成。

图 3.65　选择孔基准面

（13）重复步骤（9）～（12）的操作，依次选择另外两个直径为8mm的圆的圆心作为孔的定位中心来建孔，完成后如图3.67所示，铣削块的建模完成。

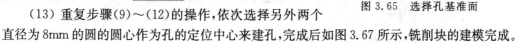

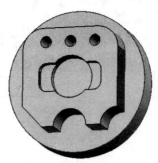

图 3.66　孔定位

图 3.67　完成铣削块实体模型

3.1.3 习题练习

绘制图形如图 3.68～图 3.71 所示。

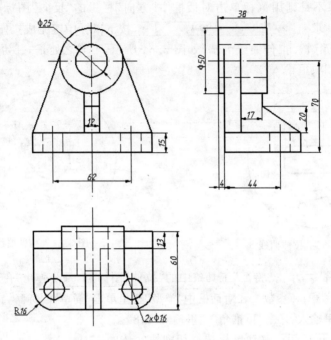

图 3.68 实体造型 1

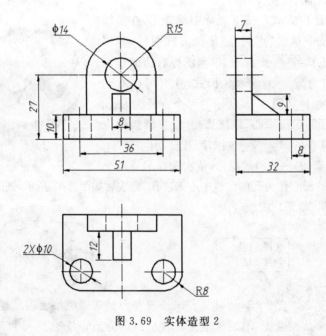

图 3.69 实体造型 2

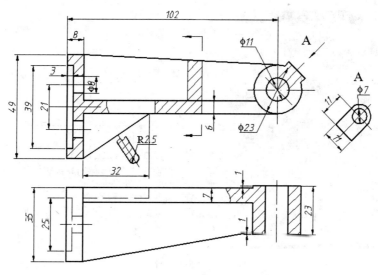

图 3.70　实体造型 3

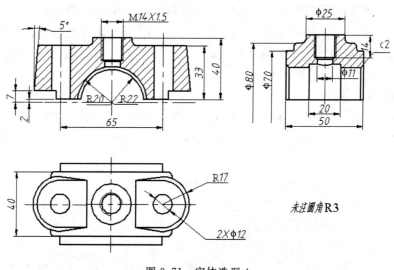

未注圆角R3

图 3.71　实体造型 4

3.2　旋转创建实体特征

3.2.1　常用命令介绍

1. 旋转

使用该选项可创建一个旋转特征,方法是使剖面曲线围绕给定轴旋转一个非零角度。可以从一个基本横截面开始,然后生成旋转特征或部分回转特征。

单击【特征】工具条中的"旋转"图标,系统弹出"旋转"对话框,如图 3.72 所示。

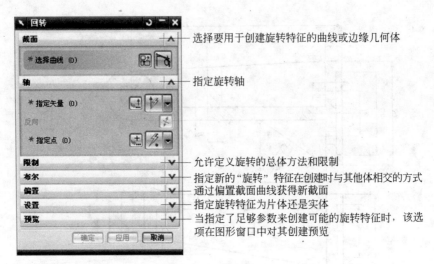

图 3.72　"回转"对话框

(1) 截面,它提供曲线和草图两个选项。

曲线:此选项用于选择现有的曲线、草图和边来作为截面,默认状态此选项为开。

草图:选择使用此选项,打开草图生成器和创建特征内部的剖面。退出草图生成器时,绘制的草图被自动选做要旋转的剖面。创建旋转特征后,草图就在其内部,而不显示在图形窗口或部件导航器中。

(2) 旋转轴。

旋转矢量:指定轴和曲线、边缘,或任何标准矢量方法,包括矢量构造器上的那些方法作为旋转轴。定义的旋转轴不应与剖面曲线相交于单个点,但是它可以和一条边重合。

矢量方向点:通过指定一点和矢量来确定旋转轴。

已旋转的体和旋转轴之间将存在关联性。如果在创建旋转体之后更改针对旋转轴选择的几何体,则旋转体将进行相应的更新。

(3) 限制。"限制"选项允许定义旋转的总体方法和限制。

开始/终点:开始和终点限制表示旋转体的相对的两端,绕旋转轴从 0 到 360 度。可以使用开始和终点选项控制限制。开始和终点的值为正或负取决于旋转方向和在哪一侧拖动截面几何图形。还可以通过在剖面的任一侧拖动开始和结束限制手柄,从图形窗口控制旋转限制。在拖动手柄时,开始值和终点值会根据它们与剖面的角度而发生更改。

值:允许为旋转的起点或终点输入角度值,值的单位为度。可以拖动限制手柄或在数据输入框中输入需要的值。操作示例如图 3.73 和图 3.74 所示,布尔运算模式为 无。

直至选定对象:选择要开始或停止旋转的面或相对基准平面。使用直至选定对象时,布尔选项只能是求和、求差或求交。操作示例如图 3.75 和图 3.76 所示,布尔运算模式为 求和。

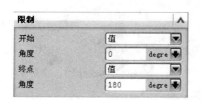

图 3.73 "值"限制模式

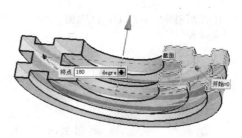

图 3.74 "值"限制模式时旋转示例

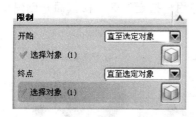

图 3.75 "直至选定对象"限制模式

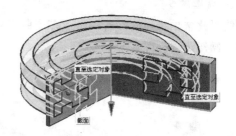

图 3.76 "直至选定对象"限制模式时旋转示例

（4）布尔。指定要使新的"旋转"特征在创建时即与其他体相交的方式。

无：创建独立的拉伸实体。

求和：将两个体或多个体的拉伸体合成为一个单独的体。

求差：从目标体移除拉伸体。

求交：创建一个体，这个体包含由拉伸和与之相交的现有体共享的体积。

（5）偏置。用于创建旋转特征的偏置。在对话框的数据输入框或动态输入框中输入偏置值。也可以在图形窗口中拖动偏置手柄。操作示例如图 3.77 和图 3.78 所示。

图 3.77 偏置设置

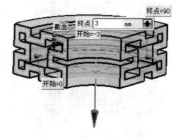

图 3.78 偏置模式时旋转示例

开始偏置：偏置的线性尺寸起点。

终点偏置：偏置的线性尺寸终点。

2. 沿导线扫掠

沿导线扫掠的对象是草图、曲线和边，扫描轨迹是一条或多条连续的曲线，操作步骤如图 3.79 所示。

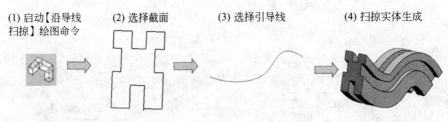

(1) 启动【沿导线扫掠】绘图命令
(2) 选择截面
(3) 选择引导线
(4) 扫掠实体生成

图 3.79　沿导线扫掠操作示例

3. 管道

使用此选项将通过沿着一个或多个曲线对象扫掠用户指定的圆形横截面来创建单个实体。操作步骤如图 3.80 所示。

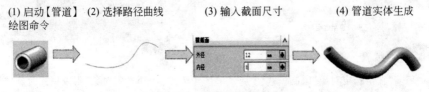

(1) 启动【管道】绘图命令
(2) 选择路径曲线
(3) 输入截面尺寸
(4) 管道实体生成

图 3.80　管道操作示例

4. 倒斜角

用这个选项在实体上创建简单的斜边。单击【特征操作】工具条中的“倒斜角”图标按钮，系统弹出“倒斜角”对话框，对话框中提供了三种倒斜角的方法，其特征创建示例如图 3.81 所示。

倒斜角
边
选择边 (1)
偏置
横截面 对称
距离 16 mm
设置
预览
预览 显示结果
确定 应用 取消
(1) “对称”倒斜角
距离 15 mm
(2) “非对称”倒斜角
距离 2 8 mm
Distance 1 15 mm
(3) “偏置和角度”倒斜角
角度 30
距离 16 mm

图 3.81　倒斜角特征创建示例

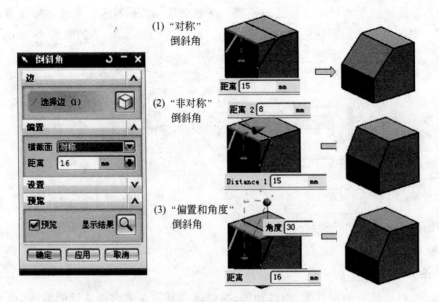

5. 螺纹 📄

此选项用于在具有圆柱面的特征上创建符号螺纹或详细螺纹。这些特征包括孔、圆柱、圆台以及圆周曲线扫掠产生的减去或增添部分。可以同时创建符号螺纹和详细螺纹。单击【特征操作】工具条中"螺纹"图标 📄,系统弹出"螺纹"对话框,螺纹操作步骤如图 3.82 所示。

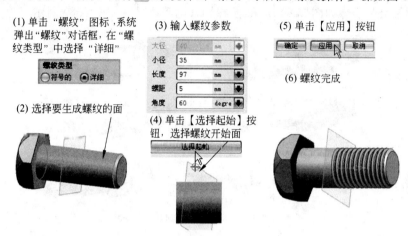

图 3.82 螺纹操作步骤

3.2.2 实例讲解——实体实例二

1. 图形

绘制的图形如图 3.83 所示。

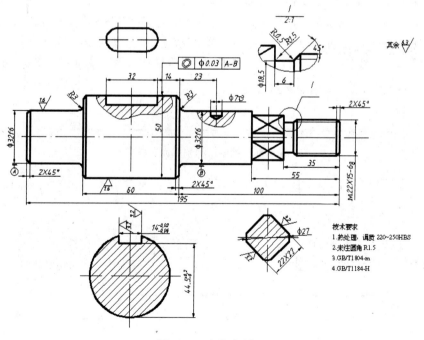

图 3.83 实体实例二

2. 分析

图 3.83 所示是一个阶梯轴类零件,把这个三维零件看作两个部分,一部分是基础实体——阶梯轴,一部分是依附于基础实体的实体特征,如边倒圆、倒角、孔和键槽。绘图时先绘制基础实体,在 UG 草图里绘制轴截面草图,通过旋转绘制轴,然后再依次绘制其他特征,阶梯轴绘制步骤如图 3.84 所示,阶梯轴基础实体尺寸如图 3.85 所示。

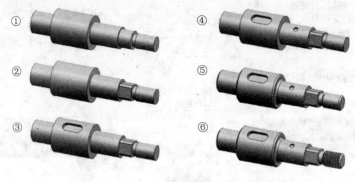

图 3.84　阶梯轴绘制步骤

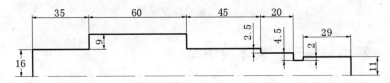

图 3.85　阶梯轴基础实体尺寸

(1) 在 UG 中新建模型文件,文件名为"Zhou.prt"。

(2) 绘制阶梯轴截面草图,选择【特征】工具条中的"草图"图标 ，系统弹出"草图"对话框,用鼠标选择 X-Y 面作为草图绘制面,单击【确定】按钮进入草绘界面。

选择【草图曲线】工具条中的"直线"图标,绘制阶梯轴截面轮廓如图 3.86 所示。

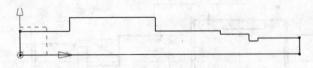

图 3.86　绘制阶梯轴截面轮廓

选择【草图约束】工具条中的"自动判断的尺寸"图标 ，标注尺寸约束,如图 3.87 所示。

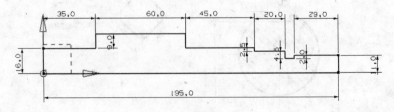

图 3.87　标注尺寸约束

(3) 绘制阶梯轴基础实体：选择【特征】工具条中的"旋转"图标 🗊，系统弹出"旋转"对话框，先用鼠标选择刚绘制的草图曲线为旋转截面线，再用鼠标旋转中心线，单击【确定】按钮完成操作，如图 3.88 所示。

(4) 绘制方轴部分：方轴部分的结构尺寸如图 3.89 所示，方轴是在 φ27 轴的基础上切去四壁绘制成的，首先绘制截面草图如图 3.90 所示，然后拉伸草图除料完成方轴绘制如图 3.91 所示。

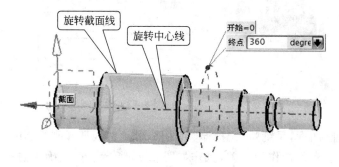

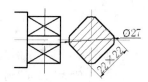

图 3.88　绘制阶梯轴基础实体　　　　图 3.89　绘制阶梯轴基础实体的方轴

(1) 单击【特征】工具条中的"草图"图标，系统弹出"创建草图"对话框，先用鼠标选择草绘平面

(2) 系统提示"选择水平参考"，用鼠标选择原坐标系 Z 轴，草绘面出现新坐标轴，单击【确定】按钮

(3) 绘制过坐标原点与 X 轴夹角 45 度的两条直线，并将其转化为参考线

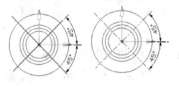

(4) 选择【草图操作】工具条中的"偏置"图标 🖑，做两条直线的偏置曲线，偏置距离为"11"，一共 4 条

(5) 绘制一个直径大于 60 的圆（此圆至少大于图中的矩形）

(6) 选择【草图曲线】工具条中的"快速修剪"图标 ✎，修剪图形，完成后单击 🏁 完成草图 按钮，退出草图

图 3.90　绘制方轴草图

(5) 绘制键槽：绘制键槽草图，选择【特征】工具条中的"草图"图标 🖧，系统弹出"草图"对话框，用鼠标选择 X-Y 面作为草图绘制面，单击【确定】按钮进入草绘界面。

选择【草图曲线】工具条中的"轮廓"图标 ，绘制键槽草图并标注尺寸如图3.92所示，完成绘制键槽草图后退出"草图"对话框。

(1) 选择【特征】工具条中的"拉伸"图标，系统弹出"拉伸"对话框，截面曲线选择刚绘制的草图，拉伸距离"20"，布尔操作为　求差

(2) 单击【确定】按钮，完成方轴绘制操作

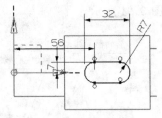

图3.91　生成方轴　　　　　　图3.92　绘制键槽草图

选择【特征】工具条中的"拉伸"图标，系统弹出"拉伸"对话框，截面曲线选择刚绘制的键槽草图，拉伸值为"19.5"到"25"，布尔操作为求差，操作如图3.93所示，单击【确定】按钮完成操作。

(6) 绘制孔：建立基准平面。选择【特征操作】工具条中的"基准平面"图标 □，系统弹出"基准平面"对话框，用鼠标选择 X-Y 面作为基准平面的参考面，偏移距离"16"，单击【确定】按钮完成操作。操作过程如图3.94所示。

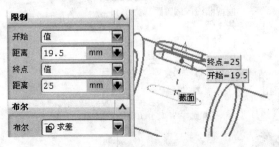

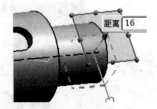

图3.93　绘制键槽　　　　　　图3.94　建立基准平面

孔创建过程如图3.95所示。

(7) 倒斜角：选择【特征操作】工具条中的"倒斜角"图标 ，系统弹出"倒斜角"对话框，用鼠标选择5处实体边，距离为"2"，操作如图3.96所示，单击【确定】按钮完成操作。

(8) 倒圆角：选择【特征操作】工具条中的"边倒圆"图标 ，系统弹出"边倒圆"对话框，用鼠标选择两处实体边，半径为"3"，操作如图3.97所示，单击【确定】按钮完成操作。

(9) 螺纹：单击【特征操作】工具条中的"螺纹"图标，系统弹出"螺纹"对话框，"螺纹类型"选择"详细"单选项，操作如图3.98所示，单击【确定】按钮完成操作。

(10) 阶梯轴绘制完成如图3.99所示。

(1) 单击【特征操作】工具条中的"孔"图标 ，系统弹出"孔"对话框，孔类型默认为"简单"，输入孔参数，用鼠标选择刚创建的基准平面为孔的放置面

(3) 选择 Y 轴，定位距离为"-118"

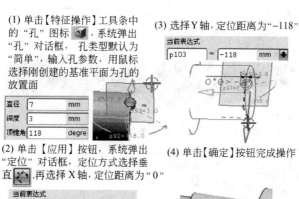

直径	7	mm
深度	3	mm
顶锥角	118	degre

(2) 单击【应用】按钮，系统弹出"定位"对话框，定位方式选择垂直 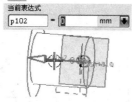，再选择 X 轴，定位距离为"0"

(4) 单击【确定】按钮完成操作

图 3.95　绘制孔

图 3.96　绘制倒斜角

图 3.97　绘制倒圆角

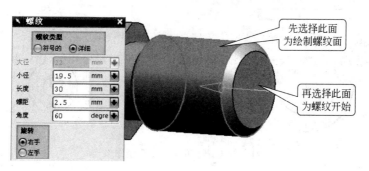

图 3.98　绘制螺纹

图 3.99 阶梯轴绘制完成图

3.2.3 习题练习

绘制图 3.100~图 3.103 所示图形。

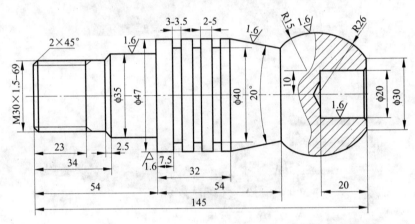

图 3.100 阶梯轴实体造型图 1

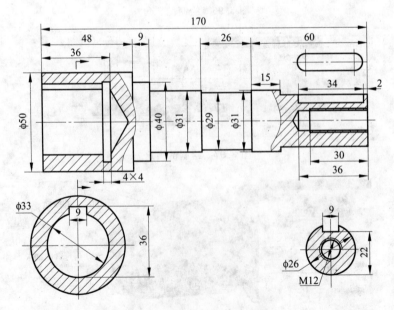

图 3.101 阶梯轴实体造型图 2

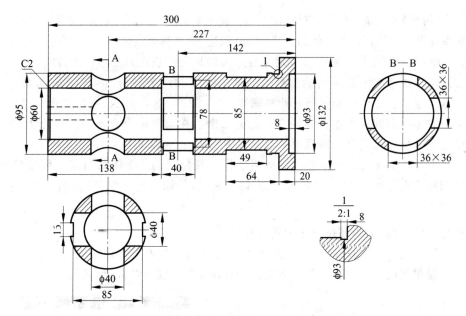

图 3.102   阶梯轴实体造型图 3

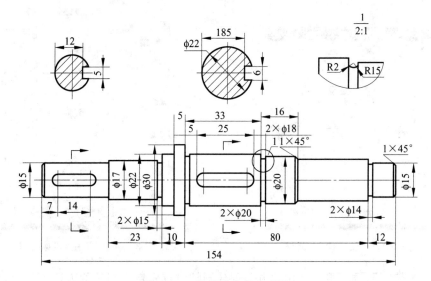

图 3.103   阶梯轴实体造型图 4

3.3 体素特征造型

3.3.1 常用命令介绍

基本体素特征是三维建模的基础,主要包括长方体、圆柱、圆锥和球。

1. 长方体

使用此选项可通过指定方向、大小和位置来创建长方体体素。

单击【特征】工具条中的"长方体"图标，系统弹出"长方体"对话框，如图3.104所示，对话框中提供了三种创建长方体的方法："原点、边长"、"两个点、高度"和"两个对角点"。

(1) 原点，边长度　：允许通过定义每条边的长度和顶点来创建长方体。

(2) 两个点，高度　：允许通过定义底面的高度和两个对角点来创建长方体。第一个拐角点决定了长方体底面平面。此平面平行于工作坐标系的XC-YC平面。第二个点决定了长方体底面的对角点。如果指定的第二个点在与第一个点不同的平面上(Z值不同)，则系统将把此点垂直投影到第一点所在的平面，以定义对角点。

(3) 两个对角点　：允许通过定义两个代表对角点的3D体对角点来创建长方体。系统根据指定点之间的3D距离决定长方体的尺寸，并创建边与WCS平行的长方体。

2. 圆柱

通过指定方向、大小和位置来创建圆柱体素。

单击【特征】工具条中的"圆柱"图标，系统弹出"圆柱"对话框，如图3.105所示。对话框中提供了两种创建长方体的方法："轴、直径和高度"和"高度、圆弧"。

图3.104　"长方体"对话框

图3.105 ·"圆柱体"对话框

(1) 轴、直径和高度。使用此方法创建圆柱时首先定义圆柱的方向矢量，可以使用矢量构造器定义圆柱方向，指定的方向也可以确定圆柱方向，然后输入直径和高度值，最后定义圆柱原点。圆柱是沿着轴创建的，其中一个圆面经过轴的原点，另一个圆面位于所输入的高度值处。

(2) 圆弧和高度。使用此方法创建圆柱时首先输入高度值(必须是正值)，然后选择一条圆弧，系统从选择的圆弧中衍生出圆柱的方向，圆柱的轴垂直于圆弧的平面，且穿过圆弧中心。矢量会指示该方向，选定的圆弧不必为完整的圆弧，系统会根据任一圆弧对象创建完整的圆柱。

3. 圆锥

可以使用以下选项，通过指定方向、大小和位置创建圆锥体素。

单击【特征】工具条中的"圆锥"图标，系统弹出"圆锥"对话框。对话框中提供了5种创建圆锥的方法："直径、高度"、"直径、半角"、"底面直径、高度、半角"、"顶直径、高度、半角"和"两共轴的圆弧"。

（1）直径、高度。该选项通过定义底面直径、顶面直径和高度值创建实体圆锥。

（2）直径、半角。该选项通过定义底面直径、顶面直径和半角值创建圆锥。

（3）底面直径、高度、半角。此选项通过定义底面直径、高度和半顶角值创建圆锥。

（4）顶直径、高度、半角。此选项通过定义顶面直径、高度和半顶角值创建圆锥。

（5）两共轴的圆弧。此选项通过选择两条圆弧创建圆锥。

4. 圆

可以通过指定方向、大小和位置创建球体体素。

单击【特征】工具条中的"圆"图标，系统弹出"圆"对话框，对话框中提供了两种创建圆的方法："直径、中心"和"选择圆弧"。

（1）直径、中心。此选项通过定义直径值和中心创建球体。

（2）选择圆弧。此选项通过选择圆弧来创建球体。

5. 选择意图

【选择意图】允许选择并将多条曲线、边和面分组到集合中，此集合包括的规则定义了特征如何使用它们。

【选择意图】工具条只有当绘图编辑命令打开的时候才会出现，选择意图主要由"曲线和边缘意图规则"和"面意图规则"组成。

（1）曲线和边缘意图规则。当特征需要一个轮廓或仅需要曲线或边缘时，"曲线和边缘意图规则"可用于获得和建立实体剖面线。下拉菜单中显示曲线或边缘选择规则，如图3.106所示，此规则可应用于正在创建的特征。

单条曲线：允许用户单独选择一条或多条曲线或边缘。

相连曲线：可以选择共享端点选择曲线或边缘的链。

相切曲线：允许选择曲线或边缘的一个连续相切的链。

面的边：收集面的所有边缘，包括选择的边缘。

片体边：收集所有选择的片体薄片边缘。

特征曲线：从曲线特征中收集所有的输出曲线，例如，草图或任何其他曲线特征。

自动判断曲线：根据选择的对象类型自动判断规则。例如，对于"拉伸"如果选择的对象是一条曲线，可以选择"单条曲线"，操作如图3.106所示，默认则可能为"所有特征曲线"。

（2）面意图规则。当特征需要一个面集合时，"面意图规则"可用于进行收集。下拉菜单中显示面选择规则，如图3.107所示。

图3.106 曲线或边缘选择规则

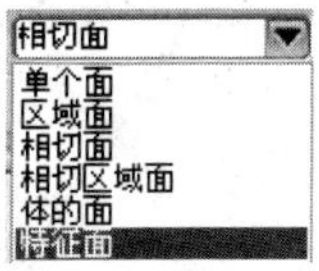

图3.107 面意图规则

单个面：允许用户单独选择一个或多个面。

区域面：允许指定一个面区域。

相切面：允许用户选择单一面作为光顺连接面集合的种子面。

相切区域面：允许指定一个面区域。系统将收集所有基于种子面的相切面。

体的面：收集体的所有面，包括选择的单一面。

特征面：收集由特征(此特征关联于用户正选择的面)产生的所有面。

6. 抽取

使用此选项，通过从另一个体抽取对象来创建体。可以在以下 4 种类型的对象之间选择来进行抽取操作：曲线、面、体的一个区域或整个体。

如果抽取一个体，则新体的类型将与原先的体相同(实体或片体)。如果抽取一条曲线，则结果将是抽取曲线特征。如果抽取一个面或一个区域，则创建一个片体，操作示例如图 3.108 所示。

(1) 选择【特征】工具条中的"抽取"图标 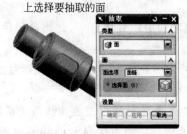，系统弹出对话框，用鼠标在阶梯轴实体上选择要抽取的面

(2) 单击【应用】按钮，抽取实体表面成功，隐藏实体，留下抽取的面

图 3.108　面意图规则

7. 分割体

此选项让使用面、基准平面或其他几何体分割一个或多个目标体。单击【特征操作】工具条中的"拆分体"图标，系统弹出"修剪"对话框，操作示意如图 3.109 所示。

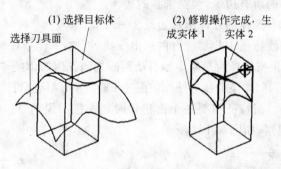

图 3.109　分割体操作示意图

8. 修剪体

使用此选项可以使用一个面或基准平面修剪一个或多个目标体。选择要保留的体的

一部分,并且被修剪的体具有修剪几何体的形状。

单击【特征操作】工具条中的"修剪体"图标 ▱,系统弹出"修剪体"对话框,操作步骤如图 3.110 所示。

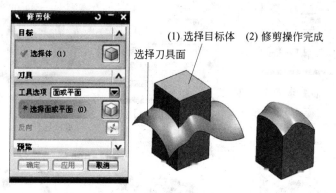

图 3.110　修剪体操作步骤

9. 实例特征 📖

此选项允许用户从现有特征创建实例阵列。可以定义矩形阵列或环形阵列,关于基准平面镜像体并通过基准平面或平面镜像特征。单击【特征操作】工具条中的"实例特征"图标 📖,系统弹出"实例特征"对话框,矩形阵列操作步骤如图 3.111 所示,环形阵列操作步骤如图 3.112 所示。

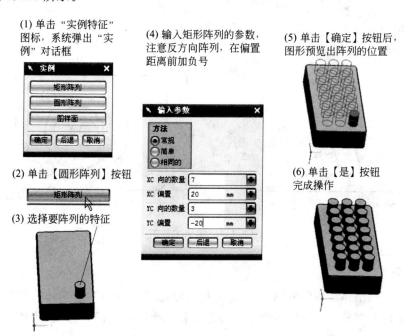

图 3.111　矩形阵列操作步骤

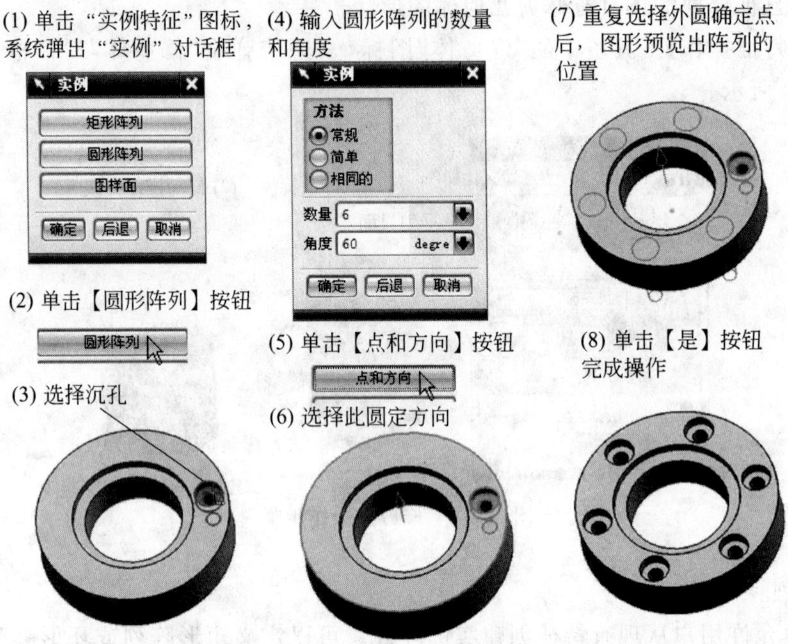

(1) 单击“实例特征”图标，系统弹出“实例”对话框
实例
矩形阵列
圆形阵列
图样面
确定 后退 取消
(2) 单击【圆形阵列】按钮
圆形阵列
(3) 选择沉孔
(4) 输入圆形阵列的数量和角度
实例
方法
常规
简单
相同的
数量 6
角度 60 degre
确定 后退 取消
(5) 单击【点和方向】按钮
点和方向
(6) 选择此圆定方向
(7) 重复选择外圆确定点后，图形预览出阵列的位置
(8) 单击【是】按钮完成操作

图 3.112　圆形阵列操作步骤

3.3.2　实例讲解

1. 图形

绘制如图 3.113 所示图形。

ϕ50
50
SR18
ϕ20
15°
10
ϕ30
12
50
40
80
4-ϕ10
15
15
100
4-R10

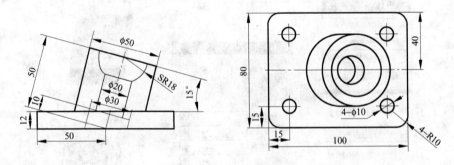

图 3.113　实例工程图

2. 分析

这是一个利用体素构图的练习，通过分析可以把图形分成基本实体和依附在基本实体上的特征两个部分。基础实体为一个长方体和一个倾斜的圆柱体，依附的特征是长方体上的 4 个圆角、4 个孔和圆柱体上的通孔。

3. 绘图过程

(1) 绘制长方体,操作过程如图 3.114 所示。

(1) 单击【成形特征】工具条中的"长方体"图标 ■,在系统弹出的 "长方体" 对话框中输入长宽高参数

(2) 单击【捕捉点】工具条中的 "点构造器" 图标,在系统弹出的 "点构造器" 对话框中输入 X 轴 Y 轴坐标

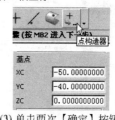

(3) 单击两次【确定】按钮,完成长方体绘制

图 3.114　长方体绘制操作步骤

(2) 抽取长方体底面。选择【特征】工具条中的"抽取几何体"图标 ■,系统弹出对话框,用鼠标在长方体底面上选择要抽取的面,单击【应用】按钮完成操作,操作过程如图 3.115 所示。

图 3.115　抽取曲面

(3) 移动到图层。选择【实用】工具条中的"移动到层"图标 ■,系统弹出"类选择"对话框,直接用鼠标选择抽取的面,然后单击【确定】按钮,系统弹出"图层移动"对话框,如图 3.116 所示,在"目标图层或类别"栏里输入"10",单击【确定】按钮,抽取的面从当前图层 1 被移动到图层 10。

选择【实用】工具条中的"移动到层"图标 ■,系统弹出"图层设置"对话框,如图 3.117 所示,用鼠标双击"图层/状态"栏里的"10 Selectable"项,其变成"10",再单击【确定】按钮,图层 10 被隐藏起来。

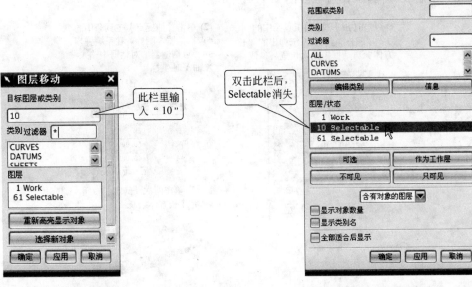

图 3.116　"图层移动"对话框　　　　　　　　图 3.117　"图层设置"对话框

(1) 单击【格式】下拉菜单"WCS"项中的"旋转",系统弹出"旋转WCS绕…"对话框,选择+YC轴,角度"15°"

(2) 单击【成形特征】工具条中的"圆柱"图标,系统弹出"圆柱"对话框,单击 直径,高度 按钮,在随后弹出的"矢量构成"对话框中选择 ZC,单击【确定】按钮,系统回到"圆柱"对话框

(3) 在"圆柱"对话框中输入参数,单击【确定】按钮

(4) 在"点构造器"对话框中输入定位点坐标(0,0,0),在"布尔"项里单击 求和,单击【确定】按钮完成操作

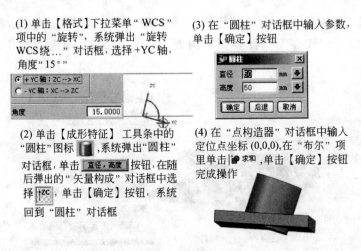

图 3.118　绘制圆柱体

(4) 绘制圆柱体,操作过程如图 3.118 所示。

(5) 绘制圆柱通孔,操作过程如图 3.119 所示。

从图中看出孔没有全部打通,单击【特征】工具条中的"拉伸"图标,系统弹出"拉伸"对话框,用鼠标选择拉伸曲线,拉伸开始值为"0",结束值为"25",在"布尔"项里单击 求差,单击【确定】按钮完成操作,操作如图 3.120 所示。

显示图层 10。选择【实用】工具条中的"移动到层"图标,系统弹出"图层设置"对话框,如图3.117所示,用鼠标双击"图层/状态"栏里的"10"项,其变成"10 Selectable",再

(1) 单击【成形特征】工具条中的"孔"图标 ，在系统弹出的"孔"对话框中单击"孔类"图标 ，输入孔参数

C-沉头直径	30	mm
C-沉头深度	10	mm
孔直径	20	mm
孔深度	50	mm
尖角	118	deg

(2) 用鼠标选择此面为建孔面

(3) 单击  按钮，系统弹出"定位"对话框，选择 定位模式，然后用鼠标在图形上选择圆柱实体轮廓

(4) 系统弹出"设置圆弧的位置"对话框，单击 圆弧中心 按钮，完成建孔

图 3.119 绘制圆柱通孔

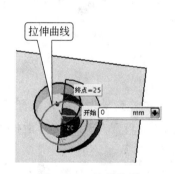

图 3.120 拉伸除料

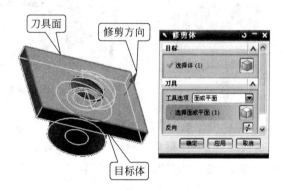

图 3.121 修剪多余实体

单击【确定】按钮，图层 10 显示出来。

修剪多余实体。选择【特征操作】工具条中的"修剪体"图标 ，系统弹出"修剪体"对话框，用鼠标选择实体为"目标体"，抽取的面为"刀具面"，修剪方向向上，单击【确定】按钮完成操作，操作如图 3.121 所示。

再重复操作隐藏图层 10。

(6) 绘制球形孔，选择【特征】工具条中的"球"图标，系统弹出"球"对话框，单击 直径，圆心 按钮，输入球直径值"36"，系统弹出"点"对话框，选择图 3.122 所示圆心为球心位置，系统弹出"布尔运算"对话框，单击 求差 按钮，系统提示选择"求差"实体，用鼠标选择已绘制的实体，绘图完成如图 3.123 所示。

(7) 绘制长方体上的孔，操作步骤如图 3.124 所示。

图 3.122   选择球心位置   图 3.123   球形孔

(1) 选择【成形特征】工具条中的"孔"图标 ，在系统弹出的"孔"对话框中单击"孔类"图标 ，输入孔参数

直径	10	mm
深度	50	mm
顶锥角	118	degre

(2) 用鼠标选择此面为建孔面

(3) 单击 应用 按钮，系统弹出"定位"对话框，选择 定位模式，用鼠标在图形上选择水平参考边，然后选择水平定位边

水平定位目标边
水平参考边

(4) 在对话框中输入水平定位距离"15"

(5) 在对话框中输入水平定位距离"15"，选择垂直定位目标边，输入定位距离"15"

垂直定位目标边

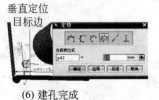

(6) 建孔完成

图 3.124   建孔操作步骤

（8）旋转坐标系。在绘制圆柱体时旋转了坐标系，下一步阵列操作需要将坐标系复位。选择【格式】下拉菜单"WCS"项中的"旋转"，系统弹出"旋转 WCS 绕…"对话框，选择＋YC轴，角度"－15°"，单击【应用】按钮完成操作，如图 3.125 所示。

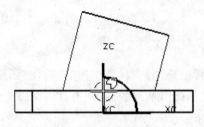

图 3.125   坐标系复位

（9）通过阵列绘制其他孔，操作过程如图 3.126 所示。

（10）绘制圆角。选择【特征操作】工具条中的"边倒圆"图标 ，选择长方体的 4 条棱边，如图 3.127 所示，单击【应用】按钮，完成操作，整个图形绘制完成如图 3.128 所示。

(1) 选择【成形特征】工具条中的 "实例特征" 图标 ，在系统弹出的 "实例" 对话框中单击 矩形阵列 按钮，选择刚绘制的孔特征

(2) 系统弹出 "输入参数" 对话框

(3) 单击【确定】按钮，系统弹出 "创建实例" 对话框，图形中预览出阵列孔的位置，单击【是】按钮，完成阵列

图 3.126 阵列孔特征

图 3.127 倒圆角

图 3.128 图形绘制完成

3.3.3 习题练习

练习绘制图 3.129 和图 3.130 所示图形。

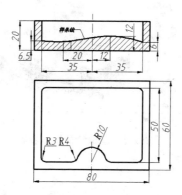

图 3.129 根据二维图形绘制实体造型图

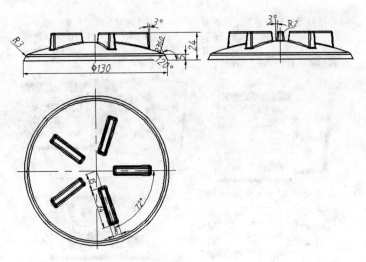

图 3.130　根据二维图形绘制实体造型图

3.4　机械零件造型——支架

3.4.1　常用命令介绍

1. 镜像特征

镜像特征选项允许用通过基准平面或平面镜像选定特征的方法来创建对称的模型。单击【特征操作】工具条中的"镜像特征"图标，系统弹出"镜像特征"对话框，操作步骤如图 3.131 所示。

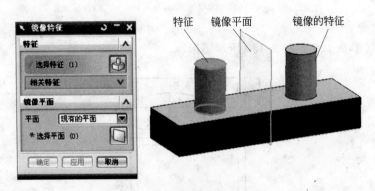

图 3.131　镜像特征操作步骤

2. 镜像体

镜像体选项允许用户关于基准平面镜像整个体。单击【特征操作】工具条中的"镜像体"图标，系统弹出"镜像体"对话框，操作步骤如图 3.132 所示。

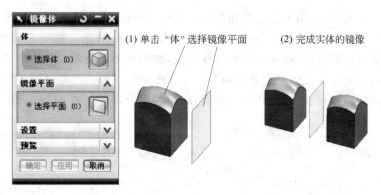

图 3.132　镜像体操作步骤

3.4.2　实例讲解

1. 图形

绘制的图形如图 3.133 所示。

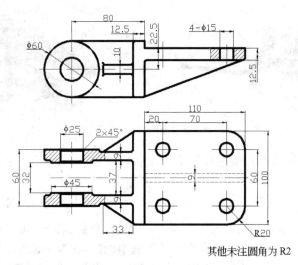

其他未注圆角为 R2

图 3.133　支架工程图

2. 分析

在用 UG 绘图前先要看懂平面图,做到心中有数才能合理地调用命令绘图。一般简单的视图,比如长方体、圆柱体、圆锥、圆台以及各种多面体的投影识图较为容易,但多种简单实体叠加在一起的复杂视图,很难让学生立刻想象出其空间的形状。所以如何看懂视图,及根据二维视图建立三维模型对于初学者来说是至关重要的,这里提供一个解决方法,把一个三维实体结构分成两部分:一是基本实体(在一个图中,基本实体要结构简单,可以有有多个),二是附加在基本实体上的特征(比如倒角、边倒圆、孔及其他细节结构)。先分析哪些结构可以作为基本实体,哪些结构作为附加在基体上的特征,然后先绘制基本实体,再绘制附加特征。

以本图为例,如何??基本实体呢? 这里用排除法,先找附加在基本实体上的特征,找到一个去除一个,研究图纸发现圆角特征和孔特征首先可以去除,接着发现三角形为加强筋,也可以作为基体上的特征去除,最后图形如图 3.134 所示。这个图形相对简单,将这个图形分解,可以看出它由 7 个基本实体构成,如图 3.135 所示。每一个基本实体结构非常简单。每一个基本实体的三维图形如图 3.136 所示。每一个单独的实体比较容易绘制,关键是需要通过合理的定位将它们组合在一起,组合以后如图 3.137 所示。

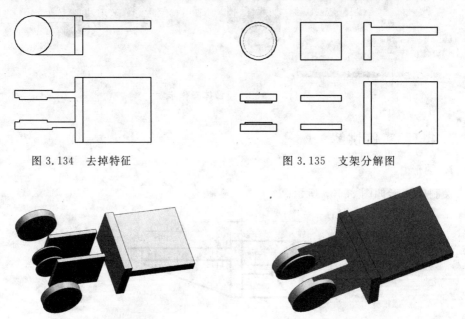

图 3.134　去掉特征　　　　　　　　　　图 3.135　支架分解图

图 3.136　组成支架的基础实体的分解实体图　　　　图 3.137　支架实体图(无特征)

　　基本实体绘制完成后,再进行挖孔、倒角和边倒圆,最后绘制加强筋,完成后如图 3.138 所示。

3. 绘图过程

　　(1)通过拉伸截面草图绘制 T 形实体。单击【特征】工具条中的"草图"图标,系统弹出"创建草图"对话框,不作选择直接单击对话框中的【确定】按钮进入绘制草图界面。单击【草图生成器】工具条中的【定向视图到草图】按钮,当前绘图面为 X-Y 平面。

　　绘制 T 字形:选择【草图曲线】工具条中的"直线"图标,绘制如图 3.139 所示的 T 字形,图形绘制在第一象限,便于约束。图形绘制好以后要进行几何约束和尺寸约束。

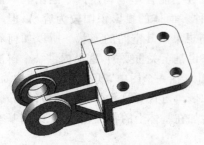

图 3.138　支架实体完成图

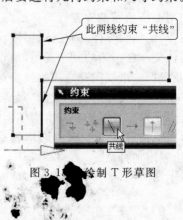

图 3.139　绘制 T 形草图

约束两条直线共线：单击【草图约束】工具条中的"约束"图标，选择图 3.139 中所示的两条直线，系统弹出【约束】工具条，然后单击【约束】工具条中的"共线"图标。

约束直线和基准轴共轴：单击【草图曲线】工具条中的"自动判断的尺寸"图标，标注图 3.140 中所示的两条直线分别与 X 轴和 Y 轴距离为 0。

约束线段长度：单击【草图曲线】工具条中的"自动判断的尺寸"图标，标注如图 3.141 所示的线段尺寸。图中标注尺寸依据图 3.133 所示的支架工程图。

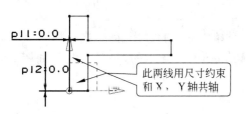

图 3.140　约束直线和基本轴共线

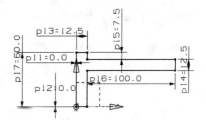

图 3.141　约束线段长度

完成后单击【草图生成器】工具条中的"完成草图"图标 。

生成实体：选择【特征】工具条中的"拉伸"图标，系统弹出"拉伸"对话框，选择刚刚绘制好的 T 形草图，在"拉伸"对话框中的"限制"选项中，修改"开始"距离为"−50"，"终点"距离为"50"，如图 3.142 所示，其他选项默认，单击【确定】按钮，实体生成如图 3.143 所示。

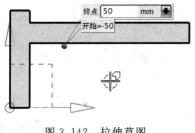

图 3.142　拉伸草图

图 3.143　生产 T 形实体

（2）通过拉伸截面草图绘制长方形实体。长方形实体绘制比较简单，关键是精确地在 T 形实体上定位。

选择草图绘图面：选择【特征】工具条中的"草图"图标，系统弹出"创建草图"对话框，用鼠标选择如图 3.144 所示的面为草图平面，然后单击【确定】按钮进入草图界面。

绘制两个矩形：选择【草图曲线】工具条中的"直线"图标，绘制如图 3.145 所示的两个矩形，图形绘制好以后要进行几何约束和尺寸约束。

约束两条直线共线：单击【草图约束】工具条中的"约束"图标，选择图中所示的两条竖直直线，系统弹出【约束】工具条，然后单击【约束】工具条中的"共线"图标，如图 3.146 所示。

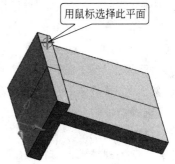

用鼠标选择此平面

图 3.144　选择草图面

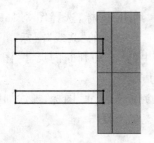

图 3.145　绘制两个矩形

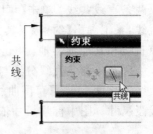

图 3.146　约束竖线共线

约束 4 条直线等长：单击【草图约束】工具条中的"约束"图标，依次选择图中 4 条水平直线，系统弹出【约束】工具条，然后单击【约束】工具条中的"等长"图标，如图 3.147 所示。

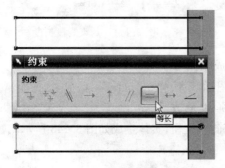

图 3.147　约束水平线等长

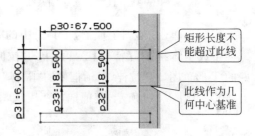

图 3.148　约束线段长度

约束线段长度：单击【草图曲线】工具条中的"自动判断的尺寸"图标，标注如图 3.148 所示的线段尺寸。

生成实体：选择【特征】工具条中的"拉伸"图标，系统弹出"拉伸"对话框，选择刚刚绘制好的草图，在"拉伸"对话框中的"限制"选项中，修改"开始"距离为"0"，"终点"距离为"60"，如图 3.149 所示，在"布尔"选项中选择"求和"，其他选项默认，单击【确定】按钮，实体生成。

（3）绘制圆饼实体。单击【特征】工具条中的"圆柱"图标，系统弹出"圆柱"对话框。

选择定位点：用鼠标单击对话框中"轴"一栏里"指定点"项中的"点构造器"图标，系统弹出"点"对话框，用鼠标选择图 3.150 所示中的实体边的中点，然后单击【确定】按钮，完成选择。

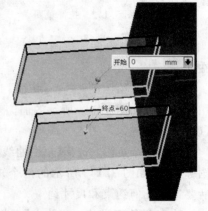

图 3.149　生成长方形实体

选择圆柱轴向方向：定位点选择以后退回到"圆柱"对话框，这时被选中的点处出现一个绿色箭头，箭头方向为圆柱轴向方向，图 3.151 中所示箭头方向不对，需要作反向调整，用鼠标单击对话框中"轴"一栏里的"反向"图标，绿色箭头反向，如图 3.152 所示。

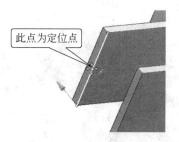

图 3.150　选择定位点

图 3.151　圆柱轴向方向

图 3.152　调整圆柱轴向方向

输入圆柱尺寸参数：在"圆柱"对话框"属性"一栏"直径"项输入"60"，"高度"栏里输入"11.5"，在"布尔"选项中选择"求和"，单击【确定】按钮，圆柱体生成如图 3.153 所示。

重复以上操作，绘制直径为 45mm，高度为 2.5mm 的小圆柱体，定位点如图 3.153 所示，圆柱轴向方向为图中所示箭头。完成以后如图 3.154 所示。

图 3.153　圆柱生成

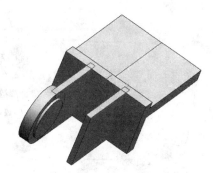
图 3.154　第二个圆柱生成

镜像特征：单击【特征操作】工具条中的"镜像特征"图标，系统弹出"镜像特征"对话框，用鼠标选择图中两个圆柱体，然后在"镜像特征"对话框"镜像平面"栏的下拉菜单里选择新平面，操作如图 3.155 所示；用鼠标捕捉图 3.156 所示边的中点。出现一个平面，此面为镜像平面，单击"镜像特征"对话框中的【确定】按钮，完成镜像特征操作，如图 3.157 所示。

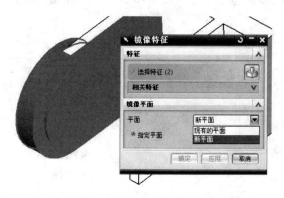
图 3.155　选择要镜像的两个圆柱体

图 3.156　圆柱生成

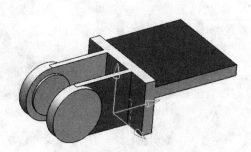

图 3.157　镜像操作完成

求和：单击【特征操作】工具条中的"求和"图标 ，系统弹出"求和"对话框，用鼠标依次选中图 3.153 中的所有实体，然后单击"求和"对话框中的【确定】按钮，完成操作。

（4）倒圆角。图 3.158 所示两处棱边边倒圆 R20；图 3.159 所示 17 处边倒圆 R2。

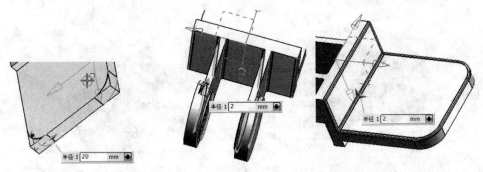

图 3.158　半径 R20 圆角　　　　　　　　图 3.159　半径 R2 圆角

（5）绘制大加强筋。绘制三角形加强筋的方法是先在草图里绘制一个三角形，然后双向拉伸成形。由于前面轮廓已倒圆，所以需要一点技巧来绘制加强筋草图轮廓。

选择草图面：单击【特征】工具条中的"草图"图标，系统弹出"创建草图"对话框，用鼠标选择 X-Y 坐标平面作为草图平面，单击对话框中的【确定】按钮（或单击鼠标中键）进入绘制草图界面，单击【草图生成器】工具条中的"定向视图到草图"图标，结果图形如图 3.160 所示。

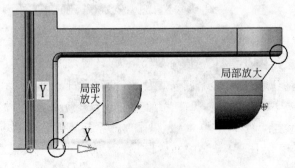

图 3.160　投影曲线

投影曲线：单击【草图操作】工具条中的"投影曲线"图标，系统弹出"投影曲线"对话框，用鼠标依次选择图 3.160 所示局部放大图所示位置的轮廓曲线（两处轮廓曲线为相关棱边边倒圆后形成的 R2 圆角曲线），然后单击"投影曲线"对话框中的【确定】按钮完成操作（或单击鼠标中键确定），两端投影曲线在草图中显示出来。

绘制三角形斜边：三角形斜边与两段投影曲线相切。设置智能点捕捉方式，用鼠标在【选择杆】工具条中单击"启用捕捉点"和"点在曲线上"两个图标来设置点捕捉方式。

用鼠标在【草图曲线】工具条中单击"直线"图标，绘制两段投影曲线的公切直线，用鼠标依次在两段投影曲线上单击后，系统自动捕捉切点，完成如图 3.161 所示。

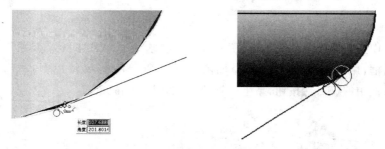

图 3.161　绘制两个圆弧的相切线

删除多余线段：用鼠标在【草图曲线】工具条中单击"快速修剪"图标，用鼠标左键单击选中图中多余线段，系统会弹出对话框，提示修剪将移除投影曲线的一些约束和参数，用鼠标单击【确定】按钮完成修剪。重复操作将另一段多余曲线擦除。操作如图 3.162 所示。

图 3.162　删除多余线段

绘制三角形直角边：设置智能点捕捉方式，单击【选择杆】工具条中的"启用捕捉点"和"端点"两个图标来设置点捕捉方式。再单击【草图曲线】工具条中的"直线"图标，捕捉斜边端点绘制两条直角边，操作如图 3.163 所示。

生成实体：单击【特征】工具条中的"拉伸"图标，系统弹出"拉伸"对话框，选择刚刚绘制好的加强筋草图，在"拉伸"对话框的"限制"选项中，修改"开始"距离为"−4.5"，"终点"距离为"4.5"，如图 3.164 所示，在"布尔"选项中选择"求和"，其他选项默认，然后单击【确定】按钮，实体生成。

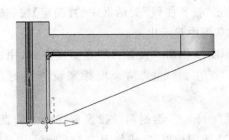

图 3.163　绘制三角形两直角边

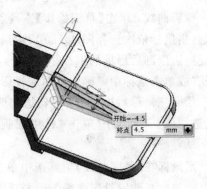

图 3.164　拉伸生成实体

（6）绘制小加强筋。

移动工作坐标系：单击【特征】工具条中的"基准 CSYS"图标，系统弹出"基准 CSYS"对话框，用鼠标左键单击选择如图 3.165 所示的实体棱边中点后，单击"基准 CSYS"对话框中的【确定】按钮，新坐标轴建立，如图 3.166 所示。

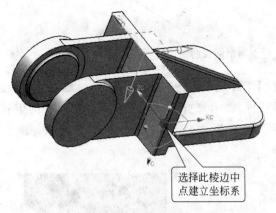

图 3.165　建立新坐标系

图 3.166　选择草绘面

选择草图面：单击【特征】工具条中的"草图"图标，系统弹出"创建草图"对话框，用鼠标选择图 3.166 所示的基准面为草绘平面，单击对话框中的【确定】按钮（或单击鼠标中键）进入绘制草图界面。再单击【草图生成器】工具条中的"定向视图到草图"图标，图形如图 3.167 所示。

投影曲线：单击【草图操作】工具条中的"投影曲线"图标，系统弹出"投影曲线"对话框，用鼠标依次选择图 3.167 所示位置的轮廓曲线，然后单击"投影曲线"对话框中的【确定】按钮完成操作（或单击鼠标中键确定），投影曲线在草图中显示出来如图 3.168 所示。

绘制辅助线及三角形斜边：用鼠标在【草图曲线】工具条中单击"直线"图标，绘制一条任意长度直线，并约束直线到右边距离为 30mm，如图 3.169 所示；设置捕捉点方式为，绘制斜边如图 3.170 所示。

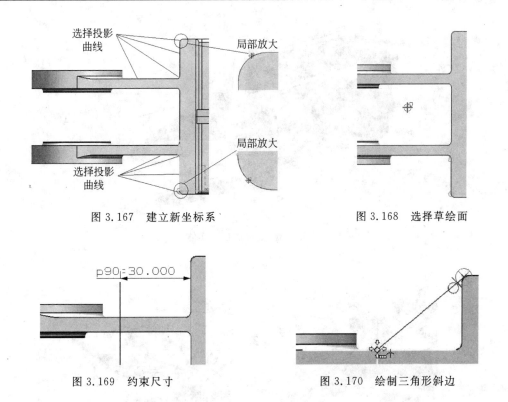

图 3.167 建立新坐标系   图 3.168 选择草绘面

图 3.169 约束尺寸   图 3.170 绘制三角形斜边

转换参考线及修剪曲线：用鼠标在【草图约束】工具条中单击"转换自/至参考对象"图标，再用鼠标选中绘制好的那条辅助线，按下鼠标中键，辅助线由实线变成点画线，如图 3.171 所示。单击【草图曲线】工具条中的"快速修剪"图标，修剪多余曲线，如图 3.172 所示。

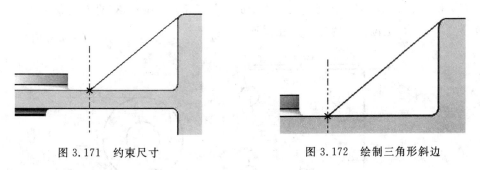

图 3.171 约束尺寸   图 3.172 绘制三角形斜边

重复操作完成另一侧三角形，完成后退出草图。

生成实体：单击【特征】工具条中的"拉伸"图标，系统弹出"拉伸"对话框，选择刚刚绘制好的加强筋草图。在"拉伸"对话框的"限制"选项中，修改"开始"距离为"－5"，"终点"距离为"5"，如图 3.173 所示，在"布尔"选项中选择"求和"，其他选项默认，单击【确定】按钮，实体生成。

倒圆角：如图 3.174 所示 12 处棱边边倒圆 R2。

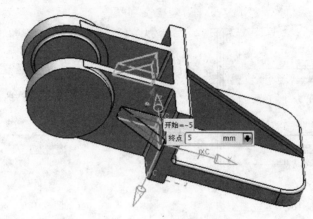

图 3.173   生成加强筋实体

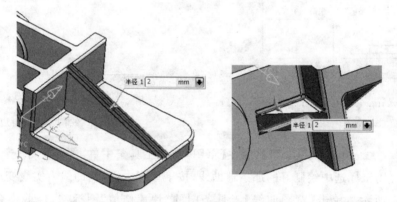

图 3.174   半径 R2 的圆角

（7）挖孔。实体上还需要挖 6 个孔，有 4 个孔直径是 15mm，有两个孔直径是 25mm，如图 3.175 所示，定位基准为图中加粗线所示。

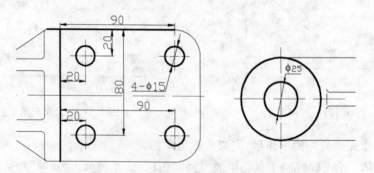

图 3.175   6 个孔的位置和形状尺寸

直径 15mm 的孔的绘制：单击【特征】工具条中的"孔"图标[ ]，系统弹出"孔"对话框（如图 3.176 所示），在"直径"栏里输入"15"，用鼠标选择如图 3.177 所示的实体上表面为建孔基础面，孔的形状随后产生，单击鼠标中键，系统弹出"定位"对话框。设置定位方式为垂直定位,用鼠标选择实体棱边作为基准1(如图 3.178 所示),然后在"定位"对话框中输入 20mm,单击对话框中 应用 按钮。继续选择实体棱边作为基准 2(如图 3.179 所示),在"定位"对话框中输入 20mm,单击对话框中 应用 按钮,完成第一个孔的创建,如图 3.180 所示。其他三个孔的绘制过程相似,选同样的实体棱边作为定位基准,具体定位尺寸不同,参见图 3.175 所示。建孔完成以后如图 3.181 所示。

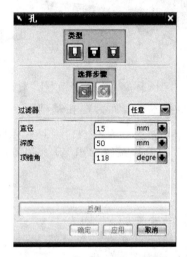

图 3.176 输入孔参数

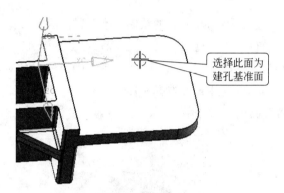

图 3.177 选择建孔基准面

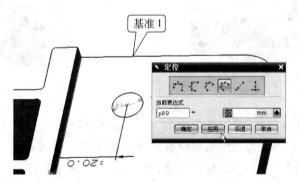

图 3.178 孔定位基准 1

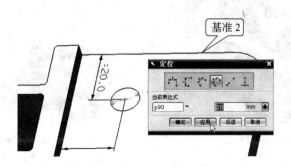

图 3.179 孔定位基准 2

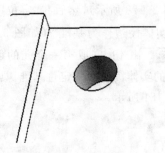

图 3.180　孔绘制完成

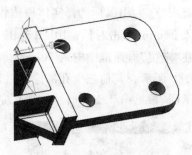

图 3.181　4 个孔完成

直径为 25mm 孔的绘制：单击【特征】工具条中的"孔"图标，系统弹出"孔"对话框。在"直径"栏里输入"25"，用鼠标选择如图 3.182 所示的实体上表面为建孔基础面。孔的形状随后产生，单击鼠标中键，系统弹出"定位"对话框。设置定位方式为"点到点"定位方式图标。用鼠标选择实体棱边作为基准（如图 3.183 所示），系统弹出"设置圆弧的位置"对话框，单击　　　　圆弧中心　　　　按钮，建孔完成。

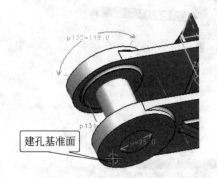

图 3.182　建孔基准面

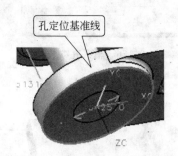

图 3.183　定位基准线

倒斜角：单击【特征操作】工具条中的"倒斜角"图标，系统弹出"倒斜角"对话框。在"偏置"一栏"距离"项里输入"2"，用鼠标选择如图 3.184 所示的两实体棱边，按下鼠标中键，完成倒斜角操作，至此全部操作完成，结果如图 3.185 所示。

图 3.184　倒斜角

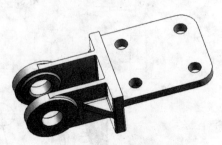

图 3.185　支架完整实体图

3.4.3 习题练习

练习完成如图 3.186～图 3.188 所示图形绘制。

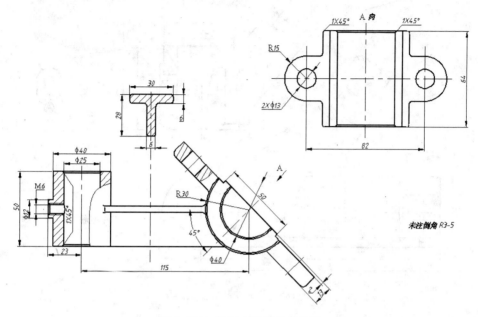

图 3.186 绘制支架完整实体图

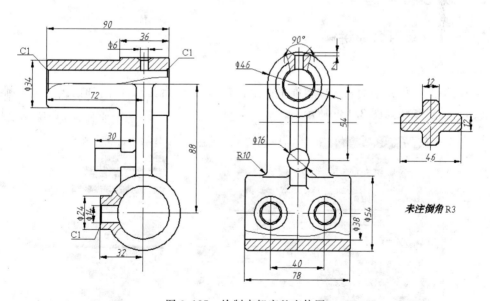

图 3.187 绘制支架完整实体图

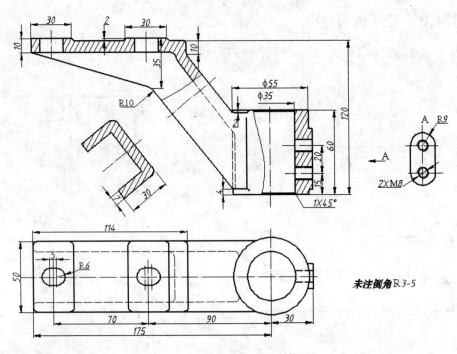

图 3.188　绘制支架完整实体图

3.5　成形特征造型

3.5.1　常用命令讲解

1. 凸台

使用该选项可在平的表面或基准平面上创建凸台,凸台为圆柱体,加上拔模角为圆锥台。凸台创建步骤如图 3.189 所示。

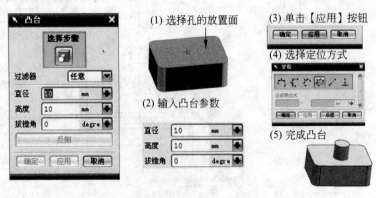

图 3.189　凸台创建步骤

2. 腔体

腔体是在实体中按照一定的形状去除材料建立的圆柱形或方形腔，或由封闭曲线规定形状的一般腔体。单击【特征】工具条中的"腔体"图标，系统弹出"腔体"对话框，腔体操作一般步骤如图 3.190 所示。

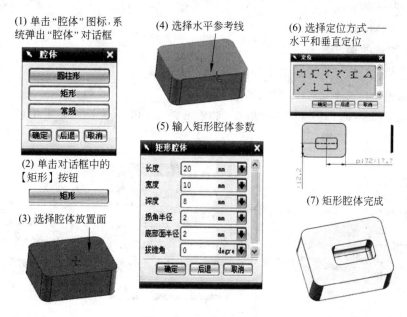

图 3.190　腔体创建步骤

腔体有以下三种类型。

(1) 圆柱形。让用户定义一个圆形的腔体，有一定的深度，有或没有圆角的底面，具有直面或斜面。圆柱形腔体结构和参数如图 3.191 所示。腔体参数中"腔体直径"指腔体的直径；"深度"指沿指定方向矢量从原点测量的腔体深度；"底部面半径"指腔体底边的圆角半径，此值必须等于或大于零；"拔锥角"指应用到腔壁的拔模角。此值必须等于或大于零。（如果值为零，将产生直壁。）

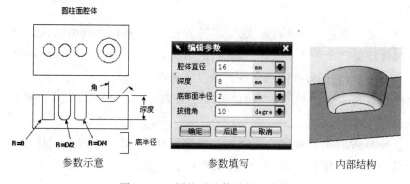

图 3.191　圆柱形腔体结构和参数

（2）矩形。让用户定义一个矩形的腔体，有一定的长度、宽度和深度，在拐角和底面处有指定的半径，具有直面或斜面。矩形腔体结构和参数如图3.192所示。此选项让用户定义一个矩形的腔体，按照指定的长度、宽度和深度，按照拐角处和底面上指定的半径，具有直边或锥边。

长度：腔体的长度。

宽度：腔体的宽度。

深度：腔体的深度。

拐角半径：腔体竖直边的圆半径（大于或等于零）。

底部面半径：腔体底边的圆半径（大于或等于零）。

拔锥角：腔体的四壁以这个角度向内倾斜，该值不能为负，零值将导致竖直的壁。

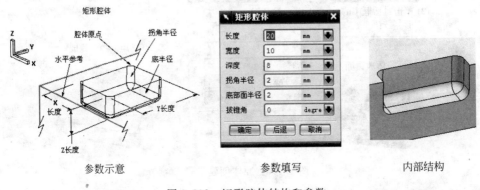

图3.192　矩形腔体结构和参数

（3）一般。让用户在定义腔体时，比照圆柱形腔体和矩形腔体选项有更大的灵活性。

此选项允许用户更加灵活地定义腔体。以下是"一般腔体"特征的一些独有特性。

- 一般腔体的放置面可以是自由曲面的面，而不像其他腔体选项那样，要严格的是一个平面。
- 腔体的底部通过底面进行定义，如果需要，底面也可以是自由曲面的面。
- 通过曲线链定义腔体顶部和/或底部的形状，曲线不一定位于选中面上，如果没有位于选中面，它们将按照选定的方法投影到面上。
- 曲线没有必要形成封闭线串，也可以是开放的，甚至可以让线串延伸出放置面的边。
- 在指定放置面或底面与腔体侧面之间的半径时，可以将代表腔体轮廓的曲线指定到腔体侧面与面的理论交点，或指定到圆角半径与放置面或底面之间的相切点。

一般腔体操作步骤如图3.193所示。

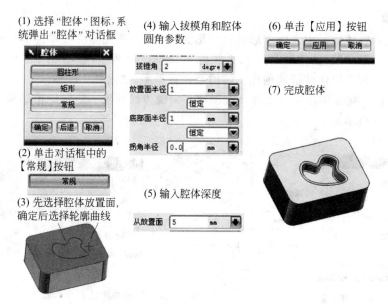

图 3.193　一般腔体操作步骤

3. 凸垫

凸垫和腔体相反,是在特征面上增加一个指定形状的凸起特征。单击【特征】工具条中的"腔体"图标,系统弹出"腔体"对话框,腔体操作一般步骤如图 3.194 所示。

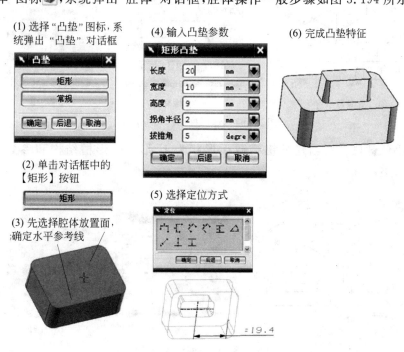

图 3.194　凸垫操作步骤

4. 键槽

键槽是从实体特征中去除槽形材料而形成的特征,是各类机械零件的典型特征。单击【特征】工具条中的"键槽"图标，系统弹出"键槽"对话框,如图 3.195 所示。键槽特征创建步骤类似于腔体特征的创建。键槽有 5 种类型,如图 3.195 所示。

（1）矩形。此选项让用户沿着底边创建有尖锐边缘的槽。矩形键槽结构和参数示意图如图 3.196 所示。

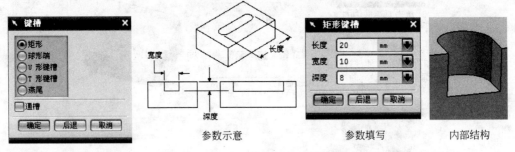

图 3.195 "键槽"对话框   图 3.196 矩形键槽结构和参数

（2）球形槽。球形键槽保留有完整半径的底部和拐角。球形槽结构和参数示意图如图 3.197 所示。

参数示意   参数填写   内部结构

图 3.197 球形槽结构和参数

（3）U 形键槽。所创建的键槽截面形状为 U 形。U 形槽结构和参数示意图如图 3.198 所示。

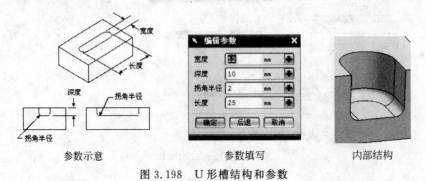

参数示意   参数填写   内部结构

图 3.198 U 形槽结构和参数

（4）T 形键槽。所创建的键槽截面形状为 T 形。T 形槽结构和参数示意图如图 3.199 所示。

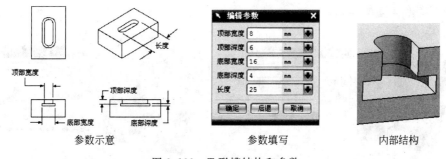

参数示意　　　　　　　　参数填写　　　　　　　内部结构

图 3.199　T 形槽结构和参数

（5）燕尾槽。所创建的键槽为燕尾形。燕尾槽结构和参数示意图如图 3.200 所示。

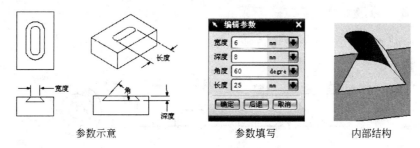

参数示意　　　　　　　　参数填写　　　　　　　内部结构

图 3.200　燕尾槽结构和参数

5. 沟槽

沟槽是指在圆柱或圆锥表面生成的环形槽。沟槽类型有矩形沟槽、球形沟槽和 U 形沟槽。这三种沟槽只是截面形状和对应的参数有所不同，其创建和操作步骤基本一致。矩形沟槽创建步骤如图 3.201 所示，球形沟槽参数和结构如图 3.202 所示，U 形沟槽参数

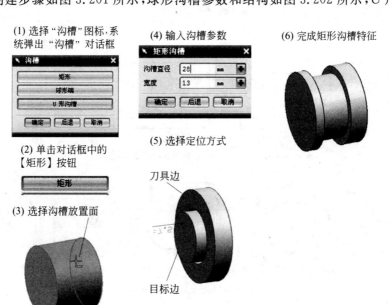

图 3.201　矩形沟槽创建步骤

和结构如图 3.203 所示。

图 3.202　球形沟槽参数和结构

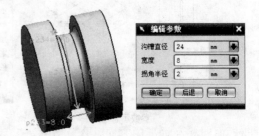
图 3.203　U 形键槽参数和结构

3.5.2　习题练习

练习绘制如图 3.204 和图 3.205 所示图形。

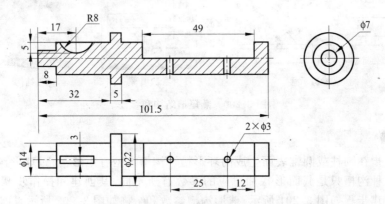
图 3.204　带有成型特征的实体造型

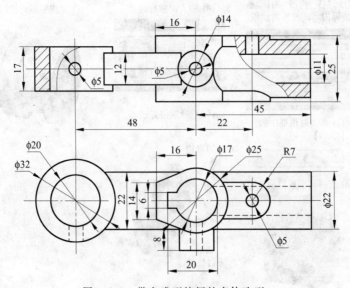
图 3.205　带有成型特征的实体造型

3.6　机械零件造型——三向阀

3.6.1　常用命令介绍

1. 拔模 ⬚

通常用于对模型、部件、模具或冲模的竖直面应用斜度，以便从模具或冲模中拉出部件时，面向相互远离的方向移动，而不是相互滑移。借助拔模面很容易将部件或模型与其模具或冲模分开。

单击【特征操作】工具条中的"草图"图标，系统弹出"草图"对话框，对话框提供 4 种拔模类型：从平面、从边、与多个面相切和至分型面边。这里介绍两种拔模方式，"从平面"拔模操作步骤如图 3.206 所示，"从边"拔模操作可以进行变拔模角拔模，这类似变半径倒圆，其操作示意如图 3.207 所示。

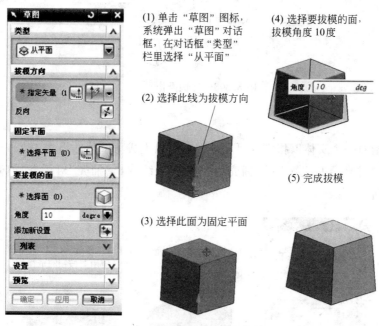

图 3.206　"从平面"拔模操作步骤

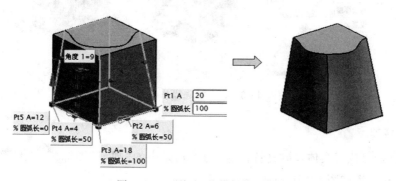

图 3.207　"从边"拔模操作示意

2. 比例 📖

此选项允许用户按比例缩放实体和片体。可以使用均匀、轴对称或通用的比例方法。此操作完全关联。比例应用于几何体而不用于组成该体的独立特征。比例操作示意如图 3.208 所示。

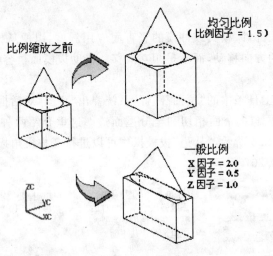

图 3.208　比例操作示意

3. 抽壳 📖

抽壳是指对一个实体以指定的厚度进行抽壳以生成薄壁体的操作。

单击【特征操作】工具条中的"抽壳"图标 📖,系统弹出"抽壳"对话框,抽壳操作步骤如图 3.209 所示。

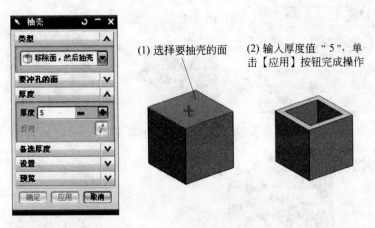

图 3.209　抽壳操作步骤

4. 片体加厚 📖

将片体加厚成为实体,单击【特征操作】工具条中的"加厚"图标 📖,系统弹出"加厚"对话框,操作步骤如图 3.210 所示。

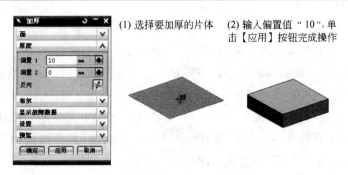

(1) 选择要加厚的片体　　(2) 输入偏置值"10"，单击【应用】按钮完成操作

图 3.210　片体加厚操作步骤

3.6.2　实例讲解

1. 图形

绘制如图 3.211 所示的三向阀体。

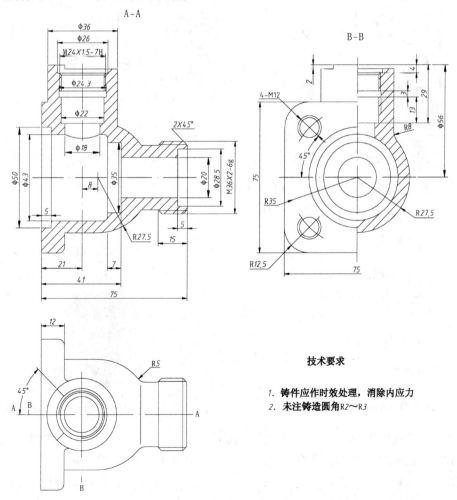

技术要求

1. 铸件应作时效处理，消除内应力
2. 未注铸造圆角 R2~R3

图 3.211　阀体

2. 分析

图 3.211 是一个阀体零件。从图中不难看出这是一个三向阀,图形尺寸比较多,结构相对比较复杂,按照基础实体和特征的分析方法在这里仍然适用。如何确定基本实体呢?这里采用排除法。先找附加在基本实体上的特征,找到一个去除一个。研究图纸发现圆角特征、孔特征和螺纹特征首先可以去除,接着发现主视图中阀体的内部孔(只能在阀体基础实体完成后才能做孔),也可以作为基体上的特征去除,最后图形如图 3.212 所示。这个图形已相对简单了许多,通过观察图形的三个视图发现这个图形由 3 个基本实体构成,依次对其三个视图进行分解,如图 3.213 所示。将分解的视图按照主视图、俯视图和左视图依次组合,分别为基础实体 1、基础实体 2 和图基础实体 3。

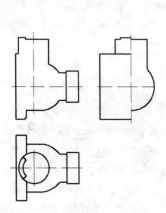

图 3.212　简化后的阀体轮廓图

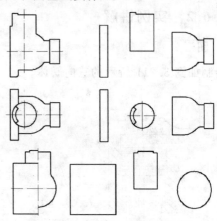

图 3.213　分解后的阀体轮廓图

首先来看第一个基础实体,基本尺寸已标出,如图 3.214 所示,这是一个长 75mm、宽 75mm、高 12mm 的长方体,三维形状如图 3.215 所示。

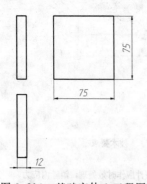

图 3.214　基础实体 1 工程图

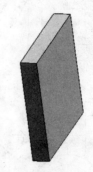

图 3.215　基础实体 1 三维模型

第二个基础实体,基本尺寸已标出,如图 3.216 所示,这是一个直径为 36mm、高为 54mm 的圆柱体,其顶端有一段环,高度为 2mm,三维形状如图 3.217 所示。

第三个基础实体,基本尺寸已标出,如图 3.218 所示,这是一个回转体,高度为 63mm,其顶端三维形状如图 3.219 所示。

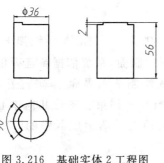

图 3.216 基础实体 2 工程图

图 3.217 基础实体 2 三维模型

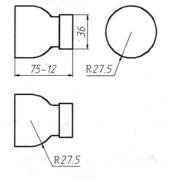

图 3.218 简化后的阀体轮廓图

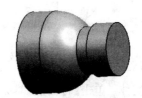

图 3.219 分解后的阀体轮廓图

将三个基础实体组合到一起,形状如图 3.220 所示。

接着再来看前面作为基础实体上的特征,最大的特征是阀体的两个内部孔,图 3.211 中的主视图较好地反映了孔的结构,如图 3.221 所示,将其分解成两个部分。

图 3.220 简化后的阀体轮廓图

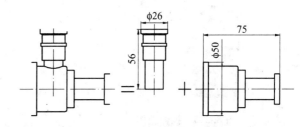

图 3.221 简化后的阀体轮廓图

用三个基础实体的组合减去这两个孔特征就得到了阀体的主体模型,如图 3.222 所示。

图 3.222 简化后的阀体轮廓图

3. 绘图过程

（1）基础实体1的绘制。单击【特征】工具条中的"草图"图标，系统弹出"创建草图"对话框，选择如图3.223所示的X-Z面作为草图绘制面，系统依据新选择的草图平面建立新坐标系。单击对话框中的【确定】按钮进入绘制草图界面。单击【草图】工具条中的"直线"图标，绘制矩形。图形绘制好以后进行尺寸约束。图形几何中心为坐标圆点，长75mm、宽75mm，如图3.224所示。完成后单击草图生成器中的"完成草图"图标。

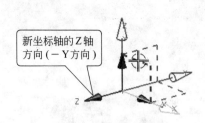

图 3.223　选择草图绘制面

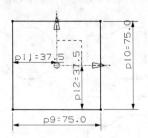

图 3.224　绘制矩形

生成实体：单击【特征】工具条中的"拉伸"图标，系统弹出"拉伸"对话框，选择刚刚绘制好的正方形草图。在"拉伸"对话框的"限制"选项中，修改"开始"距离为0mm，"终点"距离为12mm，拉伸方向默认－Y方向（此项不需设置），如图3.225所示，单击【确定】按钮，实体生成如图3.226所示。

图 3.225　拉伸操作

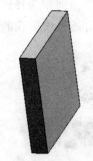

图 3.226　基础实体1

图层操作：为方便后面图形的绘制，可暂时将当前绘制的图形隐藏，单击【实用】工具条中的"移动至层"图标。系统弹出"类选择"对话框，用鼠标选择前面绘制的草图曲线及基准面后按下鼠标中键确定，系统弹出"图层移动"对话框。在"目标图层或类别"项中输入"6"并按下鼠标中键确定，则草图及基准面在视图中的草图消失（隐藏），重复操作将基础实体1移动到图层"5"隐藏起来。

（2）基础实体2的绘制。基础实体2的绘制分成两步，第一步绘制圆柱，操作过程如图3.227所示。

第二步绘制圆柱上的凸起，操作过程如图3.228所示。

图层操作：为方便后面图形的绘制，将当前绘制的图形隐藏，单击【实用】工具条中的

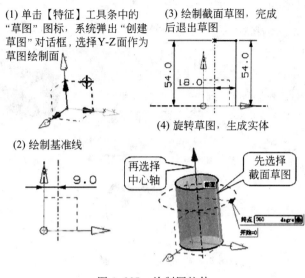

(1) 单击【特征】工具条中的"草图"图标，系统弹出"创建草图"对话框，选择Y-Z面作为草图绘制面

(2) 绘制基准线

(3) 绘制截面草图，完成后退出草图

(4) 旋转草图，生成实体

再选择中心轴

先选择截面草图

图 3.227　绘制圆柱体

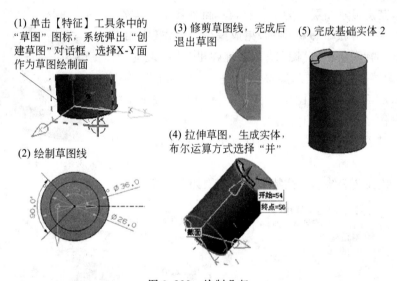

(1) 单击【特征】工具条中的"草图"图标，系统弹出"创建草图"对话框，选择X-Y面作为草图绘制面

(2) 绘制草图线

(3) 修剪草图线，完成后退出草图

(4) 拉伸草图，生成实体，布尔运算方式选择"并"

(5) 完成基础实体 2

图 3.228　绘制凸起

"移动至层"图标，系统弹出"类选择"对话框。用鼠标选择前面绘制的草图曲线及基准面后按下鼠标中键确定，系统弹出"图层移动"对话框。在"目标图层或类别"项中输入"6"并按下鼠标中键确定，则草图及基准面在视图中的草图消失（隐藏），重复操作将基础实体2移动到图层"5"隐藏起来。

（3）基础实体 3 的绘制。基础实体的绘制如图 3.229 所示。

（4）合并三个基础实体并编辑图层。至此三个基础实体完成如图 3.230 所示。单击【特征操作】工具条中的"求和"图标，系统弹出"求和"对话框，依次选择三个基础实体，按下鼠标中键，完成操作。

编辑图层：选择【实用工具】工具条中的"移动至层"图标，系统弹出"类选择"对话

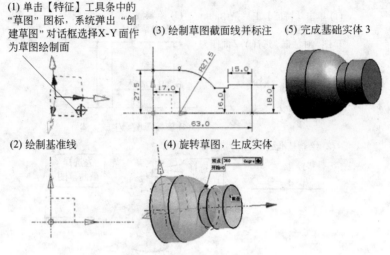

(1) 单击【特征】工具条中的"草图"图标,系统弹出"创建草图"对话框选择X-Y面作为草图绘制面

(3) 绘制草图截面线并标注

(5) 完成基础实体 3

(2) 绘制基准线

(4) 旋转草图,生成实体

图 3.229　基础实体 3 的绘制

框,选择刚刚求和的实体,按下鼠标中键,系统弹出"图层移动"对话框,其上显示图层 1 为工作层,在"目标图层或类别"栏里输入数字 2 并按下鼠标中键,完成操作。单击【实用工具】工具条中的"图层设置"图标 ,系统弹出"图层设置"对话框。在"图层状态"栏里图层 2 状态是"Selectable",双击"2 Selectable"后变成"2",图层 2 状态为"不可见",按下鼠标中键完成操作,实体从视图中消失。

(5) 孔特征 1 的绘制。孔特征 1 的绘制如图 3.231 所示。

(6) 孔特征 2 的绘制。孔特征 2 的绘制如图 3.232 所示。

图 3.230　合并三个基础实体

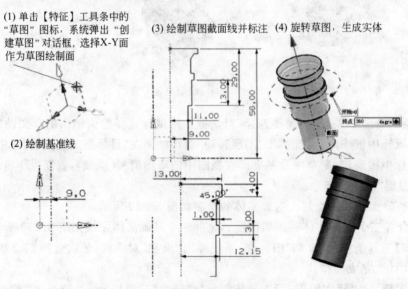

(1) 单击【特征】工具条中的"草图"图标,系统弹出"创建草图"对话框,选择X-Y面作为草图绘制面

(3) 绘制草图截面线并标注

(4) 旋转草图,生成实体

(2) 绘制基准线

图 3.231　孔特征 1 的绘制

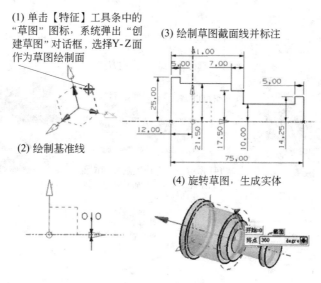

(1) 单击【特征】工具条中的"草图"图标,系统弹出"创建草图"对话框,选择Y-Z面作为草图绘制面

(2) 绘制基准线

(3) 绘制草图截面线并标注

(4) 旋转草图,生成实体

图 3.232　孔特征 2 的绘制

(7) 布尔运算求减主体模型。通过布尔求减运算得到三向阀的基本形状,操作过程如图 3.233 所示。

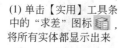
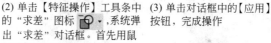

(1) 单击【实用】工具条中的"求差"图标 ,将所有实体都显示出来

(2) 单击【特征操作】工具条中的"求差"图标 ,系统弹出"求差"对话框。首先用鼠标选择目标实体,接着选择刀具实体

(3) 单击对话框中的【应用】按钮,完成操作

图 3.233　布尔求减运算

(8) 边倒圆和斜角的绘制。按照工程图的要求倒圆角和斜角,倒圆角如图 3.234 所示,倒斜角如图 3.235 所示。

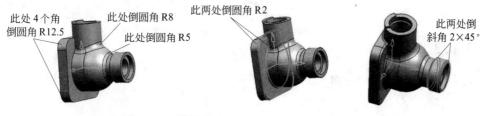

此处 4 个角倒圆角 R12.5　此处倒圆角 R8　此处倒圆角 R5

此两处倒圆角 R2

此两处倒斜角 2×45°

图 3.234　倒圆角　　　　　　图 3.235　倒斜角

(9) 孔特征的绘制。孔特征的绘制如图 3.236 所示。

(10) 螺纹特征的绘制。螺纹特征的绘制操作如图 3.237 所示。

(1) 单击【特征操作】工具条中的"孔"图标 ，系统弹出"孔"对话框，用鼠标选择实体平面作为建孔面

(2) 修改"孔"对话框中的参数

直径	10	mm
深度	50	mm
顶锥角	118	degre

(3) 单击对话框中的【应用】按钮，系统弹出"定位"对话框，选择"点到点"定位方式图标

选择此圆弧

(4) 系统弹出"设置圆弧的位置"对话框，单击【圆弧中心】按钮，完成孔特征创建

图 3.236　孔特征的绘制

(5) 重复操作，创建其他 4 个孔

(1) 单击【特征操作】工具条中的"螺纹"图标 ，系统弹出"螺纹"对话框，用鼠标选择孔来建螺纹特征

(2) 修改"螺纹"对话框中的参数如下（不用修改）

螺纹类型
○ 符号的　◉ 详细

大径	12	mm
小径	10	mm
长度	12	mm
螺距	1.75	mm
角度	60	degre

(3) 单击对话框中的【应用】按钮，完成操作

(4) 同理，绘制其他螺纹特征

(5) 三向阀三维模型绘制完成

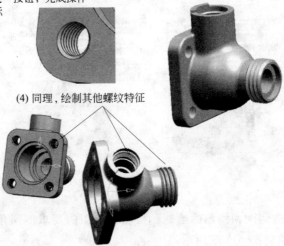

图 3.237　螺纹特征的绘制

3.6.3　习题练习

练习绘制如图 3.238～图 3.241 所示图形。

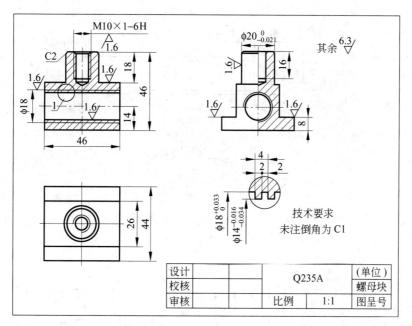

图 3.238　带有螺纹特征的实体绘制

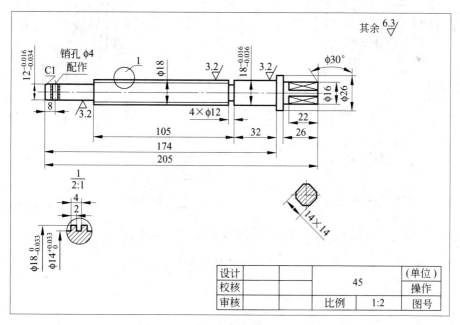

图 3.239　带有螺纹特征的实体绘制

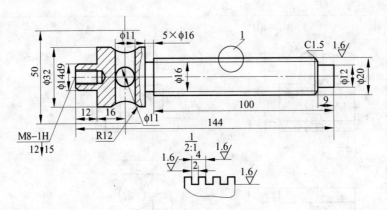

图 3.240　带有螺纹特征的实体绘制

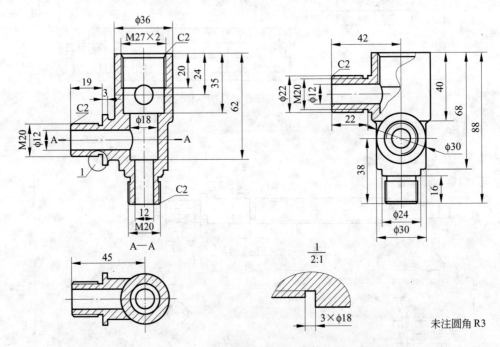

未注圆角 R3

图 3.241　带有螺纹特征的实体绘制

CHAPTER 4

曲线和曲面

本章主要介绍创建曲线、编辑曲线的内容,并通过应用实例来详细讲解绘制曲线的基本工具和使用方法。通过本章的学习,可以提高读者使用 UG 曲线和曲面的建模能力。

4.1　基本曲线绘制

4.1.1　直线和圆弧的命令介绍

1. 直线和圆弧

绘制直线的方式主要有三种:一是在菜单区选择【插入】|【曲线】|【直线…】;二是在菜单区【插入】|【曲线】|【直线和圆弧】的下拉菜单中选择用户所需的选项,如图 4.1 所示;三是在菜单区选择【插入】|【曲线】|【基本曲线…】。同样,圆弧的绘制也存在着类似的 3 种方式。本书只重点针对第二种方式中的常用方式进行阐述,其他生成基本曲线的方式大同小异,这里不再叙述。

图 4.1　直线和圆弧选项

(1) 直线。在菜单区单击【插入】|【曲线】|【直线…】或单击【曲线】工具条中的"直线"图标 $\diagup$,打开如图 4.2 所示的"直线"对话框。

起点选项:可以设置自动判断、点和相切选项。

终点或方向:绘制起点后,终点和方向选项可以设置自动判断、点、相切、成一角度、沿 XC、沿 YC、沿 ZC 和正常选项。

支持平面:可以设置自动平面、锁定平面和选择平面。

限制:用于设置直线的点的起始位置和结束位置,有值、在点上和直至限选定对象 3 种限制方式。

设置选项下的延伸直线到屏幕边界：单击该图标 ，可延伸直线到屏幕边界。

（2）圆弧。在菜单区单击【插入】|【曲线】|【弧/圆...】或单击【曲线】工具条中的"圆弧/圆"图标 ，打开如图 4.3 所示的"圆弧/圆"对话框。

图 4.2 "直线"对话框

图 4.3 "圆弧/圆"对话框

类型：圆弧/圆的绘制类型包括 3 点画圆弧和基于中心的弧两种类型。

在限制选项下可以设置绘制整圆和补圆弧。

整圆图标：单击该图标，用于绘制整圆。

图标：单击该图标，用于绘制补圆弧。

其他参数含义和直线对话框对应部分相同。

2. 基本曲线创建

单击【曲线】工具栏上的"基本曲线"图标 ，或在菜单中单击【插入】|【基本曲线】命令，弹出"基本曲线"对话框，如图 4.4 所示。本节将主要介绍该对话框中有关直线、圆弧、圆工具命令的功能及使用方法。

（1）直线。在"基本曲线"对话框中，单击"直线"图标 ，如图 4.4 所示。绘制直线的方法有两种：一是利用"跟踪条"对话框来绘制直线，如图 4.5 所示；二是利用"点"对话框来绘制直线。

无界：勾选该复选框，绘制一条无界直线，去掉"线串模式"勾选，该选项被激活。

增量：用于以增量方式绘制直线，给定起点后，可以直接在图形工作区中指定结束点，也可以在"跟踪条"对话框中输入结束点相对于起点的增量。

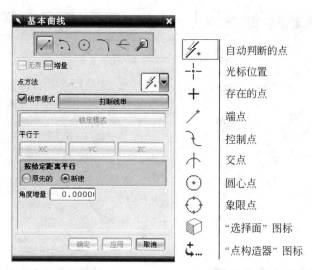

图 4.4 "基本曲线"对话框

图 4.5 "跟踪条"对话框

点方法：通过下拉列表框设置点的选择方式。

线串模式：勾选该复选框，绘制连续曲线，直到单击【打断线串】按钮为止。

锁定模式：在画一条与图形工作区中的已有直线相关的直线时，由于涉及对其他几何对象的操作，锁定模式会记住开始选择对象的关系，随后用户可以选择其他直线。

平行于：用来绘制平行于 XC 轴、YC 轴和 ZC 轴的平行线。

按给定距离平行：用来绘制多条平行线。其包括"原先的"和"新建"两个选项。

原先的：表示生成的平行线始终是相对于用户选定的曲线，通常只能生成一条平行线。

新建：表示生成的平行线始终是相对于在它前一步生成的平行线，通常用来生成多条等距离的平行线。

上述绘制直线的两种方法主要区别在于：利用"点"对话框绘制直线比较方便、快捷，但它不能绘制有角度的斜线；而利用"跟踪条"绘制直线非常精确，能绘制带有角度的斜线，但绘图的效率低。

打开"点"对话框的方法是：单击"基本曲线"对话框中"点方法"的下拉列表，如图 4.4 所示，单击下拉列表中的【点构造器】按钮，系统会弹出"点"对话框，如图 4.6 所示。

提示：在利用"跟踪条"对话框输入相关参数时，可单击 Tab 键。单击该键后，即可在各参数的文本框之间进行切换。

（2）圆弧。在"基本曲线"对话框中，选择"圆弧"，"基本曲线"对话框以及"跟踪条"对话框均有了较大的变化，如图 4.7 和图 4.8 所示。绘制圆弧的方法与绘制直线相同，即利用"跟踪条"对话框中的选项来绘制圆弧；另一个就是利用"点"对话框来绘制圆弧。

图 4.6 【点】对话框

图 4.7 "基本曲线"对话框

图 4.8 绘制圆弧跟踪条

圆弧的生成方式有两种,如图 4.7 所示。

- 起点,终点,圆弧上的点:即三点绘制圆弧的方法。
- 中心,起点,终点:利用圆心,以及起点、终点绘制圆弧。

(3) 圆。在如图 4.7 所示的"基本曲线"对话框中,单击"圆"图标⊙。这时,"基本曲线"对话框发生了一些改变,而"跟踪条"对话框与绘制圆弧时的"跟踪条"对话框完全一致。由于绘制圆与绘制圆弧的方法有许多相近之处,这里只作简单介绍。

绘制圆的方法:先指定圆心,然后指定半径或者直径来绘制圆。

多个位置:当在图形工作区绘制了一个圆后,勾选该复选框,在图形工作区中输入圆心后生成与绘制圆同样大小的圆。

(4) 圆角。在图 4.8 所示的"基本曲线"对话框中单击"圆角"图标⌐,打开如图 4.9 所示的"曲线倒圆"对话框。曲线倒圆的方法有简单倒圆、2 曲线倒圆和3 曲线倒圆 3 种方法。

① 简单倒圆。只能用于对直线的倒圆,其创建步骤如下:在如图 4.9 所示的"曲线倒圆"对话框中的"半径"数值输入栏中输入用户所需的数值,或单击【继承】按钮,在图形工作区中选择已存在的圆弧,则倒圆的半径和所选圆弧的半径相同。鼠标左键单击两条直线的倒角处,

图 4.9 "曲线倒圆"对话框

鼠标单击如图4.10所示的点决定倒圆的位置,生成倒圆并修剪直线,如图4.11所示。

图 4.10 鼠标单击点　　　　　　　　　　图 4.11 倒圆结果

② 2 曲线倒圆。不仅可以对直线倒圆,也可以对曲线倒圆,圆弧按照选择曲线的顺序逆时针产生圆弧,在生成圆弧时,用户也可以选择修剪选项来决定在倒圆角时是否裁剪曲线,如图4.12所示,倒圆结果如图4.13所示。

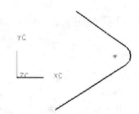

图 4.12 "曲线倒圆"对话框　　　　　　图 4.13 倒圆结果

③ 3 曲线倒圆。3 曲线倒圆同 2 曲线倒圆一样,圆弧按照选择曲线的顺序逆时针产生圆弧,不同的是不需用户输入倒圆半径,系统自动计算半径值。

在对曲线倒圆时,涉及圆、圆弧和曲线圆弧的关系,当选择曲线圆弧时,系统会自动打开如图4.14所示的"曲线倒圆"对话框,由用户决定倒圆和曲线圆弧的关系。3 曲线倒圆还包括是否裁剪曲线选项。3 曲线倒圆结果如图4.15所示。

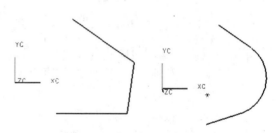

图 4.14 "曲线倒圆"对话框　　　　　　图 4.15 3 曲线倒圆结果

3. 直线和圆弧

（1）直线。创建直线的命令中包含 6 个命令和 1 个复选命令。它们分别是点—点、点—XYZ、点—平行、点—垂直、点—相切、相切—相切和无界直线。其中最后一个命令无界直线是一个复选命令，在执行其他命令时，如果同时选择该命令，则创建的是无界的直线，即当前屏幕下最长的直线。

① 点—点。在指定的两点间绘制一条直线。这两个点可以通过输入坐标值来创建，也可以结合【捕捉】工具条中的命令来实现。

绘制任意两点确定的直线：

- 单击【直线和圆弧】工具条中的"点—点"图标，在视图中的任意位置单击鼠标左键，鼠标光标中心点位置出现一个绿色方块，光标右下方显示该点的坐标（−2,7,0），如图 4.16 所示。
- 移动鼠标到另一个位置，单击鼠标左键，生成的直线如图 4.17 所示，光标右下方显示了另一点的坐标（40,13,0）

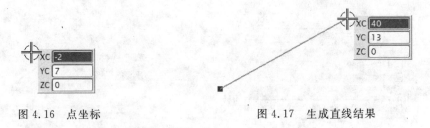

图 4.16　点坐标　　　　　　　　图 4.17　生成直线结果

② 点—XYZ。绘制与坐标轴平行的直线。

- 单击【直线和圆弧】工具条中的"点—XYZ"图标。在视图中单击任意点确定直线的起始点。
- 拖动鼠标直至直线附近出现"×"字符，沿着直线方向拖动鼠标，直至鼠标光标右下方显示长度为"30"，单击【确定】按钮，如图 4.18 所示。

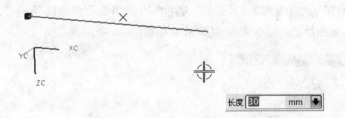

图 4.18　直线绘制结果

③ 点—平行。绘制与已知直线平行的直线。

- 单击【直线和圆弧】工具条中的"点—平行"图标，在视图中单击任意点确定直线的起点。
- 单击参考直线，如图 4.19 所示。
- 拖动鼠标确定直线的长度，然后单击鼠标左键确定，如图 4.20 所示。

图 4.19 选择参考直线

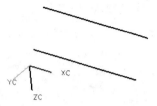
图 4.20 平行线绘制结果

④ 点—垂直。绘制与已知直线垂直的直线。

- 单击【直线和圆弧】工具条中的"点—垂直"图标，在视图中单击任意点确定直线的起始点。
- 单击参考直线，如图 4.21 所示。
- 拖动鼠标确定直线的长度，然后单击【确定】按钮，如图 4.22 所示。

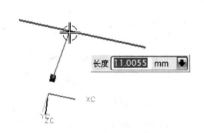
图 4.21 选择参考直线

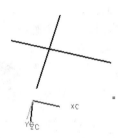
图 4.22 垂直线绘制结果

⑤ 点—相切。绘制与已知圆弧或圆相切的直线。

- 单击【直线和圆弧】工具条中的"点—相切"图标，在视图中单击任意点确定直线的起始点。
- 用鼠标左键单击需要创建切线的圆周附近，得到圆弧的切线，如图 4.23 所示。

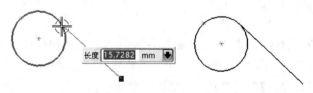
图 4.23 切线绘制步骤

⑥ 相切—相切。绘制圆—圆弧的公切线。系统会根据用户鼠标单击的位置自动确定公切线的最终位置。

- 单击【直线和圆弧】工具条中的"相切—相切"图标，选取一个圆的圆周，拖动鼠标到大致切线的位置，如图 4.24 所示。
- 单击另一个圆的圆周，两个圆的公切线创建完成，如图 4.25 所示。

（2）圆弧。创建圆弧的方法有 4 种：点—点—点、点—点—相切、相切—相切—相切和相切—相切—半径。其中后面的两种圆弧的创建类似于曲线的倒圆角。

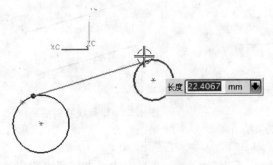

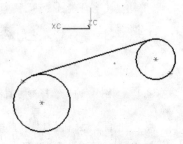

图 4.24　选择相切圆弧　　　　　图 4.25　切线绘制结果

① 点—点—点法创建圆弧。

- 单击【直线和圆弧】工具条中的"点—点—点"图标，在视图中依次单击 3 个点的位置，如图 4.26 所示。
- 单击鼠标中键确定，绘制完成的圆弧如图 4.27 所示。

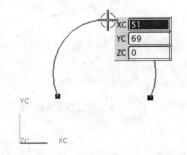

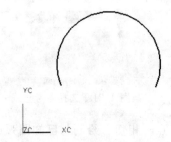

图 4.26　选择圆弧三个点位置　　　　图 4.27　圆弧绘制结果

② 点—点—相切法创建圆弧。分别指定圆弧的起点、端点和圆弧的切线来创建圆弧。

- 单击【直线和圆弧】工具条中的"点—点—相切"图标，在视图中选择圆弧的起点和端点位置分别单击左键。
- 选择作为圆弧切线的直线，单击鼠标左键绘制直线的切线如图 4.28 所示。

③ 相切—相切—相切法创建圆弧。在 3 条曲线之间创建圆弧。

- 单击【直线和圆弧】工具条中的"相切—相切—相切"图标，选择第一条曲线，这条线是圆弧起始点所在的位置。
- 选择第二条曲线，这条线是圆弧端点所在的位置。
- 选择第三条曲线，所得的圆弧的结果如图 4.29 所示。

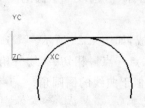

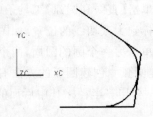

图 4.28　绘制圆弧结果　　　　　图 4.29　绘制圆弧结果

④ 相切—相切—半径法创建圆弧。在两条曲线之间创建圆弧。

- 单击【直线和圆弧】工具条中的"相切—相切—半径"图标 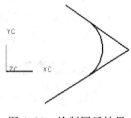，选择第一条切线。

- 选择第二条曲线，移动鼠标来确定圆弧生成的位置，放置鼠标不动，输入半径值 40，按 Enter 键确定，结果如图 4.30 所示。

（3）圆。创建圆的命令有 7 种：点—点—点、点—点—相切、相切—相切—相切、相切—相切—半径、中心—点、中心—半径和中心相切。创建圆的方法和创建圆弧的方法大致相同，这里就不再赘述，请读者自行学习。

图 4.30　绘制圆弧结果

4.1.2　二次曲线创建

1. 椭圆

椭圆创建的操作流程如下。

- 在菜单中执行【插入】|【曲线】|【椭圆】命令，或单击【曲线】工具条中的"椭圆"图标 ⊙，系统会弹出"点"对话框，如图 4.31 所示。

- 利用"点"对话框，在绘图区中指定一点作为椭圆的中心点，随后系统会弹出"椭圆"对话框，设置椭圆参数如图 4.32 所示。

- 绘制椭圆如图 4.33 所示。

图 4.31　"点"对话框

图 4.32　"椭圆"对话框

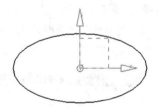

图 4.33　椭圆绘制结果

2. 抛物线

抛物线是二次曲线的一种，画出的抛物线平行于 X 轴，抛物线的方程为 $y^2 = 2ax$。抛物线创建的操作流程如下。

- 单击下拉菜单【插入】|【曲线】|【抛物线】命令，或单击【曲线】工具条中的"抛物线"

图标 ，系统会弹出"点"对话框。

- 利用"点"对话框，在绘图区指定一点作为抛物线顶点，随后系统会弹出"抛物线"对话框，如图4.34所示。
- 在"抛物线"对话框中，输入相关参数，其中对话框中焦距的长度即为抛物线方程中的$0.5a$值，单击【确定】按钮，完成抛物线的创建，结果如图4.35所示。

图4.34　"抛物线"对话框

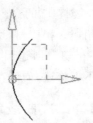

图4.35　抛物线绘制结果

3. 双曲线

双曲线是二次曲线的一种，双曲线是落在中心点两侧的两条对称曲线，在UG NX5中只绘制其x大于0的一侧，若需要另一侧，则可以通过镜像得到。双曲线的中心点是两条渐近线的交点，双曲线的对称轴也通过该点。双曲线的投影判别式为Rho>0.5，双曲线方程为：

$$\frac{x^2}{a^2} - \frac{y^2}{b^2} = 1 \quad (a > 0, b > 0)$$

其对应的渐近线方程为：

$$\frac{y}{x} = \pm \frac{b}{a}$$

双曲线创建的操作流程如下。

(1) 在下拉菜单中单击【插入】|【曲线】|【双曲线】命令，或单击【曲线】工具条中的"双曲线"图标 ，系统弹出"点"对话框。

(2) 利用"点"对话框，在绘图区中指定一点作为双曲线的对称中心点，随后系统会弹出"双曲线"对话框，如图4.36所示。

(3) 在"双曲线"对话框中，输入以上参数，单击【确定】按钮，完成双曲线的创建，结果如图4.37所示。

图4.36　"双曲线"对话框

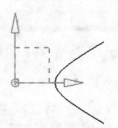

图4.37　双曲线绘制结果

4.1.3　常用曲线创建

1. 多边形

为了便于学习,下面结合实例来介绍创建多边形的操作流程。

- 在下拉菜单中单击【插入】|【曲线】|【多边形】命令,或单击【曲线】工具条中的"多边形"图标 ⬡,弹出"多边形"对话框1,如图4.38所示。

图4.38　"多边形"对话框1

- 在"多边形"对话框1中,输入"侧面数"为6(即多边形的边数)。系统会弹出"多边形"对话框2,如图4.39所示。

- 在"多边形"对话框2中,选择"内接半径"选项,单击【确定】按钮,系统会弹出"多边形"对话框3,如图4.40所示。

图4.39　"多边形"对话框2

图4.40　"多边形"对话框3

- 在"多边形"对话框3中,输入"内接半径"为50,"方位角"为0。再次单击【确定】按钮,系统会弹出"点"对话框,如图4.41所示。

- 利用"点"对话框,在绘图区中输入点作为多边形的中心点,再单击【确定】按钮,完成多边形的创建,结果如图4.42所示。

图4.41　"点"对话框

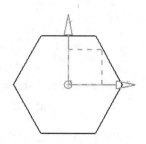

图4.42　"多边形"绘制结果

2. 样条曲线

下面通过实例来详细介绍创建样条曲线的操作流程。

（1）单击下拉菜单【插入】|【曲线】|【样条曲线】命令，或单击【曲线】工具条中的"样条曲线"图标～，系统会弹出"样条"对话框1，如图4.43所示。

（2）在"样条"对话框中，选择"通过点"选项，单击【确定】按钮，系统会弹出"通过点生成样条"对话框，如图4.44所示。

图4.43　"样条"对话框1

图4.44　"通过点生成样条"对话框

（3）在"通过点生成样条"对话框中，选择默认选项，单击【确定】按钮，系统会弹出"样条"对话框2，如图4.45所示。

（4）在"样条"对话框2中，选择"点构造器"选项，系统会弹出"点"对话框，如图4.46所示。

图4.45　"样条"对话框2

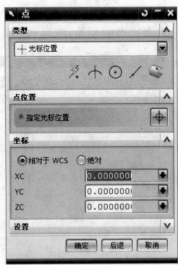

图4.46　"点"对话框

（5）利用"点"对话框，分别输入以下几点的坐标值：（0，0，0）、（10，10，0）、（15，10，0）、（20，0，0）、（25，10，0）、（30，15，0）、（35，10，0）、（40，0，0）。单击【确定】按钮，系统会弹

出"指定点"对话框,如图 4.47 所示。

（6）在"指定点"对话框中,单击【是】按钮,系统再次弹出"通过点生成样条"对话框,如图 4.44 所示。

（7）在"通过点生成样条"对话框中,选择默认选项,再单击【确定】按钮,则绘制的样条曲线如图 4.48 所示。

图 4.47　"指定点"对话框

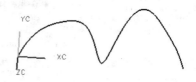

图 4.48　样条曲线

3. 螺旋线

下面通过实例来介绍创建螺旋线的操作流程。

在下拉菜单中单击【插入】|【曲线】|【螺旋线】命令,或单击【曲线】工具条中的"螺旋线"图标 ,系统弹出"螺旋线"对话框,在该"螺旋线"对话框中,输入参数:圈数"5"、螺距"3"、半径"4",如图 4.49 所示。

（1）单击"螺旋线"对话框中的【点构造器】按钮,系统弹出"点"对话框。

（2）在"点"对话框中输入螺旋线的放置点(0,0,0),然后单击【确定】按钮,系统又回到"螺旋线"对话框,这时,只需单击【确定】按钮,即可完成螺旋线的创建工作,结果如图 4.50 所示。

图 4.49　【螺旋线】对话框

图 4.50　螺旋线绘制结果

4. 偏置曲线

对直线、弧、二次曲线、样条线以及边缘线等二维线型进行偏移生成偏置曲线。

在 UG 中提供了 4 种偏置方式:距离、草图、规律控制和 3D 轴向。常用的偏置方式是距离偏置。下面介绍曲线操作步骤。

（1）单击【曲线】工具条上的"偏置曲线"图标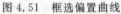，在视图区域中框选四边形的四条边，如图 4.51 所示。

（2）在如图 4.52 所示的"偏置曲线"对话框"类型"栏的下拉菜单中选择偏置的方式为"距离"。

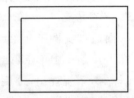

图 4.51　框选偏置曲线　　　图 4.52　"偏置曲线"对话框　　　图 4.53　偏置曲线结果

（3）双击视图中的箭头符号可以改变箭头的方向，使视图中四边形附近的箭头符号的方向朝外。在"偏置"栏中输入偏置的"距离"为 10。

（4）在"设置"栏的修剪下拉菜单中选择"偏置"得到的曲线的修剪方式为"相互延伸"。单击【确认】按钮，结果如图 4.53 所示。

提示：修剪方式有 3 种：无、Extend Tangents（延伸相切）和圆角。这三种方式的对比效果如图 4.54 所示。

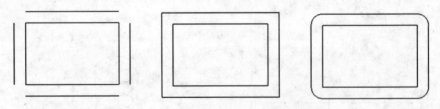

图 4.54　3 种不同修剪方式的结果

在"偏置曲线"对话框的"设置"栏有一个"关联"复选框，选择它则使偏置的曲线与原始曲线相关联，也就是说当编辑原始曲线时偏置的曲线也会自动进行调整。而如果不选择这个复选框，那么它们之间就没有关联性，也就是说编辑原始曲线不会影响到偏置生成的曲线。

在"偏置曲线"对话框的最后一栏中，可以选择曲线处理的方式，有 4 种选择：保持、隐藏、删除和替换。

5．投影

将曲线或点投影到曲面上，超过投影曲面的部分将被自动截取。

投影曲线的方式包括：沿面的法向、指向一点、指向一直线、沿矢量、相对于矢量的角度和等圆弧长等。这里以沿面的法向为例介绍其操作步骤。

投影曲线到曲面上操作步骤如下。

（1）在下拉菜单中单击【插入】|【曲线中的一条曲线】|【投影】命令或单击【曲线】工具条中的"投影"图标，打开如图 4.55 所示的"投影曲线"对话框。

（2）依次选择被投影的曲线，单击鼠标中键确认。在如图 4.55 所示的"投影曲线"对话框的"投影方向"栏的方向下拉菜单中选择"沿面的法向"。选择投影面，单击【确认】按钮，生成的结果如图 4.56 所示。

图 4.55　"投影曲线"对话框

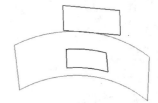

图 4.56　曲线投影结果

【投影】命令中使用另外几种投影方式的生成结果对比如图 4.57 所示。

指向点方式　　　　　　　　沿矢量方式　　　　　　　相对于矢量的角度方式

图 4.57　其他投影方式结果

4.2　常用曲线编辑

曲线编辑包括编辑曲线参数、修剪曲线、分割曲线、曲线长度、光顺曲线等内容，是UG NX 5.0 软件在非草绘状态下对曲线进行编辑的基本工具。

在一般情况下，对曲线进行编辑操作的方法有以下两种。

方法 1：利用工具条法。利用图 4.58 所示的【编辑曲线】工具条中的选项，进行对曲线的编辑。

图 4.58   【编辑曲线】工具条

方法 2：菜单命令。在下拉菜单中单击【编辑】|【曲线】命令，弹出如图 4.59 所示的【曲线】下拉菜单。利用该下拉菜单可以执行编辑曲线的操作。

由于所有的命令都集中在工具条或【编辑曲线】下拉菜单中，因此在操作时比较方便。下面将逐一介绍【编辑曲线】的所有命令。

利用"编辑曲线参数"图标可以实现以下编辑功能：对直线、圆弧/圆进行平移拖动；延长或拉伸直线、圆弧；将圆弧变成整圆；修改圆弧—圆的位置与半径等操作。

单击"编辑曲线参数"图标，系统会弹出"编辑曲线参数"对话框，如图 4.60 所示，与"跟踪条"对话框，如图 4.61 所示，选择默认"参数"单选项。

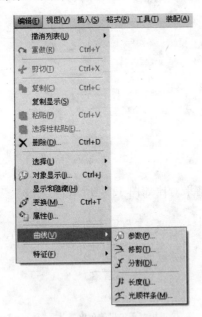

图 4.59   【编辑曲线】下拉菜单

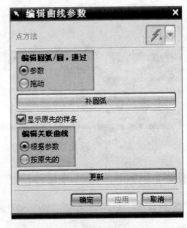

图 4.60   "编辑曲线参数"对话框

图 4.61   【跟踪条】对话框

选择要编辑的对象，即可进行曲线参数的编辑。下面仅介绍直线、圆弧和椭圆几个常用对象的参数编辑方法。

1）编辑曲线

（1）直线端点的编辑。用户可通过以下三种方法编辑直线的端点。

选择直线的端点，图形区中将显示"跟踪条"对话框，可以通过输入直线端点坐标或输入直线的长度和角度来更改直线端点的位置，如图 4.62 所示。

选择直线的端点,直接拖动鼠标到合适的位置,然后单击鼠标左键可以完成直线端点的编辑。

图 4.62 编辑直线端点跟踪条

另外,用户也可在"点方法"下拉列表中选择相应选项后,重新定义直线端点也可以编辑直线。

(2)编辑直线的参数。直接选择直线对象,图形区出现如图 4.63 所示的跟踪条,可以改变直线的长度和角度。

输入以上跟踪条参数后完成直线的编辑操作如图 4.64 所示。

图 4.63 编辑直线参数跟踪条 图 4.64 编辑直线

2)编辑圆或圆弧

(1)编辑圆弧参数。如果选择的对象是圆或者圆弧,图形区中将显示"跟踪条"对话框,则可以通过该对话框修改圆或者圆弧的半径、起始点、终止角的参数,如图 4.65 所示。

图 4.65 编辑圆或圆弧跟踪条

(2)编辑圆弧端点和中心。如果单击圆弧对象的位置为圆弧的端点或中心,图形区中将显示"跟踪条"对话框,可以通过前三个坐标文本框来对端点或中心进行重定位,同时也可更改其他参数,如图 4.66 所示。

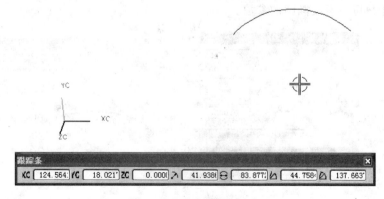

图 4.66 更改圆弧跟踪条

(3)补圆弧。选择如图 4.67 所示的圆弧后,在"编辑曲线参数"对话框中单击【补圆弧】按钮,则系统能自动显示该圆弧的互补圆弧,结果如图 4.68 所示。

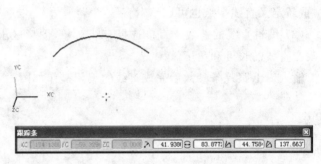

图 4.67　编辑曲线参数

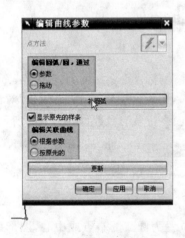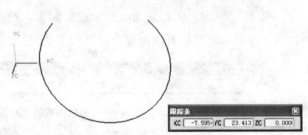

图 4.68　补圆弧结果

(4) 编辑圆弧。如果选择的对象是椭圆,则系统会弹出"编辑椭圆"对话框,如图 4.69 所示,此时用户可以更改椭圆的参数。

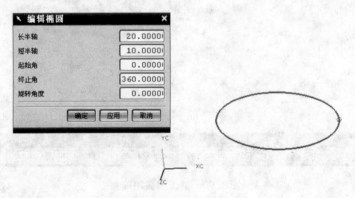

图 4.69　"编辑椭圆"对话框

3）修剪曲线

（1）修剪曲线可通过边界对象（曲线、边缘、平面、表面、点或屏幕位置）等调整曲线的端点，也可以延长或修剪直线、圆弧、二次曲线等，但是它不能修剪体、片体或实体。

（2）在【编辑曲线】工具条中，单击"修剪曲线"图标，系统弹出"修剪曲线"对话框，如图4.70所示。

下面是一个"修剪曲线"操作流程，如图 4.71所示。

修剪曲线的操作过程为：单击在【编辑曲线】工具条中，"修剪曲线"图标，系统弹出"修剪曲线"对话框如图4.70所示，然后选择要修剪的曲线，再选择边界曲线，把"设置"选项下的"关联"选项勾选掉，"输入曲线"选择"隐藏"，单击【确定】按钮，修剪后的图形如图4.71所示，

4）分割曲线

分割曲线功能用于将曲线分割成多段，各段成为独立的曲线。

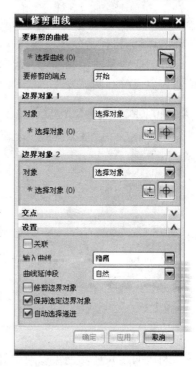

图 4.70　"修剪曲线"对话框

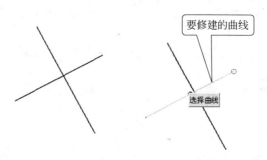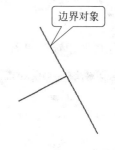

图 4.71　修剪图形

单击【编辑曲线】工具条中的"分割曲线"图标，系统会弹出"分割曲线"对话框，如图 4.72所示。

"分割曲线"对话框中的"类型"选项组中各选项及含义如下。

（1）等分段。单击该选项，系统提示选择曲线。当选定好对象后，输入等分数，再单击【确定】按钮，该选定的对象曲线将被自动均匀等分。

（2）按边界对象分段。利用边界对象来分割曲线边界对象，该对象可以是点、曲线、平面和曲面。

（3）圆弧长段数。首先设置分段的弧长，则段数为曲线总长除以分段弧长所得的整数，不足分段弧长部分划归为尾段。

（4）在节点处。该选项只对样条曲线有效，具体的做法是：在曲线的控制点处将样条曲线分割成多段线。

（5）在拐角上。该选项也只对样条曲线有效。具体的做法是：在曲线的拐角即一阶不连续点处，将样条分割成多段线。

分割曲线创建流程如下：选择如图4.73所示的圆弧，设置等分段数为4，单击【确定】按钮后完成等分圆弧操作，如图4.74所示中红色部分显示。

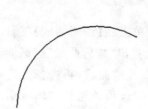

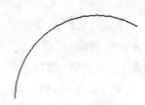

图4.72 "分割曲线"对话框　　　图4.73 要等分的圆弧　　　图4.74 等分后的圆弧

5）曲线长度

利用曲线长度功能可以对选择曲线或曲线串（主要是样条曲线）进行修剪或延伸。

曲线长度的创建流程如下。

（1）单击【编辑曲线】工具条中"曲线长度"图标，系统会弹出"曲线长度"对话框，如图4.75所示。

（2）在绘图区中选择如图4.76所示的圆弧为选择对象。

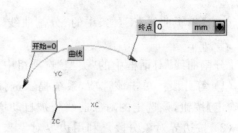

图4.75 "曲线长度"对话框　　　图4.76 编辑前的曲线

（3）在"曲线长度"对话框中，单击"延伸"栏"终点"下的"起点和终点"选项，按照图4.77所示，填写相关参数后，延伸图形如图4.78所示。

（4）单击【确定】按钮，完成曲线长度的操作，在绘图区中可以看到圆弧延伸后的结果，如图4.79所示。

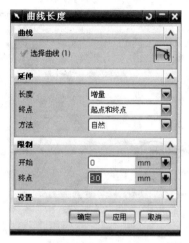

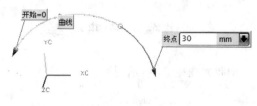

图 4.78 拉长曲线

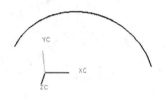

图 4.77 "曲线长度"对话框(设置参数后)

图 4.79 编辑完成拉伸曲线长度

6) 光顺样条

下面通过一个实例来详细介绍光顺样条操作步骤。

(1) 单击【编辑曲线】工具条中的"光顺样条"图标，系统会弹出"光顺样条"对话框，如图 4.80 所示。

(2) 在"光顺样条"对话框中，选择"曲率"图标。"光顺样条"方式有两种：一是利用"曲率"方式，另一个是利用"曲率变化"方式。

(3) 在绘图区中，选择如图 4.81 所示的样条曲线，系统弹出如图 4.82 所示的"光顺样条"确认对话框，单击【确定】按钮进行样条曲线的编辑。

(4) 在"光顺样条"对话框中，移动"光顺因子"、"修改百分比"滑动杆，并注意绘图区样条曲线的形状变化情况，确认编辑或再单击【确定】按钮，完成光顺样条的操作，如图 4.83 所示。

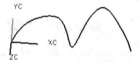

图 4.81 编辑前的样条曲线

图 4.82 "光顺样条"确认对话框

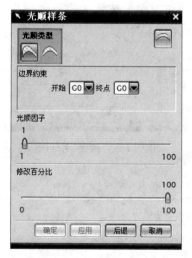

图 4.80 "光顺样条"对话框

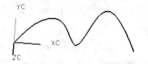

图 4.83 光顺样条完成结果

4.3 实例讲解——曲线练习

绘制如图 4.84 所示图形。

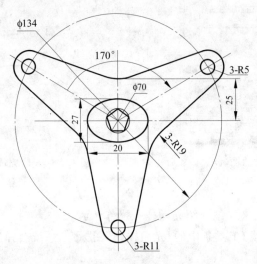

图 4.84 曲线练习图形

1. 创建椭圆和正五边形

(1) 单击【视图】工具条中的"俯视"图标，将窗口调整为俯视图。

(2) 在菜单中单击【插入】|【曲线】|【椭圆】命令，或单击【曲线】工具条中的"椭圆"图标，系统会弹出"点"对话框如图 4.85 所示。

(3) 在"点"对话框中指定(0,0,0)作为椭圆的中心点，单击【确定】按钮，随后系统会弹出"椭圆"对话框，按照图 4.86 所示设置好椭圆参数，绘制的椭圆如图 4.87 所示。

图 4.85 "点"对话框

图 4.86 "椭圆"对话框

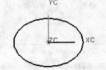

图 4.87 椭圆绘制结果

（4）在菜单中单击【插入】|【曲线】|【多边形】命令，或单击【曲线】工具条中的"多边形"图标，弹出"多边形"对话框1，如图4.88所示。

（5）在"多边形"对话框1中，输入"侧面数"为"5"（即多边形的边数），单击【确定】按钮。系统会弹出"多边形"对话框2，如图4.89所示。

图4.88　"多边形"对话框1

（6）在"多边形"对话框2中，选择"外切圆半径"选项，单击【确定】按钮，系统会弹出"多边形"对话框3，如图4.90所示。

（7）在"多边形"对话框3中，输入"圆半径"为10，"方位角"为18。再次单击【确定】按钮，系统弹出"点"对话框，如图4.91所示。

图4.89　"多边形"对话框2

图4.90　"多边形"对话框3

图4.91　"点"对话框

（8）利用"点"对话框，在绘图区输入点(0,0,0)作为多边形的中心点，再单击【确定】按钮，完成多边形的创建，结果如图4.92所示。

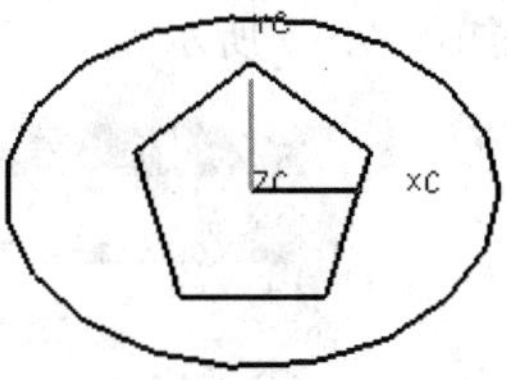

2. 创建 ϕ134 的圆并编辑

（1）单击【曲线】工具条上的"基本曲线"图标，或在菜单中单击【插入】|【基本曲线】命令，弹出"基本曲线"对话框，如图4.93所示。

（2）单击图4.93中的"圆"图标，在弹出的圆弧绘制相关参数值（跟踪条）中输入坐标值(0,0,0)，直径134，绘制圆1，如图4.94所示。

图4.92　多边形绘制结果

（3）在"编辑曲线"工具条中，单击"分割曲线"图标，系统会弹出"分割曲线"对话框，如图4.95所示。

图 4.93 "基本曲线"对话框

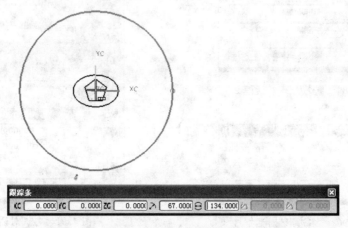

图 4.94 圆 1 绘制结果

　　（4）选择刚创建的圆，设置等分"段数"为"3"，单击【确定】按钮后完成等分圆操作，结果如图 4.96 所示。

图 4.95 "分割曲线"对话框

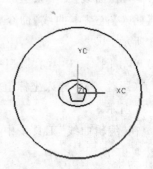

图 4.96 等分圆结果

（5）选择上一步等分的三段圆弧，然后单击主菜单中的【编辑】|【变换】命令，弹出"变换"对话框1，如图4.97所示，单击【绕点旋转】按钮，系统弹出"点"对话框，输入坐标值为（0,0,0），如图4.98所示，单击【确定】按钮，系统弹出"变换角度"对话框，输入"角度"为"30"，单击【确定】按钮，系统弹出"变换"对话框2，如图4.99所示，单击【移动】按钮，单击【取消】按钮，完成圆弧的变换操作，如图4.100所示。

图4.97 "变换"对话框1

图4.98 "点"对话框

图4.99 "变换"对话框2

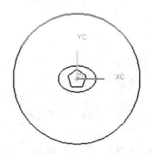

图4.100 绕点旋转结果

3. 在等分点处创建

（1）单击【曲线】工具条上的"基本曲线"图标，或在菜单中单击【插入】|【基本曲线】命令，系统弹出"基本曲线"对话框如图4.101所示。单击"圆"图标，在弹出的"圆弧绘制"跟踪条中输入半径值为5，创建3个圆，如图4.102所示。再分别以刚创建的等分点为圆心，以11为半径创建另外3个圆，如图4.103所示。

图 4.101　"基本曲线"对话框

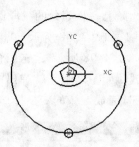

图 4.102　绘制 R5 圆结果

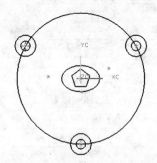

图 4.103　绘制 6 个圆后的结果

（2）选择 φ134 的圆，单击鼠标右键，选择隐藏命令如图 4.104 所示，隐藏结果如图 4.105 所示。

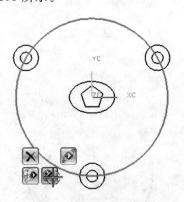

图 4.104　选择隐藏

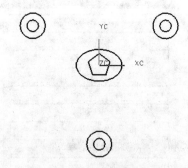

图 4.105　隐藏结果

4. 创建 R19 圆弧并旋转

（1）单击【曲线】工具条上的"基本曲线"图标，或在菜单中单击【插入】|【基本曲线】命令，系统弹出"基本曲线"对话框如图 4.101 所示。

（2）单击图 4.101 中的"圆"图标，在弹出的圆弧绘制相关参数值（跟踪条）中输入坐标值(0,44,0)，半径值为 19，绘制完成后如图 4.106 所示。

（3）选择上一步创建的 R19 圆弧，然后单击主菜单中的【编辑】|【变换】命令，弹出"变换"对话框 1，如图 4.107 所示，单击【绕点旋转】按钮，系统弹出"点"对话框，输入坐标值为(0,0,0)，如图 4.108 所示，单击【确定】按钮，系统弹出"变换"对话框 2，输入角度为

120,单击【确定】按钮,系统弹出"变换"对话框 2,如图 4.109 所示,单击【复制】按钮两次,然后单击【取消】按钮,完成 $R19$ 圆弧的变换操作,如图 4.110 所示。

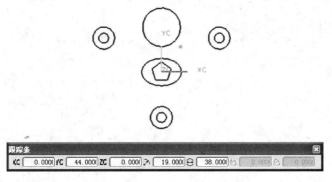

图 4.106　绘制 R19 的圆

图 4.107　"变换"对话框 1

图 4.108　"点"对话框

图 4.109　"变换"对话框 2

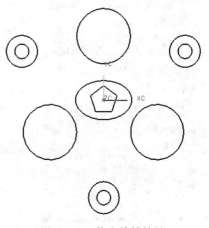

图 4.110　绕点旋转结果

5. 绘制 R11 圆与 R19 圆的切线

（1）单击【直线和圆弧】工具条中的"直线（相切—相切）"图标，选择 R19 与 R11 圆弧，绘制完成切线后如图 4.111 所示。

（2）利用相同的方法绘制完成其他圆弧的切线后如图 4.112 所示。

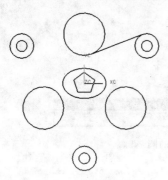

图 4.111　绘制切线结果

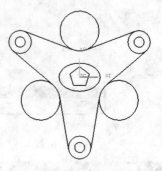

图 4.112　其他圆弧的切线绘制结果

6. 修剪 R19 和 R11 圆弧

在如图 4.101 所示的"基本曲线"对话框中，单击"修剪"图标，弹出"修剪曲线"对话框，如图 4.113 所示，然后选择要修剪的曲线，再选择边界曲线，如图 4.114 所示，把"设置"栏下的"关联"选项勾选掉，其中"输入曲线"选择"隐藏"，单击【确定】按钮，修剪后的图形如图 4.115 所示，利用相同的方法完成其他圆弧的修剪，如图 4.116 所示。

图 4.113　"修剪曲线"对话框

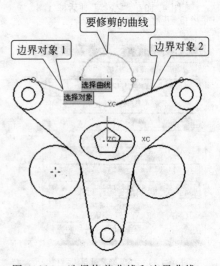

图 4.114　选择修剪曲线和边界曲线

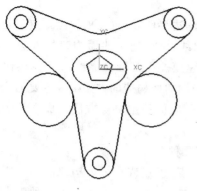

图 4.115 修剪后的图形

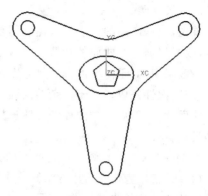

图 4.116 修剪结果

4.4 曲面的创建

随着制造技术的飞速发展,自由曲面造型在现代产品中的应用越来越多,绝大多数的产品都离不开自由曲面。自由曲面功能可创建出一些利用体素特征、扫描特征、成型特征所不能创建的形体。曲面造型功能是 UG NX 5.0 系统 CAD 模块的重要组成部分,也是体现 CAD 软件建模能力的重要标志。

1. UG NX 5.0 自由曲面概述

UG NX 5.0 系统为用户提供了强大的自由曲面造型功能,包括自由曲面的特征建模、自由曲面编辑模块,以及自由曲面交换模块。

UG NX 5.0 的自由曲面特征建模模块功能非常强大,可通过点、曲线、已经存在的曲面,或曲面边界生成所需的曲面;使用自由曲面编辑模块可对已经生成的曲面进行各种编辑修改操作;利用曲面特征可生成用其他方法难以完成的外形和轮廓;可以通过将几个曲面缝合到一起以包围一个体积来生成实体;或裁剪实体以生成特定的形状或轮廓。

在 UG NX 5.0 中,当曲面形成一个闭合空间时,就会形成一个实体,这一点在拉伸体和旋转中是需要注意的。在"拉伸"或"旋转"对话框的"设置"选项组中的"体类型"里选择"实体"选项,即可拉伸为实体或选择片体,如图 4.117 所示。

2. UG NX 5.0 构造自由曲面的一般方法

使用曲面的构建方法一般会因为所要获得的面和已有的条件不同而各不相同,但是都应遵循创建

图 4.117 "拉伸"对话框

曲面的一般步骤。

　　首先，根据产品的外形要求建立用来构建曲面的边界曲线，可以根据已知点创建样条曲线，或者根据已有曲面的边界曲线来创建样条曲线，然后通过曲面构建的方法创建曲面。一般来说，对于简单的曲面，可以一次性完成建模。而实际产品的形状往往比较复杂，很难一次性完成。对于复杂的曲面，首先应该采用曲面构造的方法生成主要的或大部分的曲面片体，然后通过曲面的过渡连接、光顺处理、曲面的编辑等方法完成产品的整体造型设计。

　　在 UG NX 5.0 系统中构建曲面的方法有以下几种。

　　(1) 以点为基础的构建方法。这类方法可以由点、极点或点云来构建曲面。通过点云构建的曲面比较光滑一些，但是与原始的数据点之间会有一定的误差。这种由点生成的曲面是非参数化的，即生成的曲面与原始构造点不关联，当构造点编辑后，曲面不会产生关联性的更新变化，以点为基础的曲面构建方法一般应用于逆向工程中，这里不做过多的介绍。

　　(2) 以曲线为基础的构建方法。这类曲面是全参数化的曲面，在 UG 中称为全参数片体。这类曲面是和曲线紧密相关的，如构建曲面的曲线被编辑或修改后，曲面会自动更新，便于曲面的调整和修改。该方法主要用于大面积的曲面构造。

　　(3) 以曲面为基础的构建方法。这类方法大多用来连接曲面与曲面之间的过渡，称为"过渡曲面"。这类曲面多数是参数化的曲面，如通过截面、桥接和偏置等方法创建的曲面。

　　(4) 以曲线和曲面为基础的构建方法。根据已有的曲线和曲面创建一个与已有曲面相连接的曲面。

　　本章主要使用的曲面创建和编辑工具条，如图 4.118 和图 4.119 所示。

图 4.118 【曲面】工具条

图 4.119 【编辑曲面】工具条

　　在进行曲面创建的操作过程中还应注意一些基本原则。

　　• 用于构造曲面的曲线应尽可能简单，曲线阶次数要小于 3。

- 用于构造曲面的曲线要保证光顺连接,应避免产生尖角、重叠和交叉等。
- 曲面的曲率半径应尽可能大,否则将造成加工困难。
- 应避免构造非参数化特征。
- 若有测量的数据点,应先生成曲线,再利用曲线构造曲面。
- 根据不同的曲面特点合理使用各种曲面构造方法。
- 面与面之间的倒角过渡应尽可能在实体上进行。

了解以上一些曲面造型的知识后,下面将介绍各种曲面的创建操作。

4.4.1 点构造曲面

1. 通过点

在下拉菜单中单击【插入】|【曲面】|【通过点…】命令或单击【曲面】工具条中的"通过点"图标 ,打开如图 4.120 所示的"通过点"对话框。该对话框用于通过所有选定的点创建曲面。

图 4.120 "通过点"对话框

（1）补片类型包括"多个"和"单个"两个类型。

① 多个。表示曲面由多个补片构成。此时用户可有行次和列次输入曲面的行和列两方向的阶次（U 和 V 的阶次应比相应行和列的定点数少 1,且最大不超过 24）。阶次越低补片越多,将来修改曲面时控制其局部曲率的自由度也就越大;反之减少补片的数量,修改曲面时容易保持其光顺性。

② 单个。表示曲面将由一个补片构成,由系统根据行列的点数,取可能最高阶次。

（2）沿…向封闭。当"补片类型"为"多个"时被激活,用于设置沿一个或两个方向封闭或不封闭的曲面。

- 两者皆否：曲面沿行和列方向都不封闭。
- 行：曲面沿行方向封闭。
- 列：曲面沿列方向封闭。
- 两者皆是：曲面沿行和列方向都封闭。

2. 从极点

从极点创建的曲面可指定点为定义片体外形控制的极点,使用极点可以更好地控制片体的全局外形,此外可以避免片体中不必要的波动。

单击【曲面】工具条上的"从极点"图标 ,或单击菜单【插入】|【曲面】|【从极点】命令,弹出"从极点"对话框,如图 4.121 所示。

如图 4.121 所示的"从极点"对话框与"通过点"对话框是一样的,可根据自己的需要来设定。设定好后单击【确定】按钮,将弹出"点"对话框。在该对

图 4.121 "从极点"对话框

话框中可以建立曲面的极点。用户可直接在工作绘图区中选取,也可利用"点"对话框中提供的一些辅助功能操作来快速选取点对称。完成极点的选择之后单击【确定】按钮,系统会弹出"指定点"对话框,询问用户是否将已经选择的点作为指定的点。如果已经完成可单击【是】按钮,如果需要继续选择可单击【否】按钮。

如果选择的点的阶次不够,系统会弹出"错误"提示框,提醒用户所指定的点数不足。单击【确定】按钮,可以继续指定点,直至满足条件为止。

当所有的点都指定完成,达到要求后,即可生成所要的曲面。

3. 从点云曲面

从点云创建曲面可通过一个大的点云生成一个片体。点云通常由扫描和数字化产生。通过该功能创建的曲面不完全通过选取的点,但得到的片体比用通过点方式生成的片体要光顺。

单击【曲面】工具条中的"从点云"图标,或单击下拉菜单【插入】|【曲面】|【从点云】命令,弹出"从点云"对话框,如图 4.122 所示。

其中"♯U 向补片数"和"♯V 向补片数"选项用于设置 U 和 V 两个方向上的补片数值。曲面各个方向的阶次和补片数,控制着输入点和生成点之间的距离误差。指定的补片的数量应取决于片体在相应方向上的阶次、该方向上数据的外形和正在试图存档的系统公差。一般的情况下每次需要一个补片,斜率在相应的方向上以90°变化。

用鼠标圈选已有的点云,确定阶次,然后单击【应用】按钮,系统会弹出一个信息框,列出点云和所拟合曲面的误差,单击【确定】按钮,便可生成曲面。

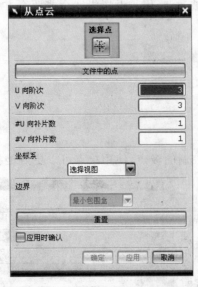

图 4.122　"从点云"对话框

图 4.123　"直纹面"对话框

4.4.2 曲线构造曲面

1. 直纹面

在菜单中单击【插入】|【网格曲面】|【直纹面】命令或在【曲面】工具条中单击"直纹面"图标，打开如图 4.123 所示的"直纹面"对话框。该对话框用于通过两条曲线构造直纹面特征，即截面线上对应点以直线连接。

1) 选择步骤

(1) 截面线 1：用于选择第一条截面线。

(2) 截面线 2：用于选择第二条截面线。

(3) 脊线串：用于选择一条曲线代替矢量方向，使所有平面垂直于脊柱线。

2) 调整

(1) 参数：用于在参数曲面时，等参数和截面线所形成的间隔点。它是根据相等的参数间隔建立的。若整个截面线上包含直线，则用等弧长的方式间隔点，若包含曲线则用等角度的方式间隔点。

(2) 弧长：用于在创建曲面时，两组截面线和等参数建立连接点，这些连接点在截面线上分布和间隔方式是根据等弧长方式建立的。

(3) 根据点：用于在创建曲面时，沿每个截面线，在规定方向等间隔点，结果是所有等参数曲线都位于正交矢量的平面中。

(4) 角度：用于在创建曲面时，在每个截面线上，绕着规定的轴等角度间隔生成，这样，所有等参数曲线都位于含有该轴线的平面中。

(5) 脊线：用于在创建曲线时，类似于"距离"方式，不同的是，选择一条曲线代替矢量方向，使所有剖面垂直于脊柱线。

创建直纹面实例如图 4.124 所示。

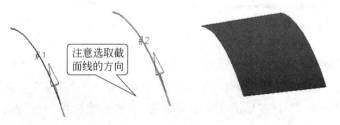

图 4.124 直纹曲面步骤及绘制结果

2. 通过曲线组

在菜单中单击【插入】|【网格曲面】|【通过曲线组】命令或在【曲面】工具条中单击"通过曲线组"图标，打开如图 4.125 所示的"通过曲线组"对话框。该对话框用于通过一组存在的定义线串（曲线、边）来创建曲面。曲面将通过这些定义线串。

选择曲线或点时与一条截面线相同，选择完成后单击鼠标中键或单击【添加新设置】按钮。在一般条件下单击鼠标中键最为方便。选择截面线串时箭头方向要保持一致。

在列表对话框中显示的"section1"、"section2"、"section3"分别表示选择的第 1、2、3

截面线串。可以进行上移下移和删除操作。

连续性：该选项组可以设置通过曲线组生成的曲面的起始端和终止端定义约束条件，包括"G0"、"G1"、"G2"三个选项。在第一截面线串中，G0（位置）：点连续，无约束。对生成的曲面在 U 方向的边界没有约束。

G1（相切）：相切连续。对生成的曲面在 U 方向的边界必须与相邻的曲面相切连续过渡。

G2（曲率）：曲率连续。对生成的曲面在 U 方向的边界必须与相邻的曲面曲率过渡连续。

创建"通过曲线曲面"实例示意图如图 4.126 所示。

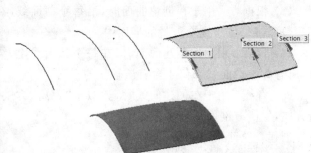

图 4.125　"通过曲线组"对话框　　　　图 4.126　通过曲线组绘制曲面步骤及结果

3. 通过曲线网格

在菜单中单击【插入】|【网格曲面】|【通过曲线网格】命令或在【曲面】工具条中单击"通过曲线网格"图标，打开如图 4.127 所示的"通过曲线网格"对话框。该对话框用于通过两组相互交叉的定义线串（曲线、边），创建曲面或实体，该曲面或实体将通过这些定义线串。先选取的一组定义线串称为主线串，后选取的一组定义线串称为交叉线串。

（1）连续性：该选项与图 4.125 选项的内容意义相同。

（2）强调：用于强调哪组截面线对所生成的曲面影响最大。该选项只有在主曲线与交叉曲线不相交时才有意义。如果主曲线与交叉曲线不相交，则生成的曲面可能通过主曲线，也可能通过交叉曲线或者在主曲线与交叉曲线中间通过。

- 两者皆是：主曲线与交叉曲线对生成曲面的影响一样大，即生成曲面在主曲线与交叉曲线中间通过。
- 主线串：强调主曲线，主曲线对生成曲面的影响最大，即生成曲面通过主曲线。

图 4.127 "通过曲线网格"对话框

- 叉号：强调交叉曲线，交叉曲线对生成曲面的影响最大，即生成曲面通过交叉曲线。

"通过曲线网格曲面"实例分别选择主曲线和交叉曲线，单击【确定】按钮完成通过曲线网格曲面的绘制，示意图如图 4.128 所示。

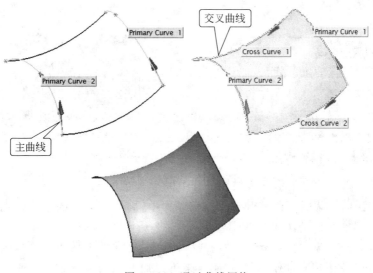

图 4.128 通过曲线网格

4. 扫掠曲面

在菜单中单击【插入】|【扫掠】|【扫掠】命令或在【曲面】工具条中单击"扫掠"图标 ，打开如图 4.129 所示的"扫掠"对话框。该对话框用于由截面线、沿引导线扫掠创建曲面或实体。需注意的是先选择引导线，后选择截面线，且要注意引导线端点的选择位置，它将决定引导线的方向。

截面线最少 1 条，最多 400 条；如果引导线是封闭曲线，那么第一条截面线可以作为最后一条截面线再一次进行选择。

引导线必须是圆滑曲线，最少为 1 条，最多为 3 条。

所选取的截面线数量、引导线数量的不同，打开的各级对话框也不同，下面分别介绍可能出现的对话框及其参数。

1）方位方法

不论截面线多少，如果只选择一条引导线，将打开如图 4.130 所示的"定位方法"对话框。该对话框用于指定截面线沿引导线扫描过程中，截面线方向的变化规则。

图 4.129　"扫掠"对话框

图 4.130　"定位方法"对话框

（1）固定。截面线在沿引导线扫描过程中保持固定方位。

（2）面的法向。截面线在沿引导线扫描过程中，局部坐标系的第二根轴在引导线的每一点上对齐已有表面的法线。

（3）矢量方向。截面线在沿引导线扫描过程中，局部坐标系的第二根轴始终与指定的矢量对齐。若使用基准轴作为矢量，则将来可以通过编辑基准轴方向来改变扫描特征的方位。注意：矢量的方向不能与引导线串相切。

（4）另一条曲线。选择一条已有曲线（曲线不可与引导线相交），此曲线与引导线之间仿佛"构造"了一个直纹面；截面线在沿引导线扫描过程中，直纹面的"直纹"成为局部坐标系的第二根轴的方向。

（5）一个点。选择一个已存在的点，此点与引导线之间"构造"一个直纹面；截面线在沿引导线扫描过程中，直纹面"直纹"成为局部坐标系的第二个方向。

（6）角度规律。截面线在沿引导线扫描过程中，指定函数的函数值将作为方位角度。

（7）强制方向。用一个指定的矢量固定截面线平面的方位，截面线在沿引导线扫描过程中，截面线平面方向不变，可实现平移运动。若引导线存在小曲率半径，则使用强制方向可防止曲面自相交。若用基准轴作为矢量，则将来可以通过编辑基准轴的方向来改变扫描特征。

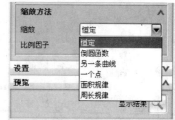

图4.131　"缩放方法1"
对话框

2）缩放方法1

不论截面线多少，如果只选择一条引导线，将打开如图4.131所示的"缩放方法1"对话框。该对话框通过选择比例方法来决定截面线在沿引导线扫描的过程中其尺寸的变化规律。

（1）恒定。可以输入一个比例值，使截面线被"放大或缩小"后再进行扫描，缩放后的截面线在沿引导线的扫描过程中，大小不变。

（2）倒圆函数。相应于引导线的起始端和末端，设置一个起始比例值和末端比例值，再指定从起始比例值到末端比例值之间比例值按线性变化或三次函数变化，截面线在沿引导线扫描过程中，按该比例改变大小。

（3）另一条曲线。选择一条已存在曲线（曲线不可与引导线相交），曲线与引导线之间"构造"一个直纹面。截面线在沿引导线扫描过程中，按照直纹的长度变化规律改变其大小。

（4）一个点。选择一个点，点与引导线之间"构造"一个直纹面。截面线在沿引导线扫描过程中，截面线按照直纹的长度变化规律改变其大小。

（5）面积规律。用规律子功能指定一个函数，截面线在沿引导线扫描过程中，截面线（必须是封闭曲线）的面积值等于函数值。

（6）周长规律。用规律子功能指定一函数，截面线在沿引导线扫描过程中，截面线的展开长度值等于函数值。

图4.132　"插值"对话框

3）插值方法

若选取两条或两条以上的截面线，将会打开如图4.132所示的"插值"对话框。该对话框用于决定相邻截面线之间，曲线的截面形状如何变化。

线性。在插值方式下的线性是指在两组截面线之间形成三次函数过渡形状，并且通过所有的截面线生成一张截面。

4）缩放方法2

只有在选取两条引导线的条件下，才打开如图4.133所示的"缩放方法2"对话框。

（1）横向比例。曲面宽度随引导线之间的距离变化而变化，但是曲面高度不变。

（2）均匀比例。曲面宽度和高度都随引导线间的距离的变化而变化。

5）截面位置

若只有一条截面线，将会打开如图4.134所示的"截面选项"对话框。

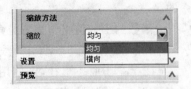

图4.133　"缩放方法2"对话框

图4.134　"扫描"位置选择对话框

（1）引导线末端。表示截面线必须在引导线的端部，才能正常生成曲面。如果截面线位于引导线的中间，则可能产生意外的结果。

（2）沿引导线任何位置。表示截面线位于引导线中间的任何位置都能正常生成曲面。

创建"扫掠"曲面的实例示意图如图4.135所示。

图4.135　扫掠曲面绘制步骤及结果

5. 片体缝合

在菜单中单击【插入】|【联合体】|【缝合…】命令，或者是单击【特征操作】工具条中的"缝合"图标▥，打开如图4.136所示的"缝合"对话框。该对话框用于将多个片体缝合成一个复合片体，在缝合片体上，原来片体所对应的区域成为缝合后形成的复合片体的一个表面。曲面缝合功能也可以将实体缝合在一起。

1）选择步骤

（1）目标片体。用于在视图区选取一个目标片体。

（2）工具片体。用于在视图区选取一个或多个工具片体。工具片体必须与目标片体相邻或与已选取的工具。

（3）片体相邻。允许有小于缝合公差的间隙。

2）缝合公差

缝合公差值必须稍大于两个被缝合曲面的相邻边的距离。事实上，即使两个被缝合曲面的相邻边之间

图4.136　"缝合"对话框

的距离很大,也要符合下列条件,才可以缝合。首先缝合公差值必须大于两个被缝合曲面的相邻边之间的距离,其次两个曲面延伸后能够交汇在一起,边缘形状能够匹配。

3) 输出多张面

勾选该复选框,则允许同时选取两组或两组以上分离的曲面,并一次创建多个缝合特征。

下面介绍一个"片体缝合"实例。在菜单中单击【插入】|【联合体】|【缝合…】命令,或者单击【特征操作】工具条中的"缝合"图标▥,打开如图4.136所示的"缝合"对话框。首先选择目标片体然后选择工具片体如图4.137所示,缝合结果如图4.138所示。

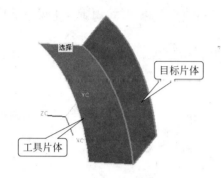

图4.137　曲面缝合前

图4.138　曲面缝合结果

6. 规律延伸

在菜单中单击【插入】|【弯边曲面】|【按规律延伸…】命令,或者单击【曲面】工具条中的"规律延伸"图标▨,打开如图4.139所示的"规律延伸"对话框。该对话框用于基于已有的片体或表面上曲线或原始曲面的边,产生的角度和长度都可按指定函数规律变化的规律延伸片体特征。

1) 参考方式

(1) 面▨。选取表面参考方法,系统将以下述方式确定位于线串中间点上的角度坐标系,即以线串的中间点为原点,坐标平面垂直于曲线中点的切线,0度轴与基础表面相切。

(2) 矢量▨。选取矢量参考方法,系统会要求指定一个矢量。系统以下述定位线串中间点的角度参考坐标系,即0度轴平行于矢量方向。

2) 选择步骤

(1) 基本曲线串▨。选取用于延伸的线串(曲线、边、草图、表面的边)。

(2) 参考面▨。选取线串所在的表面。只有在参考方式为"面"时才有效。

(3) 参考矢量▨。选取矢量。只有在参考方式为"矢量"时才有效。

图4.139　"规律延伸"对话框

（4）脊线串 。选取脊柱线。脊柱线用于决定角度测量平面的方位。角度测量平面垂直于脊柱线。

（5）定义规则 。当在"规律指定方式"选为"动态"时，该图标被激活。它用于在视图区动态地定义延伸面的"长度"和"角度"值。

3）规律指定方式

（1）动态。用于在视图区动态地定义延伸面的"长度"和"角度"值。

（2）常规。用于采用规律子功能的方式定义延伸面的"长度"和"角度"函数。

4）长度和角度规律

（1）长度。当"规律指定方式"选为"常规"时，该按钮被激活，用于采用规律子功能的方式定义延伸面的长度函数。

（2）角度。当"规律指定方式"选为"常规"时，该按钮被激活。用于采用规律子功能的方式定义延伸面的角度函数。

5）向两边延伸

勾选该复选框，则相对于选取的线串，朝两个相反方向延伸生成延伸面。否则只朝一个方向延伸。

6）尽可能合并面

勾选该复选框，如果选取的线串是光顺连接的，则由此决定生成的延伸面是多表面的还是单一表面的。去掉勾选或线串非光顺连接，延伸曲面将有多个表面。

创建规律延伸特征实例如下。

（1）在菜单中单击【插入】|【弯边曲面】|【按规律延伸…】命令，或者单击【曲面】工具条中的"规律延伸"图标 ，打开如图 4.139 所示的"规律延伸"对话框。

（2）选择要延伸的曲面的边缘如图 4.140 所示，单击鼠标中键确定。然后单击"规律延伸"对话框"参考方式"栏中的"矢量"图标 ，在"规律延伸"对话框中新出现的"矢量方法"工具条的下拉菜单中选择"YC方向"，如图 4.141 所示，单击鼠标中键确定。

图 4.140　延伸的曲面边缘

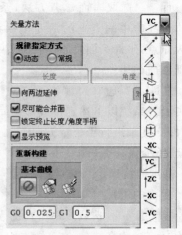

图 4.141　选择 YC 方向

（3）可拖动延伸曲面的端部的箭头来调整延伸面的长度，这里给定长度为 30，如图 4.142 所示。

（4）单击鼠标中键完成曲面的规律延伸操作，如图 4.143 所示。

7. 偏置曲面

在菜单中单击【插入】|【偏置|缩放】|【偏置曲面…】命令，或者单击【曲面】工具条中的"偏置曲面"图标，打开如图 4.144 所示的"偏置曲面"对话框。该对话框用于将一些已存在的曲面沿法线方向偏移生成新的曲面，并且原曲面位置不变，即实现了曲面的偏移和复制。

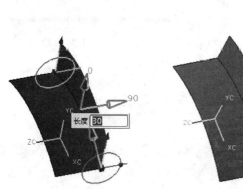
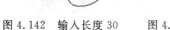

图 4.142　输入长度 30　　　图 4.143　规律延伸结果　　　图 4.144　"偏置曲面"对话框

该对话框中"偏置 1"栏用于输入基础曲面上的点沿法线方向的偏移距离，基础曲面按此偏移距离偏移，生成偏置曲面。若要反向偏移，则输入负值。

下面举一个创建偏置曲面的实例。首先选择要偏置的曲面，然后在"偏置 1"栏中输入要偏置的距离，单击【确定】按钮完成曲面的偏置，如图 4.145 所示。

图 4.145　偏置曲面步骤及结果

8. 曲面加厚

曲面加厚是将片体沿壳体的法线方向偏置一段距离从而生成实体。

在菜单中单击【插入】|【偏置|缩放】|【加厚…】命令，或者单击【特征】工具条中的"加

厚命令"图标 ，打开如图 4.146 所示的"加厚"对话框。该对话框用于将一些已存在的曲面沿法线方向加厚成为实体。

创建曲面加厚实例介绍如下。

（1）选择视图中的平面或曲面如图 4.147 所示，此时视图中显示了一个箭头，箭头所指方向为偏置面的正方向，在"加厚"对话框中"偏置 1"栏中输入偏置距离，这里输入"5"（如果需要偏置到箭头的反方向则输入负值，例如，"－5"）。

（2）在"偏置 2"栏中输入偏置距离为"10"，如图 4.148 所示。

（3）单击鼠标中键确定，创建曲面加厚特征结果如图 4.149 所示。

图 4.146 "加厚"对话框

图 4.147 要加厚的曲面

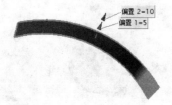

图 4.148 加厚曲面步骤

图 4.149 加厚曲面结果

4.4.3 实例讲解——曲面和实体综合造型

1. 图形

绘制的图形如图 4.150 所示。

2. 分析

图 4.150 所示是一个曲面和实体综合造型类零件实例，这个三维零件由 4 个部分组成：第一部分是椭圆实体，第二部分是依附于椭圆实体的扫描特征，如 R3 圆槽，第三部分是二次曲线特征构成的壳体和依附于该壳体的扫描体，第四部分是中间的筋条和依附于筋条的扫描特征。绘图时先绘制基本特征，利用曲线功能绘制出曲线后，进行拉伸、旋转、投影曲线、扫描等操作，最后再依次绘制其他依附特征，步骤如图 4.151 所示。

3. 绘制过程

1）启动 UG NX 5.0 系统

2）新建文件

在 UG 界面的菜单栏中单击【文件】|【新建...】命令，或者在工具条中单击"新建"图标 ，打开"文件新建"对话框，如图 4.152 所示，在"名称"中输入"qumian"，单击【确定】按钮进入 UG 主界面。

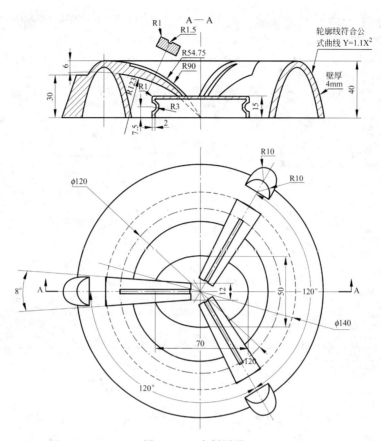

图 4.150 实例图形

图 4.151 造型步骤

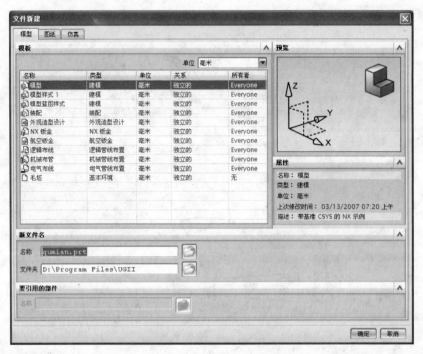

图 4.152 "文件新建"对话框

3）创建椭圆曲线

（1）在菜单中单击【插入】|【曲线】|【椭圆】命令，或单击【曲线】工具条中的"椭圆"图标 ⊙，系统会弹出"点"对话框。

（2）利用"点"对话框，填写椭圆中心点的参数如图 4.153 所示。

（3）随后系统会弹出"椭圆"对话框，通过该对话框设置椭圆的参数如图 4.154 所示，然后单击 确定 按钮，完成椭圆曲线的绘制，如图 4.155 所示。

4）创建拉伸特征

（1）在菜单中单击【插入】|【设计特征】|【拉伸...】命令，或者单击【特征】工具条中的"拉伸"图标 ▥，打开如图 4.156 所示的"拉伸"对话框，选择椭圆曲线。

（2）在如图 4.156 所示的"拉伸"对话框中，在"限制"栏中"开始"和"终点"框中分别输入"0"和"15"，其他默认。

（3）在"拉伸"对话框中，单击【确定】按钮，创建拉伸特征如图 4.157 所示。

5）创建基准平面

（1）在菜单中单击【插入】|【基准】|【点】|【基准平面...】命令，或者单击【特征操作】工具条中的"基准平面"图标 □，打开如图 4.158 所示的"基准平面"对话框。

图 4.153 "点"对话框

图 4.154 "椭圆"对话框

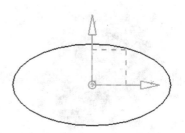

图 4.155 椭圆绘制结果

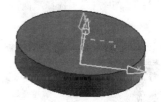

图 4.157 拉伸椭圆结果

图 4.156 "拉伸"对话框

图 4.158 "基准平面"对话框

（2）选择"类型"栏下的"按某一距离"选项，然后选择如图 4.159 所示的拉伸椭圆实体的下表面，在"偏置"栏下的"距离"框中输入"7.5"（注意基准曲面的偏置方向可以通过单击"反向"图标 ，完成基准曲面方向的切换），单击【确定】按钮，完成基准面的创建，如图 4.160 所示。

6）投影椭圆曲线

（1）在菜单中单击【插入】|【曲线中的一条曲线】|【投影】命令或单击【曲线】工具条中的"投影"图标 ，打开如图 4.161 所示的"投影曲线"对话框。

（2）选择被投影的椭圆曲线，然后在"要投影的对象"栏中选择"指定平面"选项，选择刚刚建立的基准平面，如图 4.162 所示，单击【确定】按钮，完成椭圆曲线的投影，如图 4.163 所示。

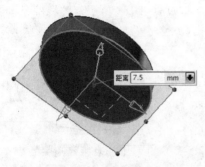

图 4.159　选择平面

图 4.160　基准平面创建结果

图 4.161　"投影曲线"对话框

图 4.162　选择要投影的曲线

图 4.163　投影结果

7）旋转 WCS 坐标系

在菜单中单击【格式】|【WCS】|【旋转】命令或单击【实用】工具条中的"旋转 WCS"图标，打开如图 4.164 所示的"旋转 WCS 绕…"对话框，选择 + XC 轴：YC --> ZC 选项，"角度"框中输入"90"，旋转后的 WCS 坐标系如图 4.165 所示。

图 4.164　"旋转 WCS…"对话框

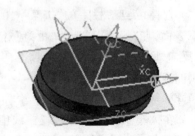

图 4.165　旋转结果

8）绘制 R3 圆

单击【曲线】工具条中的"基本曲线"图标，打开如图 4.166 所示的"基本曲线"对话框,单击"圆"图标,在"点方法"选项下选择"象限点",如图 4.166 所示,在"跟踪条"对话框中输入圆弧的半径值为 3,如图 4.167 所示,单击【取消】按钮完成 R3 圆弧的绘制,如图 4.168 所示。

图 4.166 "基本曲线"对话框

图 4.167 圆绘制跟踪条

图 4.168 绘制 R3 圆结果

9)扫掠实体

(1)在菜单中单击【插入】|【扫掠】|【扫掠…】命令或单击【特征】工具条中的"扫掠"图标 ,打开如图 4.169 所示的"扫掠"对话框。

(2)选择 R3 圆弧作为扫掠截面,然后在"引导线"栏下单击"选择曲线"选项,然后选择椭圆曲线,如图 4.170 所示。

(3)单击【确定】按钮完成扫掠体的绘制,如图 4.171 所示。

10)实体布尔运算

(1)在菜单中单击【插入】|【组合体】|【求差】命令或单击【特征操作】工具条中的"求差"图标 ,打开如图 4.172 所示的"求差"对话框。

(2)选择椭圆体为目标体,选择 R3 圆创建的实体为刀具体,如图 4.173 所示,单击【确定】按钮,完成实体布尔运算,结果如图 4.174 所示。

图 4.169 "扫掠"对话框

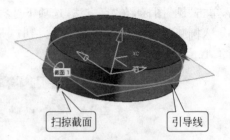

图 4.170 选择扫掠截面和引导线

图 4.171 扫掠体结果

图 4.172 "求差"对话框

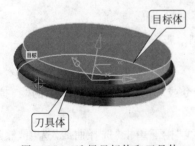

图 4.173 选择目标体和刀具体

图 4.174 实体布尔运算结果

11) 实体抽壳

(1) 在菜单中单击【插入】|【偏置】|【缩放】|【抽壳】命令或单击【特征操作】工具条中的"抽壳"图标 ，打开如图 4.175 所示的"抽壳"对话框。

(2) 选择实体底面为要抽壳的面,在"厚度"框中输入厚度值为"2",单击【确定】按钮,完成抽壳操作,如图 4.176 所示。

12）隐藏所有曲线

隐藏所有曲线后如图 4.177 所示。

图 4.175　"抽壳"对话框

图 4.176　实体抽壳结果

图 4.177　隐藏曲线

13）定义基准点

单击【格式】|【WCS】|【原点】命令，弹出"点"对话框，按照图 4.178 左图所示参数定义用户坐标系的原点，单击【确定】按钮完成用户坐标系的重新定位，如图 4.178 中右图所示。

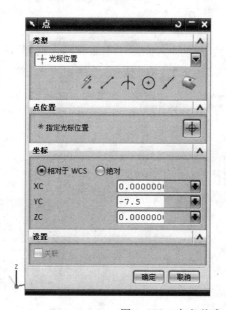

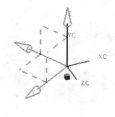

图 4.178　定义基准点

14）绘制公式曲线 $y=0.1x^2$

（1）单击下拉菜单【插入】|【曲线】|【抛物线】命令，或单击【曲线】工具条中的"抛物线"图标，系统会弹出"点"对话框设置相关参数，如图 4.179 所示。

（2）利用"点"对话框,在绘图区指定一点作为抛物线顶点,随后系统会弹出"抛物线"对话框,如图 4.180 所示。

（3）在"抛物线"对话框中,按照图 4.180 所示输入相关参数,其中对话框中的"焦距长度"即为抛物线方程中的"$0.5a$"。单击【确定】按钮,完成抛物线的创建操作,结果如图 4.181 所示。

图 4.179　"点"对话框

图 4.180　"抛物线"对话框

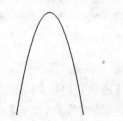

图 4.181　抛物线绘制结果

15）绘制直线

在"基本曲线"对话框中,单击"直线"图标 ,如图 4.182 所示。选择 WCS 坐标系的原点,在"基本曲线"对话框中选择"平行于"栏下的"XC"选项,绘制如图 4.183 所示的直线。

图 4.182　"基本曲线"对话框

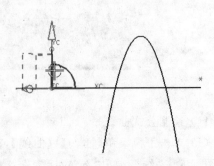

图 4.183　直线绘制结果

16）修剪曲线

在"基本曲线"对话框中,单击"修剪"图标,弹出"修剪曲线"对话框,如图 4.184 所示,然后选择要修剪的曲线如图 4.185 所示。再选择边界曲线,把"设置"下的"关联"选项勾选掉,"输入曲线"选择"删除",选择抛物线的左下端单击鼠标中键,如图 4.186 所示,裁剪后的图形,如图 4.187 所示,然后用鼠标左键单击要裁剪的抛物线的右端,如图 4.187 所示,裁剪后的图形如图 4.188 所示,单击【取消】按钮完成抛物线的修剪工作。选择刚绘制的直线,单击鼠标右键,如图 4.189 所示,单击"删除"图标,删除刚绘制的直线后,完成抛物线的编辑,如图 4.190 所示。

图 4.184 "修剪曲线"对话框

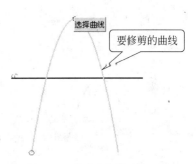

图 4.185 要修剪的曲线

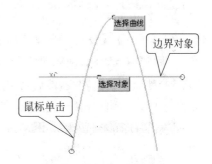

图 4.186 边界曲线

图 4.187 裁剪曲线

图 4.188 裁剪曲线结果

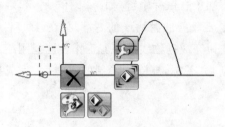

图 4.189　删除直线

图 4.191　"回转"对话框

图 4.190　二次曲线绘制结果

17) 绘制旋转曲面

(1) 单击【插入】|【设计特征】|【回转】命令或者单击【特征】工具条中的"回转"图标，弹出"回转"对话框如图 4.191 所示。

(2) 选择刚绘制的抛物线，然后指定旋转轴矢量为"YC轴"，选择指定点为坐标系原点位置，如图 4.192 所示，单击【确定】按钮完成旋转曲面的绘制，如图 4.193 所示。

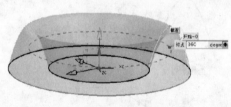

图 4.192　回转曲面

18）曲面加厚

（1）在菜单区单击【插入】|【偏置】|【缩放】|【加厚】命令或单击【特征操作】工具条中的"加厚"图标，打开"加厚"对话框，如图 4.194 所示。

图 4.193　回转曲面结果

图 4.194　"加厚"对话框

（2）选择刚绘制的曲面，在"厚度"栏的"偏置"框中输入值为"4"，注意观察曲面加厚的方向，可以单击"反向"图标完成加厚方向的改变。单击【确定】按钮，完成曲面加厚操作，如图 4.195 所示。

19）绘制中间筋条

（1）单击"草图"图标，然后选择 XY 平面作为草绘平面，单击【确定】按钮进入草绘空间，绘制如图 4.196 所示的草图曲线，然后单击"完成草图"图标退出草图。

图 4.195　曲面加厚结果

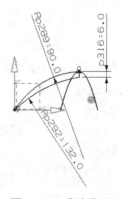

图 4.196　草绘截面

（2）选择【特征】工具条中的"回转"图标，弹出如图 4.197 所示的"回转"对话框，选择上一步绘制的草图作为截面，选择"YC 轴"为旋转轴，指定点为"WCS 原点"。

（3）设置相关参数如图 4.197 所示，单击【确定】按钮完成回转操作，如图 4.198 所示。

20）创建基准平面

（1）在菜单中单击【插入】|【基准】|【点】|【基准平面】命令或单击【特征操作】工具条

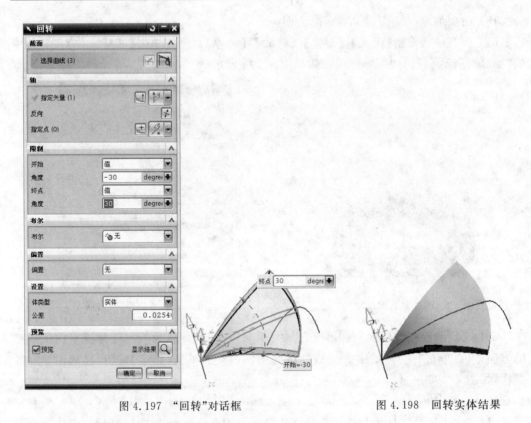

图 4.197 "回转"对话框   图 4.198 回转实体结果

中的"基准平面"图标□,打开"基准平面"对话框如图 4.199 所示,选择"类型"选项下的"按某一距离"选项。

　　(2)选择如图 4.200 所示的平面,然后在"偏置"栏下的"距离"框中输入距离为"15",单击【确定】按钮,生成的基准平面如图 4.201 所示。

图 4.199 "基准平面"对话框

图 4.200 选取平面

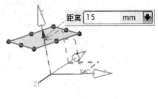

图 4.201 基准平面创建结果

21）绘制草图截面及拉伸筋条

（1）单击"草图"图标 ，然后选择刚创建的基准平面作为草绘平面,单击【确定】按钮进入草绘空间,单击"草图操作"选项下的"交点"图标 ,弹出"交点"对话框,选择如图 4.202 所示的线作为要相交的曲线,单击【确定】按钮完成交点的绘制。

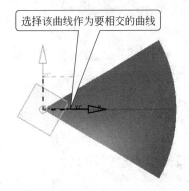

图 4.202 创建交点

（2）绘制如图 4.203 所示的草图。

（3）在菜单中单击【插入】|【设计特征】|【拉伸...】命令,或者单击【特征】工具条中的"拉伸"图标 ,打开如图 4.204 所示的"拉伸"对话框,选择上一步绘制的草图。

（4）在如图 4.204 所示的"拉伸"对话框中,在"限制"栏中"开始"和"终点"数值输入栏中分别输入"10"和"50",在"布尔"选项下选择"求差"。

（5）单击【确定】按钮,隐藏所有的曲线后创建的中间筋条特征如图 4.205 所示。

22）投影曲线

（1）在"基本曲线"对话框中,单击"直线"图标 ,如图 4.206 所示。选择 WCS 坐标系的原点 ,在"基本曲线"对话框中选择"平行于"栏下的"XC"选项,然后在"跟踪条"框中输入直线的长度为"60",如图 4.207 所示,单击【取消】按钮绘制出如图 4.208 所示的直线。

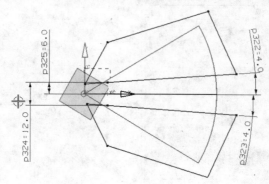

图 4.203　草图截面

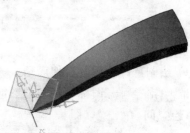

图 4.205　中间筋条特征

图 4.204　"拉伸"对话框

图 4.206　"基本曲线"对话框

图 4.207　直线跟踪条

（2）在菜单中单击【插入】|【曲线中的一条曲线】|【投影】命令或单击【曲线】工具条中的"投影"图标，打开如图4.209所示的"投影曲线"对话框。

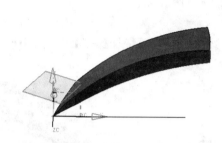

图4.208 直线绘制结果

图4.209 "投影曲线"对话框

（3）单击鼠标中键选择刚绘制的直线，如图4.210所示，然后选择如图4.211所示的曲面，单击【确定】按钮，完成直线的投影，如图4.212所示。

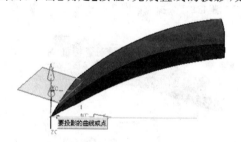

图4.210 选择投影曲线

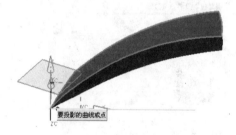

图4.211 选择投影曲面

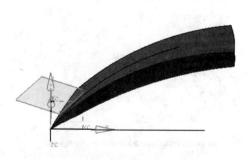

图4.212 投影结果

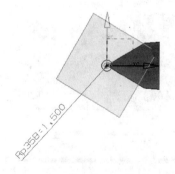

图4.213 R1.5草图曲线

23）绘制R1.5圆草图

单击"草图"图标，然后选择"XZ平面"作为草绘平面，单击【确定】按钮进入草绘空间，绘制如图4.213所示的草图曲线，然后单击"完成草图"图标退出草图。

24）扫掠实体

（1）在菜单中单击【插入】|【扫掠】|【扫掠...】命令或单击【特征】工具条中的"扫掠"图标，打开如图 4.214 所示的"扫掠"对话框。

（2）选择 R1.5 圆作为扫掠截面，然后在"引导线"栏下选中"选择曲线"选项，然后选择投影曲线，再在"截面选项"栏下选择定位方法方位为"面的法向"，如图 4.214 所示。扫掠截面和引导线如图 4.215 所示。

（3）单击【确定】按钮完成扫掠体的绘制，如图 4.216 所示。

25）实体布尔运算

（1）在菜单中单击【插入】|【组合体】|【求差】命令或单击【特征操作】工具条中的"求差"图标，打开如图 4.217 所示的"求差"对话框。

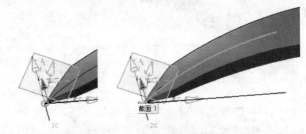

图 4.215　扫掠截面和引导线

图 4.216　扫掠结果

图 4.214　"扫掠"对话框

图 4.217　"求差"对话框

（2）选择筋条为目标体，再选择 R1.5 圆创建的扫掠实体为刀具体，如图 4.218 所示。单击【确定】按钮，完成实体布尔运算如图 4.219 所示。

26）抽取曲面

（1）单击【特征操作】工具条中的"抽取"图标，系统弹出如图 4.220 所示的"抽取"

对话框。选择需要抽取的曲面如图4.221所示,然后单击【确定】按钮完成曲面的抽取。

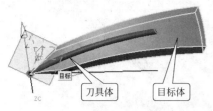

图4.218 选择刀具体和目标体

图4.219 布尔运算结果

图4.220 "抽取"对话框

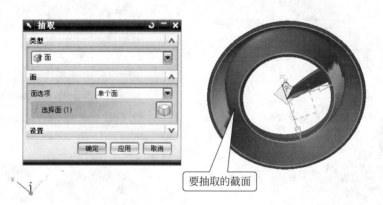

图4.221 抽取曲面

(2) 单击旋转实体,再按住鼠标右键,然后选择隐藏图标如图4.222所示,隐藏旋转实体。

27) 修剪体

(1) 单击【特征操作】工具条中的"修剪体"图标□,弹出"修剪体"对话框如图4.223所示。

(2) 选择如图4.223所示的扫掠体为目标体,然后选取如图4.223所示的体为刀具体。(要注意裁剪的方向。单击"反向"图标✗,可完成裁剪方向的切换操作。)单击【确定】按钮完成裁剪体操作,然后隐藏抽取的曲面,如图4.224所示。

图4.222 隐藏旋转实体

28) 抽取曲面

(1) 单击【特征操作】工具条中的"抽取"图标□,如图4.225所示。选择需要抽取的曲面如图4.226所示,单击【确定】按钮完成曲面的抽取操作。

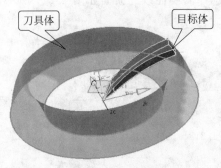

图 4.223　选择目标体和刀具体

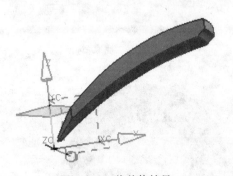

图 4.224　裁剪体结果

图 4.225　"抽取"对话框

图 4.226　选择抽取曲面

图 4.227　隐藏椭圆体

（2）单击椭圆实体，然后按住鼠标右键，再单击"隐藏"图标如图 4.227 所示，隐藏椭圆实体。

29）修剪体

（1）单击【特征操作】工具条中的"修剪体"图标，弹出"修剪体"对话框，如图 4.228 所示。

（2）选择如图 4.228 所示的扫掠体为目标体，然后选取如图 4.229 所示的体为刀具体。（要注意裁剪的方向。单击"反向"图标，可完成裁剪方向的切换。）单击【确定】按钮完成裁剪体操作，然后隐藏抽取的曲面如图 4.230 所示。

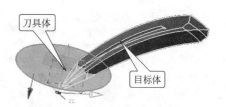

图 4.229 选取目标体和刀具体

图 4.228 "修剪体"对话框

图 4.230 裁剪结果

30）旋转变换实体

在菜单栏中单击【编辑】|【变换】命令，弹出"类选择"对话框，如图 4.231 所示，然后选择筋条实体，单击确定按钮，弹出"变换"对话框 1，如图 4.232 所示，单击【绕直线旋转】按钮，弹出"变换"对话框 2，如图 4.233 所示，单击【点和矢量】按钮，弹出"点"对话框，如图 4.234 所示，选择 WCS 坐标系的原点，单击【确定】按钮，弹出"矢量"对话框，如图 4.235 所示，选择"类型"为"YC 轴"，单击【确定】按钮，弹出"变换角度"对话框，如图 4.236 所示，输入"角度"值为"120"，单击【确定】按钮，弹出"变换"对话框，单击"复制"选项两次，完成实体的变换。单击【取消】按钮完成操作，如图 4.237 所示。

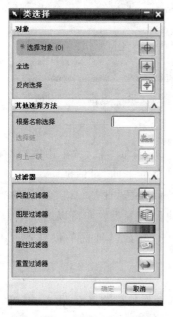

图 4.231 "类选择"对话框

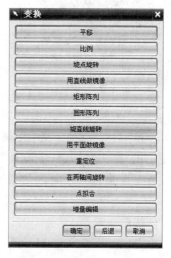

图 4.232 "变换"对话框 1

图 4.233 "变换"对话框 2　　图 4.234 "点"对话框　　图 4.235 "矢量"对话框

图 4.236 "变换角度"对话框

图 4.237 变换结果

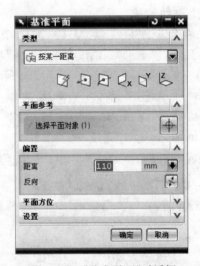

图 4.238 "基准平面"对话框

31）创建基准平面

（1）在菜单中单击【插入】|【基准】|【点】|【基准平面…】命令，或者单击【特征操作】工具条中的"基准平面"图标，打开如图 4.238 所示的"基准平面"对话框。

（2）选择"类型"选项下的"按某一距离"选项，然后选择如图 4.239 所示的平面，在"偏置"栏下的"距离"输入框中输入"100"（注意基准曲面的偏置方向可以通过单击"反向"图标，完成基准曲面方向的切换），单击【确定】按钮，完成基准面的创建，如图 4.239 所示。

32）创建曲线投影

（1）单击"草图"图标，然后选择刚创建的基准平面作为草绘平面，再单击【确定】按钮进入草绘空间。绘制如图 4.240 所示的草图，单击"完成草图"图标完成草图的绘制。

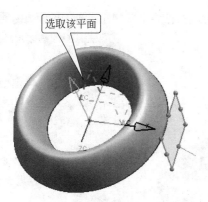

图 4.239 基准平面创建结果

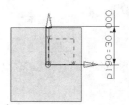

图 4.240 草图

（2）在菜单中单击【插入】|【曲线中的一条曲线】|【投影】命令或单击【曲线】工具条中的"投影"图标，打开如图 4.241 所示的"投影曲线"对话框。

（3）选择刚绘制的直线，再单击鼠标中键完成选择，如图 4.242 所示，然后选择如图 4.243 所示的曲面。单击鼠标中键完成选择，再选择"投影方向"栏下的"指定矢量"，选择矢量"方向"为沿 X 轴负向，如图 4.244 所示，单击【确定】按钮，完成椭圆曲线的投影，如图 4.245 所示。

33）绘制 R10 圆弧

单击"草图"图标，然后选择"XZ 平面"作为草绘平面，单击【确定】按钮进入草绘空间，绘制如图 4.246 所示的草图。

图 4.241 "投影曲线"对话框

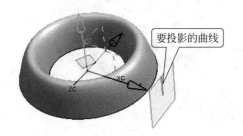

图 4.242 选择投影曲线

图 4.243 投影到的曲面

34）扫掠实体

（1）在菜单中单击【插入】|【扫掠】|【扫掠…】命令或单击【特征】工具条中的"扫掠"图标，打开如图 4.247 所示的"扫掠"对话框。

（2）选择 R10 圆弧作为扫掠截面，然后在"引导线"栏下选中"选择曲线"选项，再选择刚投影的曲线，如图 4.248 所示。

（3）单击【确定】按钮完成扫掠体的绘制，如图 4.249 所示。

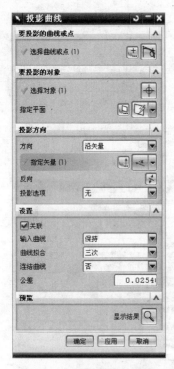

图 4.245　投影曲线结果

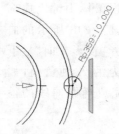

图 4.244　"投影曲线"对话框　　　图 4.246　绘制 R10 圆结果　　　图 4.247　"扫掠"对话框

图 4.248　选择扫掠截面和引导线

图 4.249　扫掠实体结果

35）裁剪扫掠体

（1）单击【特征操作】工具条中的"抽取"图标 ，系统弹出"抽取"对话框，如图 4.250 所示。选择需要抽取的曲面，单击【确定】按钮完成曲面的抽取，如图 4.251 所示。

（2）单击旋转实体，然后按住鼠标右键，再选择隐藏图标，如图 4.252 所示，隐藏旋转实体。

（3）单击【特征操作】工具条中的"修剪体"图标 ，弹出"修剪体"对话框，如图 4.253 所示。

图 4.250 "抽取"对话框

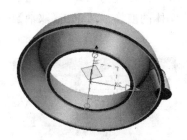

图 4.251 抽取结果

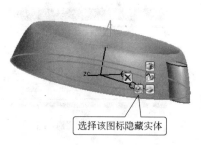

选择该图标隐藏实体

图 4.252 隐藏旋转实体

图 4.253 "裁剪体"对话框

（4）选择如图 4.254 所示的扫掠体为目标体，然后选取如图 4.255 所示的体为刀具体。（要注意裁剪的方向，单击"反向"图标，可完成裁剪方向的切换。）单击【确定】按钮完成后的裁剪体如图 4.256 所示。

36）旋转变换实体

在菜单中单击【编辑】|【变换】命令，弹出"类选择"对话框，选择刚裁剪的扫掠体，单击【确定】按钮，弹出"变换"对话框1，如图 4.257 所示，单击【绕直线旋转】按钮，弹出【变换】对话框2，如图 4.258 所示，单击【点和矢量】按钮，弹出"点"对话框，如图 4.259 所示。选择 WCS 坐标系的原点，单击【确定】按钮，弹出"矢量"对话框，如图 4.260 所示，选择"类型"为"YC轴"，单击【确定】按钮，弹出"变换"对话框3，如图 4.261

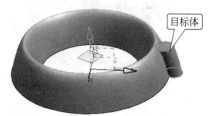

目标体

图 4.254 目标体

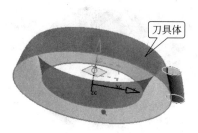

刀具体

图 4.255 刀具体

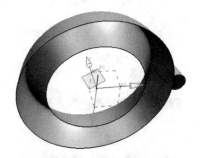

图 4.256 裁剪体结果

所示。输入角度值为"120",单击【确定】按钮,弹出"变换"对话框,单击"复制"选项两次,则完成实体的变换。再单击【取消】按钮完成操作,显示所有隐藏的实体后完成图形的绘制,如图4.262所示。

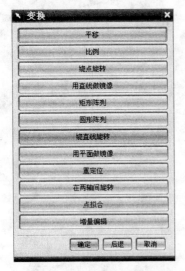

图4.257　"变换"对话框1

图4.258　"变换"对话框2

图4.259　"点"对话框

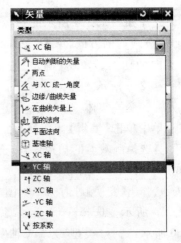

图4.260　"矢量"对话框

图4.261　"变换"对话框3

图4.262　图形绘制结果

4.4.4 习题练习

1. 曲线练习

绘制如图4.263所示图形。

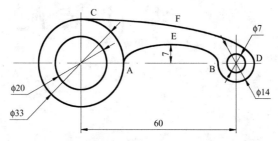

DC分别为椭圆弧F长短轴端点 BA分别为半椭圆弧E的两端点

图 4.263 曲线练习图

2. 曲面练习

绘制如图4.264所示图形。

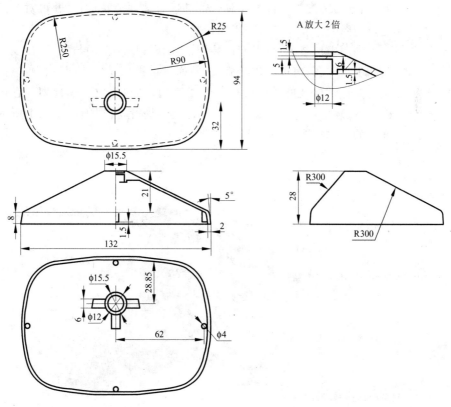

图 4.264 曲面练习图

CHAPTER 5

零件装配

5.1 装配概述

装配是将产品的各个部件进行组织和定位操作的一个过程。通过装配操作,系统可以形成产品的总体结构、绘制装配图和检查部件之间是否发生干涉等。在 UG NX5.0 的装配模块,不仅能快速组合零部件成为产品,而且在装配中可以参照其他部件进行部件关联设计,并可对装配模型进行间隙分析和质量管理等操作。

利用虚拟装配,可以验证装配设计和操作的正确与否,以便及早发现装配中的问题,对模型进行修改,并通过可视化显示装配过程。虚拟装配系统允许设计人员考虑可行的装配序列,自动生成装配规划。它包括数值计算、装配工艺规划、工作面布局、装配操作模拟等。图 5.1 所示为装配好的爆炸视图示例。

图 5.1 装配好的爆炸视图示例

进入 UG NX5.0 的基本界面后,单击【标准】工具条上的"开始"图标 开始·,在弹出的下拉菜单中单击【装配】命令,系统进入 UG 装配操作界面,如图 5.2 所示。这里新增了两个功能区:一个是装配导航器,另一个是装配工具条。

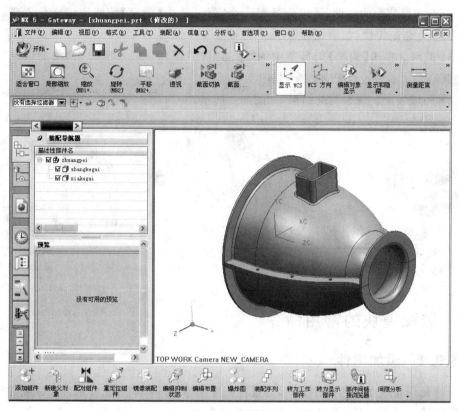

图 5.2 装配界面

装配导航器在一个单独的窗口中以图形的方式显示出部件的装配结构,并提供了在装配中操控组件的快捷方法。例如,可以使用装配导航器选择组件进行各种操作,以及执行装配管理功能,如更改工作部件、更改显示部件、隐藏或不隐藏组件等。装配导航器将装配结构显示为对象树形图。每个组件都显示为装配树结构中的一个节点。

【装配】工具条主要用于根据零件不同的装配要求,采用不同的装配方法完成组建装配。

5.2 装配的一般流程

装配操作时先创建装配文件导入零件,进行配对装配,然后导入零件再配对,直至导入全部零件完成装配。下面以推进器壳为例介绍装配的一般流程。

(1) 创建装配文件。装配将在这个文件里完成,它不是在装配中将各零件复制过来,而是建立一个被引用的零件的链接。

单击【标准】工具条中的"新建"图标 ,系统弹出"新建文件"对话框。选择对话框中

"模板"栏中的 装配 选项,设定好新建文件名称和存盘位置后单击对话框中的 确定 按钮,完成新文件创建。

(2) 导入零件。接上一步操作,系统弹出"添加组件"对话框,单击对话框中的"打开"图标,查找要装配的文件,可以先选择一个零件,单击【确定】按钮完成文件创建,进入UG NX 5.0装配模块,如图5.3所示。

(3) 配对。单击【装配】工具条中的"添加组件"图标,系统弹出"添加组件"对话框,加载第二个零件进行配对装配,如图5.4所示。

(4) 完成装配。观察装配结果,如图5.5所示。

　　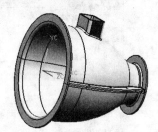

图5.3　导入零件　　　　　图5.4　配对　　　　　图5.5　完成装配

5.3　装配模块的常用命令

5.3.1　添加组件

允许使用自底而上的设计方式,通过将部件作为组件添加到工作部件中来创建装配。单击【装配】工具条中的"添加组件"图标,系统弹出"添加组件"对话框如图5.6所示。它有5个设置项,下面对各设置项分别进行说明。

图5.6　"添加组件"对话框

1. 部件

"部件"选项用于选择要加载的一个或多个部件,其中列出了"已加载的部件"和"最近访问的部件"供选择,还可以通过"打开"图标以浏览目录的形式查找要加载的部件文件。如果重复加载已引入的部件可以直接用鼠标在视图窗口中单击选择。加载部件的数量可以修改,默认数量为1。

2. 放置

"放置"选项用于指定要添加的组件放到装配图中时的定位方式,它有4个选项。

(1) 绝对原点:将组件的原点放置在绝对坐标系的原点上。

(2) 选择原点:使用"点构造器"放置组件。

(3) 配对:指定配对条件来固定组件位置,建立添加的组件和固定组件之间的约束关系。

(4) 重定位:在组件添加到部件后移动组件,组件在其初始指定原点处高亮显示。

第一个组件的默认定位方式为"绝对原点"。此后,默认定位方式为"配对"。

3. 复制

"复制"选项用于设置是否连续添加所选组件的多个实例。

4. 设置

"设置"选项里有两个选项,一个是"引用集",另一个是"图层"。在装配中,由于各部件含有草图、基准平面及其他辅助图形数据,如果要显示装配中各部件和子装配的所有数据,容易混淆图形,降低工作效率。在装配中可以通过设定引用集引入部件中的部分几何对象。引用集可包含下列数据:零部件名称、原点、方向、几何体、坐标系、基准轴、基准平面和属性等。一个零部件可以有多个引用集。在装配中也可以定义只引入某一个图层的几何对象。

5. 预览

选择"预览"选项,当现有组件添加到装配时,可在主装配中对其进行定位之前先进行预览。

5.3.2 配对组件

在装配中两个部件之间的位置关系分为关联和非关联。关联关系实现了装配级参数化,当一个部件移动时,有关联关系的所有部件随之移动,始终保持其相对位置,关联的尺寸值还可以灵活修改。非关联关系仅仅是将部件放置在某个位置,当一个部件移动时,另一个部件并不随之移动。

关联条件由一个或多个关联约束组成。关联约束限制部件在装配中的自由度。定义关联约束时,在图形窗口中,系统会自动产生约束符号。该符号表示部件在装配中没有被限制的自由度。如果部件的全部自由度都被限制,称为完全约束,在图形窗口中看不到约束符号;如果部件有自由度没被限制,则称为欠约束,在装配中,允许欠约束存在。

在【装配】工具条中单击"配对组件"图标 ◄|►,系统弹出"配对条件"对话框,如图 5.7 所示。利用"装配条件"对话框用户可以进行部件间关联约束关系的确定,在"配对类型"栏中选取某类约束形式,再在绘图工作区中选取相应的约束面,系统即可完成关联操作。"配对类型"栏中提供了 8 种关联约束类型。

(1) ◄|► 配对。定位相同类型的两个对象,使它们重合。对于平面对象,其法向将指向相反的方向;对于圆柱(圆锥)面,可使两个圆柱(圆锥)面贴合。装配

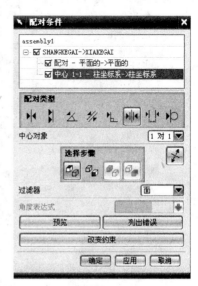

图 5.7 "配对条件"对话框

约束的对象还可以是边或直线。

(2) 对齐。对于平面对象,将两个对象定位,使它们共面或相邻;对于轴对称对象,则对齐轴。

(3) 角度。用于定义两个对象间的角度尺寸。

(4) 平行。用于定义两个对象的方向矢量为互相平行。

(5) 垂直。用于定义两个对象的方向矢量为互相垂直。

(6) 中心。允许将一个对象居中于另一个对象中心的任意位置,或将一个或两个对象居中于一对对象之间。

(7) 距离。指定两个对象之间的最小 3D 距离。

(8) 相切。定义两个对象之间的物理相切。

5.3.3　重定位组件

重定位组件是指对加入组件进行重新的定位。如果组件之间未添加约束条件,就可以对其进行自由操作,如平移、旋转;如果已经施加约束,则可以修改约束值,如约束角度和距离。

在【装配】工具条中单击“重定位组件”图标,系统将弹出“类选择”对话框,如图 5.8 所示,用户在绘图工作区中选取需要重定位操作的部件;随后系统会弹出“重定位组件”对话框,如图 5.9 所示,用户可进行相应的操作。

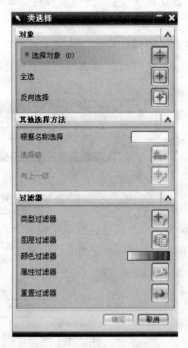

图 5.8　“类选择”对话框

图 5.9　“重定位组件”对话框

5.3.4 镜像装配

对于对称结构的零件设计，在装配时只需要建立产品一侧的装配，然后利用镜像装配功能建立另一侧装配，这样可以减少装配步骤，镜像装配操作步骤如图 5.10 所示。

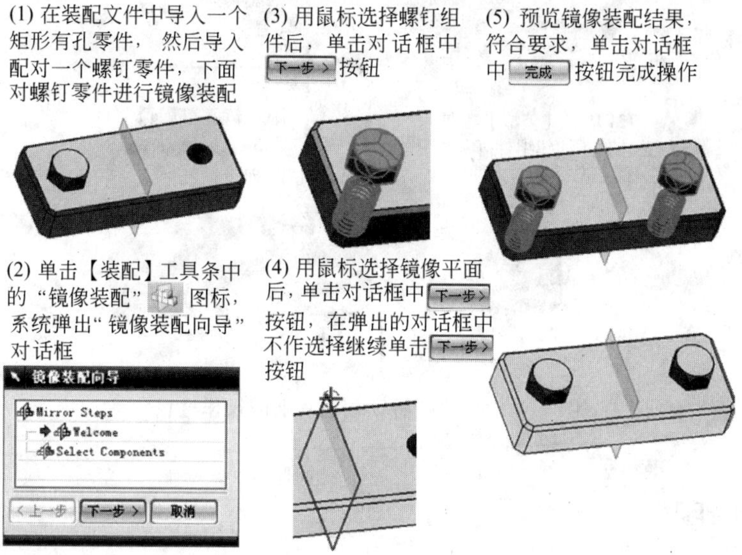
(1) 在装配文件中导入一个矩形有孔零件，然后导入配对一个螺钉零件，下面对螺钉零件进行镜像装配
(3) 用鼠标选择螺钉组件后，单击对话框中 下一步> 按钮
(5) 预览镜像装配结果，符合要求，单击对话框中 完成 按钮完成操作
(2) 单击【装配】工具条中的“镜像装配” 图标，系统弹出“镜像装配向导”对话框
镜像装配向导
Mirror Steps
Welcome
Select Components
<上一步
下一步>
取消
(4) 用鼠标选择镜像平面后，单击对话框中 下一步> 按钮，在弹出的对话框中不作选择继续单击 下一步> 按钮

图 5.10 镜像装配操作步骤

5.3.5 组件阵列

组件阵列是指在装配中用对应关联条件快速生成多个组件的方法。例如，要在法兰上装多个螺栓，可用关联条件先装其中一个，其他螺栓的装配可以采用组件阵列的方式，而不必去为每一个螺栓定义关联条件。

单击【装配】工具条中的“创建组件阵列”图标，系统弹出“分类选择”对话框，用户选择需要阵列的组件后，系统又弹出“生成组件阵列”对话框。在该对话框中列出了 3 种组件阵列的类型：从实例特征、线性和圆的。

1. “从实例特征”方式

在使用该方式之前，必须有一个组件(基础组件)包含有阵列特征，然后通过该组件装配与其相匹配的组件。从实例特征创建阵列的操作过程如图 5.11 所示。

2. “线性”方式

“线性”方式是用户指定阵列的组件按照线性或矩形方式排列。它只与主组件有约束关系，与模板组件无约束关系。

3. “圆的”方式

“圆的”是指根据所选择的圆柱面、边缘、基准轴以圆形方式进行阵列。它只与主部件有约束关系，与模板组件无约束关系。

(1) 在装配文件中导入一个盘形零件，然后导入配对一个螺钉零件，下面对螺钉零件进行阵列装配
(3) 在“阵列定义”栏里选择“从实例特征”项，单击【确定】按钮
创建组件阵列
阵列定义
从实例特征
线性
圆的
组件阵列名
LUODING
确定
后退
取消
(2) 单击【装配】工具条中的“创建组件阵列”图标，选择螺钉组件
(4) 完成阵列

图 5.11　从实例特征创建阵列的操作过程

5.4 爆炸图

爆炸图是在装配模型中组件按装配关系偏离原来位置的拆分图形。爆炸图的创建可以方便查看装配中的零件及其相互之间的装配关系。爆炸图在本质上也是一个视图，与显示组件关联，并存储在显示组件中。可以在任何视图中显示爆炸图形，并对该图形进行任何的 UG 操作，该操作也将同时影响到非爆炸图中的组件。装配爆炸图一般是为了表现各个零件的装配过程以及整个组件或是机器的工作原理。

1. 创建爆炸图

单击【装配】工具条中的“创建爆炸图”图标，系统会弹出“创建爆炸图”对话框，用户输入产生的爆炸图的名称，单击【确定】按钮就建立了一个新的爆炸图。创建爆炸图时，可以看到所生成的爆炸图与原来的装配图没有任何变化，随后还要设置爆炸距离。

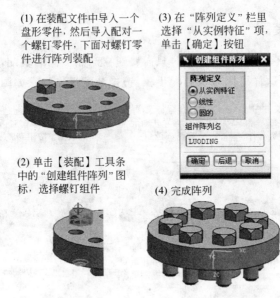

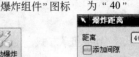

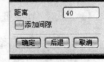

2. 自动爆炸组件

在新创建了一个爆炸图后，视图并没有发生什么变化，接下来必须把组件炸开。“自动爆炸组件”是指基于组件关联条件，按照配对约束中的矢量方向和指定的距离自动爆炸组件。

单击【爆炸图】工具条上的“自动爆炸组件”图标，系统弹出“类选择”对话框，选中组件就可以进行爆炸图的创建，创建过程如图 5.12 所示。

(1) 单击【爆炸图】工具条中的“自动爆炸组件”图标
(3) 输入爆炸距离为“40”
爆炸距离
距离
40
添加间隙
确定
后退
取消
自动爆炸组件
(2) 用鼠标框选全部部件
(4) 爆炸视图

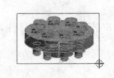

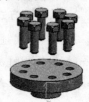

图 5.12　自动创建爆炸图

3. 编辑爆炸图

采用自动爆炸组件，一般不能得到理想的爆炸效果。通常还需要利用"编辑爆炸图" 功能对爆炸图进行调整，通过手工移动，以达到较好的视觉效果。

4. 取消爆炸组图

单击【爆炸图】工具条中的"取消爆炸组件"图标 ，系统弹出"类选择"对话框，选择要复位的组件后，单击【确定】按钮，即可使已爆炸的组件回到其原来的位置。

5. 删除爆炸图

单击【爆炸图】工具条中的"删除爆炸图"图标 ，系统弹出"爆炸图"对话框，其中列出了所有爆炸图的名称，可在列表框中选择要删除的爆炸图，删除已建立的爆炸图。

6. 切换爆炸图

在【爆炸图】工具条中有一个下拉菜单 Explosion 1 ，其中各个选项为用户所创建的爆炸图，可以根据编辑的需要单击下列菜单中相应【爆炸图】名称进行切换。

5.5 项目化教学实例——链条的装配

链条由链条销轴、滚子、链板三个零件组成，如图 5.13 所示，其装配过程介绍如下。

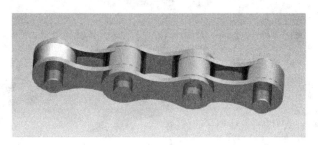

图 5.13 链条

1. 新建装配文件

单击【标准】工具条中的"新建"图标 ，系统弹出"文件新建"对话框，选择对话框中"模板"栏中的 装配 选项，设定文件名为"LianTiao ZP"，存盘文件目录为"D:\CAD\6\"，单击对话框中的 确定 按钮，完成新文件的创建。

2. 导入两个零件配对装配

接上一步操作，系统弹出"添加组件"对话框，单击对话框中的"打开"图标 ，查找要装配的文件，先选择零件"LianZhou.prt"，后单击【确定】按钮完成文件创建，进入 UG NX 5.0 装配模块，接着导入第二个零件，进行装配操作，步骤如图 5.14 所示。

3. 导入更多零件装配

操作步骤如图 5.15 所示。

(1) 导入链轴文件

(2) 导入第二个零件滚子。"添加组件"对话框中"放置"方式选择"配对",单击【应用】按钮

(3) 系统弹出"配对条件"对话框

(4) 单击对话框中"配对类型"项里的"中心"图标，再选择两个圆柱面

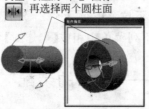

(5) 单击对话框中"配对类型"项里的"距离"，再选择两个平面。

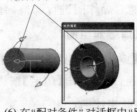

(6) 在"配对条件"对话框中"距离表达式"项里输入"-7"，正负号用来控制方向

(7) 单击【预览】按钮，屏幕显示装配情况，单击【确定】按钮完成此步装配

图 5.14　链轴和滚子装配操作步骤

(1) 单击"添加组件"图标，导入链板，"添加组件"对话框中"放置"方式选择"配对"，单击【应用】按钮

(2) 系统弹出"配对条件"对话框，先单击"配对类型"项里的"中心"图标再选择两圆柱面

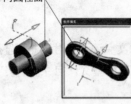

(3) 再单击对话框中"配对类型"项里的"对齐"图标，然后选择两个平面

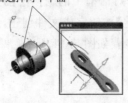

(4) 单击【预览】按钮，屏幕显示装配情况，单击"确定"按钮完成此表装配

(5) 重复步骤(1)~(4)，导入第二个链板并装配，单击【预览】按钮，发现两块链板没有对齐，说明链板还有自由度

(6) 取消预览，在选择对话框中"配对类型"项里单击"对齐"图标，选择两块链板的各个圆柱面

(7) 单击【确定】按钮完成此部分操作

(8) 导入更多零件

(9) 远成三段链条装配

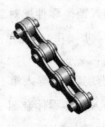

图 5.15　链条的装配

5.6 项目化教学实例——自行车前轮的装配

自行车前轮由前轴、轮毂、辐条、内胎和外胎组成,如图 5.16 所示。装配的难点在于车轮辐条的装配,在实际装配中车轮辐条有很好的弹性,允许发生变形,而虚拟装配为刚性装配,这就需要利用角度来控制辐条位置,为方便装配,在文件中加入了许多基准面,其装配过程介绍如下。

1. 为装配文件创建引用集

(1) 创建轮毂零件引用集,它包括轮毂实体模型和三个基准面,创建三个基准面操作步骤如图 5.17 所示,创建引用集合操作步骤如图 5.18 所示。

(2) 创建前轴零件引用集,它包括前轴实体模型和两个基准面,创建两个基准面操作步骤如图 5.19 所示,创建引用集操作步骤同(1)。

图 5.16　前轮的装配

(1) 在 UG 中打开"lungu prt"文件

(2) 单击【特征操作】工具条中的"基准平面"图标□,用鼠标选择"YOZ坐标"平面,创建基准面 1,此基准面通过零件的几何中心

(3) 选择基准面 1 为草图平面绘制一条草图线段,尺寸如图,完成后退出草图

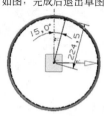

(4) 单击"基准平面"图标,先用鼠标选择刚创建的基准面 1,然后用鼠标选择草图线段,基准面 2 生成

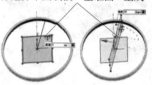

(5) 创建基准面 2,用鼠标选择草图线段,然后用端点捕捉方式选择草图线段上端

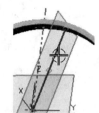

图 5.17　创建三个基准面操作步骤

(3) 创建辐条 1 零件引用集,它包括辐条实体模型和两个基准面,创建两个基准面操作步骤如图 5.20 所示,创建引用集操作步骤同(1)。

(4) 创建辐条 2 零件引用集,它包括辐条实体模型和两个基准面。这两个基准面和辐条 1 是相同的,创建过程参考操作步骤(3)。

(1) 单击菜单 格式(R) ，弹出下拉菜单，单击 引用集(R)... 命令，系统弹出"引用集"对话框

(2) 选择"引用集"对话框中"工作部件"栏里的"模型"项，然后单击 ➕ 图标，用鼠标在屏幕上选择前面操作创建的三个基准平面，单击【确定】完成引用集的创建

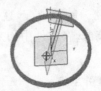

图 5.18 创建引用集

(1) 在 UG 中打开"qianzhou.prt"文件

(2) 单击【特征操作】工具条中的"基准平面"图标 ▢ ，用鼠标先后选择前轴零件的左右面，创建基准面 1

(4) 单击"基准平面"图标，先用鼠标选择此面

(5) 再用鼠标选择此线创建基准面

(3) 切换视图，选择【曲线】工具条中的"直线"图标 ╱ ，捕捉前轴的两个对称孔中心绘制直线

图 5.19 创建前轴基准面

(1) 在 UG 中打开 futiao1.prt 文件

(2) 单击"特征操作"工具条中的"基准平面"图标 ▢ ，用鼠标先选择圆形棱线，然后选择轴心线，单击【确定】完成基准面的创建操作

(3) 选择 XOY 面创建基准面 2

图 5.20 创建辐条 1 基准面

(5) 创建外胎零件引用集,它包括外胎实体模型和一个基准面。该基准面通过其几何中心,如图 5.21 所示。创建引用集操作步骤同上。

(6) 创建内胎零件引用集,它包括内胎实体模型和一个基准面。该基准面通过其几何中心如图 5.22 所示。创建引用集操作步骤同上。

图 5.21　外胎零件三维模型

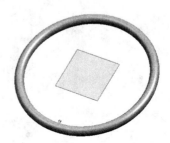

图 5.22　内胎零件三维模型

2. 前轴和轮毂的装配

(1) 新建装配文件。单击【标准】工具条中的"新建"图标，系统弹出"文件新建"对话框,选择对话框中"模板"栏中的装配选项,设定文件名为"Qianlun ZP",存盘文件目录为"D:\CAD\8\",单击对话框中确定按钮,完成新文件的创建。

(2) 导入前轴和轮毂配对装配,接上一步操作,系统弹出"添加组件"对话框,单击对话框中的"打开"图标，查找要装配的文件,若文件已打开,可直接在"已加载的部件"栏里选择。先选择零件"qianzhou.prt","放置"方式选择"绝对原点",单击【确定】按钮,第一个零件导入到装配文件中,如图 5.23 所示。系统提示接着导入第二个零件,选择零件"lungu.prt","放置"方式选择"配对",单击【确定】按钮,系统弹出"配对条件"对话框,两个零件装配操作步骤如图 5.24 所示。

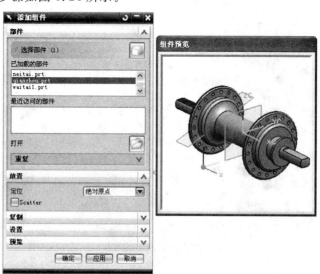

图 5.23　导入第一个零件

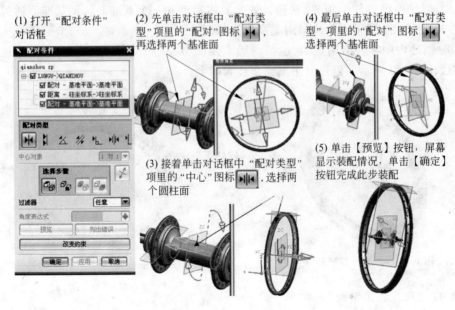

图 5.24　前轴和轮毂装配

3. 辐条的装配

（1）辐条 1 的装配，单击【装配】工具条中的"添加组件"图标，系统弹出"添加组件"对话框，单击对话框中的"打开"图标 🖛 查找要装配的文件。选择零件"futiao1.prt"，"放置"方式选择"配对"，单击【确定】按钮，系统弹出"配对条件"对话框，两个零件装配操作步骤如图 5.25 所示。

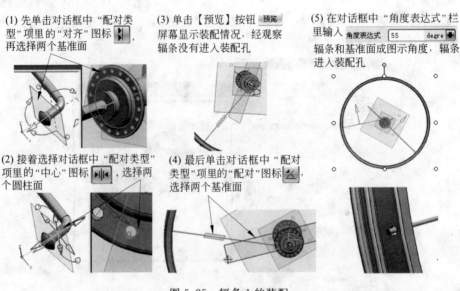

图 5.25　辐条 1 的装配

（2）前轴对称位置辐条1的装配，辐条1在前轴上是对称布置的，两边的角度则不一样。装配时需要手工调整辐条的位置以有利于装配。单击【装配】工具条中的"添加组件"图标，向装配文件中添加零件"futiao1.prt"，"放置"方式选择"重定位"，单击【确定】按钮，单击鼠标在屏幕上选择一个位置，辐条零件被导入。系统弹出"重定位组件"对话框，通过"移动手柄"移动、旋转零件来调整辐条的位置，如图5.26所示。使两辐条呈现图5.27所示的位置关系。然后重复操作步骤（1）的装配过程，第二根辐条装配完成如图5.28所示，其中两基准面夹角为114.4°。

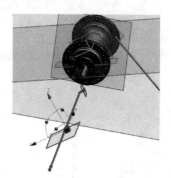

图5.26　手工移动辐条

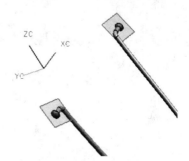

图5.27　两辐条的位置关系

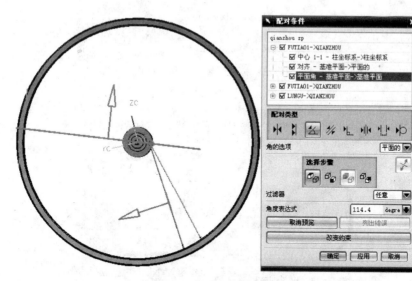

图5.28　第二根辐条装配完成

（3）辐条2的装配，辐条2在装配时的位置和辐条1不同，它布置在前轴的外圈，如图5.29所示。轮辐2的装配和轮辐1的装配方法一致，装配时参考操作步骤（1），不同是辐条2和基准面的夹角为角度表达式 126.7 degre，如图5.30所示。

（4）前轴对称位置辐条2的装配，参考装配操作步骤（2）和（3），不同的是辐条2和基准面的夹角为角度表达式 42.2 degre，如图5.31所示。

4. 辐条阵列装配

辐条阵列装配过程如图5.32所示。

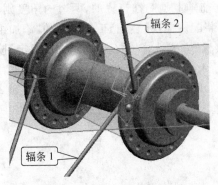

图 5.29　辐条 2 的位置

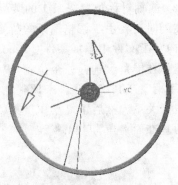

图 5.30　辐条 2 和基准面的夹角

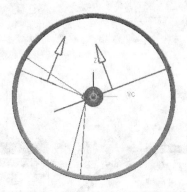

图 5.31　前轴对称位置辐条 2 和基准面的夹角

(1) 单击【装配】工具条中的"创建组件阵列"图标 ，系统弹出"类选择"对话框，用鼠标选择 4 根辐条

(2) 接着系统弹出"创建组件阵列"对话框，选择"圆的"项

(3) 在"轴定义"栏里选择"圆柱面"，然后用鼠标选择轮毂圆柱面，并输入阵列参数

(4) 重复单击 4 次【确定】按钮后，辐条阵列完成

图 5.32　辐条阵列装配过程

5．内胎的装配

单击【装配】工具条中的"添加组件"图标，系统弹出"添加组件"对话框。单击对话框中的"打开"图标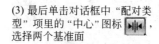查找要装配的文件，选择零件"neitai.prt"，"放置"方式选择"配对"，单击【确定】按钮，系统弹出"配对条件"对话框，内胎装配过程如图 5.33 所示。

(1) 先单击对话框中"配对类型"项里的"配对"图标 ▶◀，再选择两个基准面

(3) 最后单击对话框中"配对类型"项里的"中心"图标 ▶▮▮◀，选择两个基准面

(2) 接着单击对话框中"配对类型"项里的"中心"图标 ▶▮▮◀，选择两上圆柱面

(4) 单击【预览】按钮，屏幕显示装配情况，单击【确定】按钮完成此步装配

图 5.33 内胎装配过程

6．外胎的装配

继续导入零件"waitai.prt"到装配文件中，"放置"方式选择"配对"，单击"确定"按钮，系统弹出"配对条件"对话框，外胎装配过程如图 5.34 所示。

(1) 先单击对话框中"配对类型"项里的"配对"图标 ▶◀，选择两个基准面

(3) 单击【预览】按钮，屏幕显示装配情况，单击【确定】按钮完成此步装配

(2) 接着单击对话框中"配对类型"项里的"中心"图标 ▶▮▮◀，选择两个圆柱面

图 5.34 外胎的装配

CHAPTER 6

数控加工

UG CAM 是 UG NX 5.0 的计算机辅助制造模块。它与 UG CAD 模块紧密集成于一体，是当今世界最好的数控编程工具之一。UG CAM 涵盖了数控刀具轨迹的生成，加工仿真和加工验证等功能，能够高效地加工从普通孔到复杂的飞机螺旋桨的所有零件。通常 UG CAM 可以为数控车、数控铣、数控电火花切割机编制加工程序。

本章将通过一个加工实例介绍 UG NX 5.0 数控铣加工的一些基本知识，包括加工环境和加工界面的组成、几何、刀具、加工方法、程序和操作的创建方法以及各种刀轨的生成和编辑等。

6.1　UG NX 5.0 数控加工界面

UG NX 5.0 数控加工环境是指进入 UG NX 5.0 的制造模块后，进行编程作业的软件环境。通常 UG CAM 可以为数控车、数控铣、数控电火花切割机编制加工程序，而且单是 UG CAM 数控铣就包括平面铣（Planar Mill）、型腔铣（Cavity Mill）、固定轴曲面轮廓铣（Fixed Contour Mill）。因此，需要定制用户所需要的数控编程环境，选择最适合具体工作要求功能的加工环境。本节将首先介绍 UG NX 5.0 加工环境的初始化，加工界面的组成以及加工预设置。

6.1.1　UG NX 5.0 数控加工环境初始化

当一个实体模型（ * . prt）文件打开后，单击【标准】工具条上的"开始"图标 开始，在弹出的下拉菜单中单击【加工】命令，系统弹出"加工环境"对话框，如图 6.1 所示。

1. CAM 设置

此列表框列出 UG NX 5.0 软件提供

图 6.1　"加工环境"对话框

的一些加工环境。通常包括的配置文件有 mill_planar(平面铣削配置)、mill_contour(轮廓铣削配置)、mill_multi-axis(多轴铣削配置)等。

2.【初始化】按钮

单击该按钮,系统将根据选定的加工配置,调用相应的模板和相关的数据库来初始化加工环境,然后用户就可以进行编程工作了。

6.1.2 UG NX 5.0 数控加工界面

单击图6.1所示"加工环境"对话框中的【初始化】按钮,完成 UG NX 5.0 数控加工环境配置后,进入数控加工用户界面。

进入加工应用模块后,可以看到图形窗口增加了4个与应用加工相关的工具条:【加工创建】工具条、【加工操作】工具条、【加工对象】工具条、【操作导航器】工具条,在资源导航器中添加了"操作导航器"对话框,下面简单介绍其中一个重要工具条 ——【加工创建】工具条,如图6.2所示。

【加工创建】工具条包括用于创建程序、刀具、几何体、方法和操作的工具。利用【加工创建】工具条创建的各对象在各组相应操作中相互共享。

图6.2 【加工创建】工具条

6.2 创建程序

程序组用于组织各加工操作和排列各操作在程序中的次序。例如,如果一个复杂零件需要在不同机床上完成各表面的加工,则应将在同一台机床上加工的操作组合成程序组,以便于刀具路径合理管理和后处理。合理地将各操作组成一个程序组,可以在一次后处理中选择程序组输出多个操作。

单击【加工创建】工具条上的"创建程序"图标,或选择下拉菜单单击【插入程序】命令,弹出"创建程序"对话框,可按照图6.3所示进行操作。

图6.3 "创建程序"对话框

6.3　创建刀具

在加工过程中,刀具是从工件上切除材料的工具。在创建铣削、车削、点位加工操作时,必须创建刀具或从刀具库中选取刀具。创建和选取刀具时,应考虑加工类型、加工表面形状和加工部位的尺寸大小等因素。

1. 创建刀具的步骤

UG NX 5.0 提供了多种刀具类型供用户选择。用户只需要指定刀具的类型、直径和长度等参数即可创建刀具。

单击图 6.2【加工创建】工具条上的"创建刀具"图标,系统弹出"创建刀具"对话框,如图 6.4 所示。其中"名称"组框用于输入所创建刀具的名称。名称由字母和数字组成,并以字母开头,且长度不超过 90 个字符。为了便于管理,通常采用刀具直径和底圆角半径参数作为刀具名称的命名参照(如 D10R2)。单击【确定】按钮弹出"Milling Tool-5 Parameters"对话框,如图 6.5 所示。

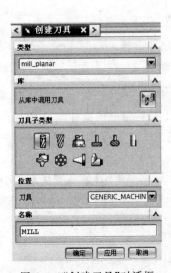

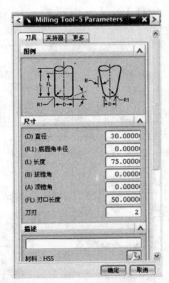

图 6.4　"创建刀具"对话框　　　　　图 6.5　"Milling Tool-5 Parameters"对话框

2. 铣刀参数

应用最多的数控加工是铣削加工。刀具参数主要集中于"Milling Tool-5 Parameters"对话框中的【刀具】选项卡上。

UG NX 5.0 中常用的铣刀类型有 5 参数铣刀,如图 6.5 所示。

6.4　创建几何体

创建几何体是在零件上定义要加工的几何对象,并指定零件在机床上的加工方位。定义的内容包括加工坐标系、部件、工件、边界和切削区域等。创建几何体所建立的几何对象可指定为相关操作的加工对象。

6.4.1 创建几何体的步骤

单击【加工创建】工具条上的"创建几何体"图标，系统弹出"创建几何体"对话框，如图6.6所示。单击【确定】按钮弹出"工件"对话框，如图6.7所示。

图6.6 "创建几何体"对话框

图6.7 "工件"对话框

单击"指定部件"选项的图标，系统弹出"工件几何体"对话框，在绘图区中选择零件作为工件几何体，单击"指定毛坯"选项的图标，系统弹出"毛坯几何体"对话框，在绘图区中选择毛坯作为毛坯几何体，最后单击【确定】按钮完成几何体创建。

6.4.2 创建加工坐标系

加工坐标系是所有后续刀具路径各坐标点的基准位置。在刀具路径中，所有位置点的坐标值与加工坐标系关联。如果移动加工坐标系，则重新确定后续刀具路径输出坐标点的基准位置。加工坐标系的坐标轴用XM、YM、ZM表示，并且在图形区中MCS坐标轴的长度要比WCS长。另外，如果未指定刀轴矢量方向，则MCS的ZM轴是默认的刀轴方向。对于固定轴加工尤其如此。

单击图6.6"创建几何体"对话框中的"MCS"图标，然后单击【确定】按钮，弹出"MCS"对话框，如图6.8所示。

单击"机床坐标系"组框中的"CSYS"图标，弹出"CSYS坐标构造器"对话框。利用"CSYS坐标构造器"对话框，用户可调整机床坐标系的位置。

图6.8 "MCS"对话框

6.4.3 创建铣削几何体

单击图 6.6"创建几何体"对话框中的"WORKPIECE"图标🗐或"MILL_GEOM"图标🗐(只是背景色彩不同,排在前的优先选),然后单击【确定】按钮,弹出"工件"对话框,如图 6.7 所示。

利用"工件"对话框,可定义平面铣和型腔铣中的部件几何体、毛坯几何体和检查几何体,或者定义在固定轴铣和变轴铣中要加工的轮廓表面。常用的铣削几何体包括部件几何体、毛坯几何体和检查几何体等 3 种,下面分别加以介绍。

1. 部件几何体🗐

部件几何体用于表示最终加工出来的零件的几何形状,是系统计算刀轨的重要依据。它控制刀具运动范围,如图 6.9 所示的实体模型。

在"工件"对话框中单击图标🗐,弹出"部件几何体"对话框,如图 6.10 所示。利用该对话框可在图形区中选择需要加工的零件。

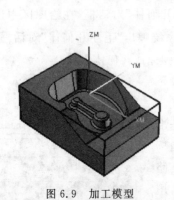

图 6.9 加工模型

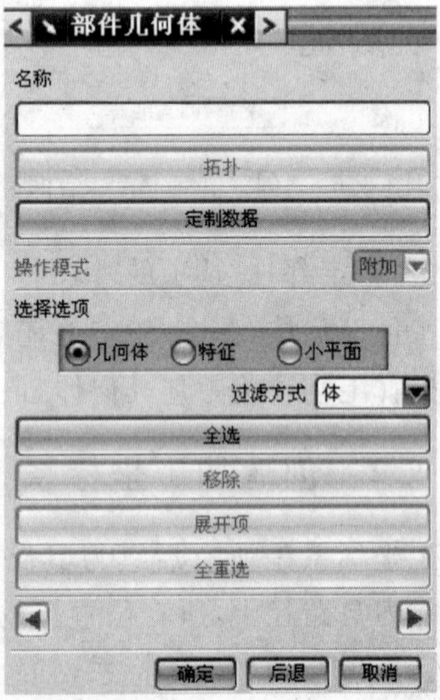

图 6.10 "部件几何体"对话框

2. 毛坯几何体🗐

毛坯几何体用于表示被加工零件毛坯的几何形状,是系统计算刀轨的重要依据,如图 6.9 所示的线框模型。毛坯几何体创建的操作步骤与部件几何体基本相同。

3. 检查几何体🗐

检查几何体用于指定不允许刀具切削的部位,比如夹具零件,单击图 6.7"工件"对话框中"指定检查"图标🗐,在弹出的"检查几何体"对话框中选择加工零件的检查体,单击【确定】按钮,完成检查几何体的创建。

6.4.4 创建铣削界面

单击图 6.6"创建几何体"对话框中的"Mill_Bnd"图标，然后单击【确定】按钮，弹出"Mill Bnd"对话框，如图 6.11 所示。

利用"Mill Bnd"对话框，在平面铣和变轴铣中定义刀具的切削区域，在型腔铣中也可以用"边界方式"切削驱动方式。刀具切削区域既可以用单个边界定义，也可用多个边界定义。常用的铣削边界包括部件边界、毛坯边界、检查边界、修剪边界和底面等 5 种。

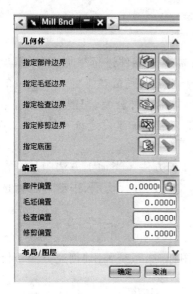

图 6.11 "Mill Bnd"对话框

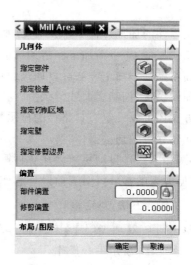

图 6.12 "Mill Area"对话框

6.4.5 创建铣削区域

铣削区域是指通过选择表面、片体或者曲面区域来定义的切削区域。它常用在创建固定轴铣或变轴铣的操作中。

单击图 6.6"创建几何体"对话框中的"Mill_Area"图标，然后单击【确定】按钮，弹出"Mill Area"对话框，如图 6.12 所示。

图 6.12 所示对话框中的部分内容与 6.4.3 小节"创建铣削几何体"中相关内容基本相同，不同的内容有指定切削区域和指定壁，下面分别加以介绍。

1. 指定切削区域

单击"Mill Area"对话框中"指定切削区域"选项后的"选择或编辑切削区域体"图标，弹出"切削区域"对话框。用户可选择用表面、片体或者曲面区域来定义切削区域。

在选择切削区域时，可不必在意区域各部分选择的顺序，但切削区域中的每个成员必须包含在已选择的零件几何中。例如，如果在切削区域中选择了一个面，则这个面应在部件几何中已被选择，或者这个面应在部件几何中选择的体上；如果在切削区域中选择一个片体，则在零件几何中也必须选择了同样的片体；如果未选择切削区域，那么系统把已定义的整个部件几何作为切削区域,换句话说,系统将用零件的轮廓作为切削区域,实际上并没有指定真正的切削区域。

2. 指定壁

单击"Mill Area"对话框中"指定壁"选项后的"选择或编辑壁几何体"图标，弹出"壁几何体"对话框。用户可以选择用表面、片体或者曲面区域来定义切削的区域。壁用于变轴铣来限制刀轴的方向。

6.5 创建加工方法

在零件的加工过程中,为了达到加工精度,往往需要对零件进行粗加工、半精加工和精加工。粗加工、半精加工和精加工的主要差异在于加工后残留在工件上的余量的多少及表面粗糙度。加工方法可以通过对加工余量、几何体的内外公差、切削步距和进给速度等选项的设置,控制表面残留余量,为粗加工、半精加工和精加工设定统一的参数。另外,加工方法还可以设定刀具路径的显示颜色和方式。

在建立各种加工操作时,可以引用已经创建的加工方法。当加工方法中某个参数被修改后,相关操作自动更新。在各种操作对话框中,也可以进行切削、进给等各种选项的设置,但设置的参数仅对当前操作起作用。

1. "创建方法"对话框

单击图 6.2【加工创建】工具条上的"创建方法"图标，系统弹出"创建方法"对话框。可按照图 6.13 所示进行操作。

2. 设置加工余量和公差

选择加工方法后,单击【确定】按钮出现如图 6.14 所示对话框。

图 6.13 "创建方法"对话框

图 6.14 "Mold Rough HSM"对话框

在图 6.14 所示"Mold Rough HSM"对话框中可以设置部件余量和内外公差等。

6.6　创建操作

在根据零件的加工要求建立程序、几何、刀具和加工方法后,可在指定程序组下用合适刀具对已建立的几何对象按照合适的加工方法建立加工操作。

1. 操作的概念

操作是 UG NX 5.0 数控加工中的重要概念。从数据的角度看,它是一个数据集,包含一个单一的刀具路径(刀轨)以及生成这个刀轨所需要的所有信息。操作中包含所有用于产生刀具路径的信息,如几何、刀具、加工余量、切削进度、进刀方式和退刀方式等。创建一个操作相当于产生一个工步。

UG NX 5.0 数控加工的主要工作就是创建一系列各种各样的操作,比如实现平面铣削加工的平面铣操作,主要用于实现粗加工的型腔铣操作,实现曲面精加工的各种曲面轮廓铣操作,实现孔加工的操作等。

2. 创建操作步骤

尽管在 UG NX 5.0 数控加工中可创建的各种操作类型不同,但创建操作的步骤基本相同。下面介绍各种操作创建的共同步骤。

1) 创建操作步骤

单击图 6.2【加工创建】工具条上的"创建操作"图标 ,弹出"创建操作"对话框,如图 6.15 所示。

(1) 根据加工类型,在"类型"下拉列表中选择合适的操作模板类型。

(2) 在"操作子类型"栏下的图标中选择与表面加工要求相适应的操作模板。"类型"下拉列表中选择的操作模板类型不同,操作子类型图标也会有所不同。

(3) 在"位置"组框中设置操作的父级组。在"程序"下拉列表中选择程序父组,指定新操作所用的程序组。在"刀具"下拉列表中选择已创建的刀具。在"几何体"下拉列表中选择已经创建的几何组。在"方法"下拉列表中选择已创建的方法。

(4) 在"名称"文本框中输入新建的操作的名称。

(5) 单击图 6.15"创建操作"对话框中【确定】按钮,系统弹出与操作类型相应的"操作"对话框。用户可以在对话框中设定相应的加工操作参数。例如,在

图 6.15　"创建操作"对话框

平面铣削操作中,系统会弹出"平面铣"操作对话框,如图 6.16 所示。

(6) 设定好操作参数后,单击"操作"组框中的"生成"图标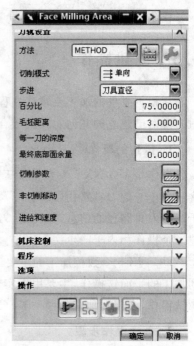,以生成刀具路径。

2) 刀具路径仿真验证

(1) 单击"操作"组框中的"确认"图标，弹出"刀轨可视化"对话框,如图 6.17 所示。利用"刀轨可视化"对话框,用户可以实现 3 种刀具路径的可视化仿真:刀具路径"重播"、"3D 动态"刀具轨迹和"2D 动态"刀具轨迹。

(2) 单击"操作"对话框的【确定】按钮,完成操作创建。此时,在"操作导航器"中所选程序组下创建了指定名称的操作。

3) 刀具路径后处理

在"操作导航器"中选择一个或多个操作,单击鼠标右键出现如图 6.18 所示对话框,单击【后处理】命令,出现如图 6.19 所示"后处理"对话框。选择好机床定义文件类型后,单击对话框中的【确定】按钮,完成 NC 代码的生成输出。

图 6.16　"平面铣操作"对话框

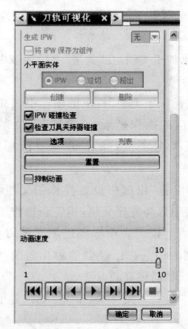

图 6.17　"刀轨可视化"对话框

图 6.18 "操作导航器"对话框

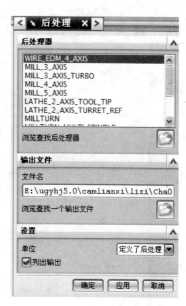

图 6.19 "后处理"对话框

6.7 数控加工实例

6.7.1 工艺分析

工件材料为 45 号钢,毛坯材料半成品 120mm×80mm×41mm(仅上表面比零件上表面高 1mm)。

填写 CNC 加工程序单如下:

(1) 在立铣加工中心上加工,使用平口钳进行装夹。

(2) 加工坐标原点的设置,采用四面分中。X、Y 轴取在毛坯的中心;Z 轴在毛坯的最高平面上。

(3) 数控加工工艺及刀具等参照加工程序单如表 6.1 所示。

表 6.1 加工程序单

零件名称:		零件号:	操作员:	编程员:
计划时间:		描述:		
实际时间: 下机时间:				
工作尺寸	单位:mm			
Xc	120	四面分中		
Yc	80			
Zc	40			
工作数量				

续表

工步名称	加工类型	刀具直径	2D 仿真加工效果图	备　注
毛坯设置				
型腔铣	一次开粗	D10R0.5		
型腔铣	二次开粗	D5R1		
固定轴	中光	D8R2		
固定轴	精光	D4R2		
等高	中光	D8R4		
等高	精光	D4R2		
钻中心孔	孔定位	D5		Spotdrilling_tool

续表

工步名称	加工类型	刀具直径	2D 仿真加工效果图	备 注
钻孔	精光	D10		Drilling_tool
面铣	精光	D15R0		

6.7.2 程序、刀具、几何体、加工方法创建

1. 调入模型

(1) 运行 UG NX 5.0 软件。

(2) 单击菜单【文件】|【打开】命令,打开光盘中文件名为 6.20 的文件,单击【OK】按钮,进入 UG 加工界面。此时,在操作导航器中可以看到,除了系统内定选项不能删除外,没有任何数据,调入模型如图 6.20 所示。

2. 程序创建

在【加工创建】工具条中单击"创建程序"图标，系统弹出"创建程序"对话框,在"类型"下拉列表中选择"mill_contour"选项。

在"程序"下拉列表中选择"NC_PROGRAM"选项;在"名称"文本框中输入"cavity",两次单击【确定】按钮完成程序组操作,如图 6.21 所示。

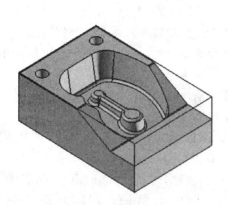

图 6.20 加工模型

图 6.21 "创建程序"对话框

3. 创建刀具

(1) 在【加工创建】工具条中单击"创建刀具"图标 ，系统弹出"创建刀具"对话框，在"类型"下拉列表框中选择"mill_contour"选项，在"刀具子类型"选项框中单击"铣刀"图标 ，在"刀具"下拉列表框中选择"GENERIC_MACHINE"选项；在"名称"文本框中输入 D10R0.5，如图 6.22 所示。

(2) 单击【应用】按钮进入"Milling Tolls-5 Parameters"（刀具参数设置）对话框，如图 6.23 所示设置参数。

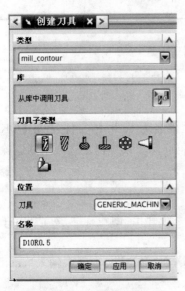

图 6.22 "创建刀具"对话框

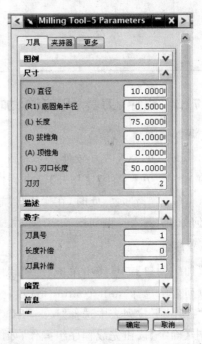

图 6.23 "Milling Tool-5 Parameters"对话框

(3) 在"长度"文本框中输入"75"；在"刃口长度"文本框中输入"50"；在"刀刃"文本框中输入"2"，【材料】为"CARBIDE"（可单击 图标设置刀具材料）；在"刀具号"文本框中输入"1"；在"长度补偿"文本框中输入"0"；在"刀具补偿"文本框中输入"1"；最后单击【确定】按钮完成第 1 把刀具的创建操作。

(4) 同样按照上面的步骤，在"名称"文本框中输入不同刀具名称，刀具号、刀具补偿号按递增规律完成 D5R1、D8R2、D4R2、D8R4、D15R0 共 5 把刀具的创建。

(5) 在【加工创建】工具条中单击"创建刀具"图标 ，系统弹出"创建刀具"对话框，在"类型"下拉列表框中选择"drill"选项，在"刀具子类型"选项框中单击 (SPOTDRILLING_TOOL)图标，在"刀具"下拉列表框中选择"GENERIC_MACHINE"选项；在"名称"文本框中默认"SPOTDRILLING_TOOL"。单击【应用】按钮进入"钻刀"对话框，如图 6.24 所示按图示设置参数。最后单击【确定】按钮，完成刀具创建。

(6) 在【加工创建】工具条中单击"创建刀具"图标 ，系统弹出"创建刀具"对话框。在"类型"下拉列表框中选择"drill"选项，在"刀具子类型"选项框中单击 (DRILLING_

TOOL)图标,在"刀具"下拉列表框中选择"GENERIC_MACHINE"选项;在"名称"文本框中默认"DRILLING_TOOL"。单击【应用】按钮进入如图 6.24 所示"钻刀"对话框,把"直径"改为"10",其余参数不变。最后单击【确定】按钮,完成刀具创建。

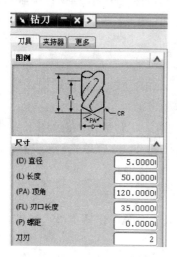

图 6.24 "钻刀"对话框

图 6.25 "创建几何体"对话框

4. 创建机床坐标系

(1) 在【加工创建】工具条中单击"创建几何体"图标,系统弹出"创建几何体"对话框,在"类型"下拉列表框中选择"mill_contour"选项;在"几何体子类型"选项框中单击图标;在"几何体"下拉列表框中选择"GEOMETRY"选项,在"名称"文本框中的几何节点按系统内定的名称"MCS",如图 6.25 所示。

(2) 单击【应用】按钮,进入"Mill Orient 设置"对话框,如图 6.26 所示。

(3) 单击"指定 MCS"选项的(自动判断)图标,在绘图区中选择毛坯顶面为 MCS 放置面(选择过滤器为面),单击【确定】按钮,完成加工坐标系的创建,结果如图 6.27 所示。

图 6.26 "Mill Orient 设置"对话框

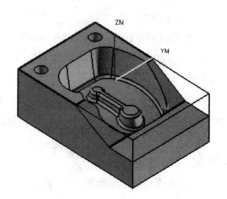

图 6.27 机床坐标系的设置

5．几何体创建

（1）在【加工创建】工具条中单击"创建几何体"图标 🐖，系统弹出"创建几何体"对话框，在"类型"下拉列表中选择"mill_contour"选项；在"几何体子类型"选项框中单击"切削几何"图标 🖼；在"几何体"下拉列表框中选择"MCS"选项；在"名称"文本框中几何节点按系统内定的"MILL_GEOM"名称，如图 6.28 所示。

（2）单击【确定】按钮，进入"工件"对话框，如图 6.7 所示。

单击"指定部件"选项的 🖼 图标，系统弹出"工件几何体"对话框，在绘图区中选择零件作为工件几何体，单击【确定】按钮，完成工件几何体操作。

单击"指定毛坯"选项的 🖼 图标，系统弹出"毛坯几何体"对话框，在绘图区中选择毛坯作为毛坯几何体，单击【确定】按钮，完成毛坯几何体操作，最后单击【确定】按钮完成"MILL_GEOM"操作。接下来把毛坯隐藏起来（按 Ctrl＋B 键）。

6．创建方法

（1）在【加工创建】工具条中单击"创建方法"图标 🗄，系统弹出图 6.29"创建方法"对话框，在"类型"下拉列表中选择"mill_contour"选项。

图 6.28 "创建几何体"对话框

图 6.29 "创建方法"对话框

（2）在"方法子类型"选项框中单击"粗铣"图标 🔼。

（3）在"方法"下拉列表框中选择 METHOD 选项。最后如图 6.29 所示。

（4）单击【应用】按钮，进入"Mold Rough HSM（模型粗加工）"对话框，如图 6.14 所示，在"部件余量"文本框中输入"0.5"，其余参数按系统默认设置，单击【确定】按钮，完成切削方法操作。

（5）利用同样的方法，依次创建"MOLD_SEMI_FINISH_HSM"（中加工），"MOLD_FINISH_HSM"（精加工），其中，中加工的部件余量为 0.3；精加工部件余量为 0。

6.7.3 型腔一次粗加工

1．一次开粗加工刀具路径创建

（1）在【加工创建】工具条中单击"创建操作"图标 🔧，系统弹出"创建操作"对话框，如

图 6.30 所示,在"类型"下拉列表中选择"mill_contour"选项。

(2) 在"操作子类型"选项框中单击"型腔铣"图标。

(3) 在"程序"下拉列表框中选择"CAVITY"选项为程序名。

(4) 在"刀具"下拉列表框中选择"D10R0.5"选项。

(5) 在"几何体"下拉列表框中选择"MILL_GEOM"选项。

(6) 在"方法"下拉列表框中选择"MOLD ROUGH HSM"选项。

(7) 在"名称"文本框中为默认的"CAVTTY_MILL"名称,单击【应用】按钮,进入"型腔铣"对话框,如图 6.31 所示。

图 6.30　"创建操作"对话框

图 6.31　"型腔铣"对话框

2. 型腔铣切削参数的设置

(1) 在"型腔铣"对话框中单击【刀轨设置】按钮,系统弹出选项框,在"切削模式"下拉列表中选择"跟随周边"选项;在"步进"下拉列表框中选择"刀具直径"选项;在"百分比"文本框中输入"65";在"全局每刀深度"文本框中输入"0.8",如图 6.32 所示。

(2) 单击"型腔铣"对话框中的"切削参数"选项的 图标,系统弹出"切削参数"对话框,如图 6.33 所示。

① 在"切削方向"下拉列表框中选择"顺铣"选项,在"切削顺序"下拉列表框中选择"深度优先"选项,在"图样方向"下拉列表框中选择"向外"选项,选中"岛清理"复选框。

② 在"切削参数"对话框中单击【余量】选项卡,在

图 6.32　"刀轨设置"对话框

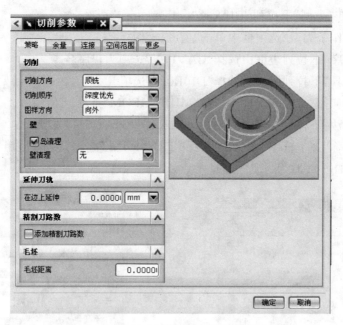

图 6.33 "切削参数"对话框

"部件侧面余量"文本框中输入"0.5";在"部件底部面余量"文本框中输入"0.3",如图 6.34 所示。

③ 在"切削参数"对话框中单击【连接】选项卡,弹出如图 6.35 所示对话框,在"区域排序"下拉列表框中选择"优化";选中"区域连接"复选框,其余参数按系统内定的设置,单击【确定】按钮,完成切削参数设置。

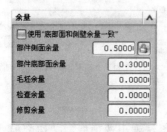

图 6.34 "余量参数"对话框

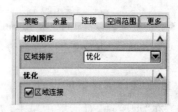

图 6.35 "连接参数"对话框

④ 在"型腔铣"对话框中单击 ![icon] 图标,系统弹出"非切削运动"对话框,如图 6.36 所示。

⑤ 在"进刀类型"下拉列表框中选择"螺旋线",在"直径"文本框中输入"90";在"高度"文本框中输入"6";在"最小倾斜长度"文本框中输入"0"。

⑥ 在"类型"下拉列表框中选择"圆弧",在"半径"文本框中输入"5";在"最小安全距离"文本框中输入"5",其余参数按系统内定的设置,如图 6.37 所示。

⑦ 在图 6.36"非切削运动"对话框中单击【传递/快速】选项卡,切换到【传递/快速】参数设置选项卡,在此设置参数如图 6.38 所示,单击【确定】按钮。

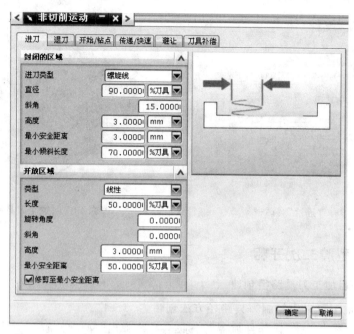

图 6.36 "非切削运动"对话框

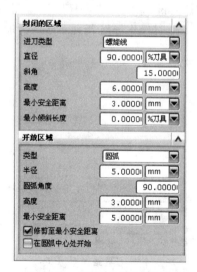

图 6.37 "进刀参数"对话框

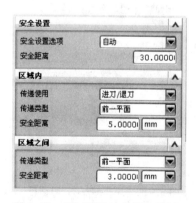

图 6.38 "传递/快速参数"对话框

⑧ 在"型腔铣"对话框中单击 图标,系统弹出"进给"对话框,如图 6.39 所示,在"主轴速度(rpm)"文本框中输入"1000";在"切削"文本框中输入"800"(mmpm),最后单击【确定】按钮,完成进给和速度操作。

3. 粗加工刀具路径生成

(1) 在"型腔铣"对话框中单击"生成"图标 ,系统开始计算刀具路径。

(2) 计算完成后,单击【确定】按钮完成粗加工刀具路径操作,结果如图 6.40 所示。

图 6.39 "进给"对话框

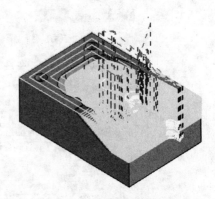

图 6.40 粗加工刀具路径

6.7.4 型腔二次开粗

1. 二次开粗加工刀具路径创建

二次开粗加工可采用复制刀具路径方法创建。

（1）在导航器中单击"操作导航器"图标，系统弹出"操作导航器"对话框，如图6.41所示。

（2）在"操作导航器"对话框中的空白处单击鼠标右键，系统弹出程序顺序视图、机床视图和其他操作选项，然后单击【加工方法视图】命令，此时操作导航器页面显示为加工方法视图，如图6.42所示。

图 6.41 "操作导航器"对话框

图 6.42 刀具路径 COPY

（3）单击"MOLD_ROUSH_HSM"前面的＋，会看到名为"CAVITY_MILL"的刀具路径。

（4）单击鼠标右键"CAVITY_MILL"刀具路径，在系统弹出的快捷菜单中单击【复制】命令。

（5）单击鼠标右键"MOLD_ROUSH_HSM"，在系统弹出的快捷菜单中单击【内部粘贴】命令。

（6）此时可以看到 CAVITY_MILL 下面多了个减号和一个过时的刀具路径"CAVITY_MILL_COPY"。

（7）双击或单击鼠标右键"CAVITY_MILL_COPY"刀具路径,在系统弹出的快捷菜单中单击【编辑】命令,系统会弹出"型腔铣"对话框,如图 6.31 所示。在"几何体"下拉列表框中单击 图标,指定切削区域先选择工件所有表面,再移除两个孔的内圆柱面及钻尖锥面(孔不加工,可用"Shift"键移除)。

（8）在"型腔铣"对话框中的"刀具"下拉列表框中选择"D5R1"选项;在"切削模式"下拉列表中选择"跟随周边"选项;在"步进"下拉列表框中选择"刀具直径";在"百分比"文本框中输入"65",在"全局每刀深度"文本框中输入"0.5",如图 6.43 所示。

图 6.43 "型腔铣"对话框

（9）在"型腔铣"对话框中单击 图标,系统弹出"切削参数"对话框,如图 6.44 所示设置参数。

① 在"切削参数"对话框中单击【余量】选项卡,然后在"部件侧面余量"文本框中输入"0.5","部件底部面余量"文本框中输入"0.3",如图 6.45 所示。

② 在"切削参数"对话框中单击【空间范围】选项卡,然后在"参考刀具"下拉列表中选择"D10R0.5"选项,如图 6.46 所示。

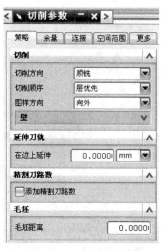

图 6.44 "切削参数"对话框

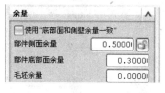

图 6.45 "余量设置"对话框

图 6.46 "参考刀具"对话框

（10）在"型腔铣"对话框中单击 图标,系统弹出"进给"对话框,在"主轴速度(rpm)"文本框中输入"1500";在"切削"文本框中输入"450",最后单击【确定】按钮,完成进给和速度的操作。

2. 型腔二次开粗刀具路径生成

（1）在"型腔铣"对话框中单击"生成"图标 ,系统开始计算刀具路径。

（2）计算完成后,单击【确定】按钮完成二次开粗刀具路径操作,结果如图 6.47 所示。

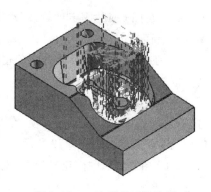

图 6.47 二次开粗刀具路径

6.7.5 中加工凹槽刀具路径创建

1. 中加工凹槽刀具路径创建

（1）在【加工创建】工具条中单击"创建操作"图标 ，系统弹出"创建操作"对话框。在"类型"下拉列表框中选择"mill_contour"选项。

（2）在"操作子类型"选项框中单击"固定轴"图标 。

（3）在"程序"下拉列表框中选择"CAVITY"选项为程序名。

（4）在"刀具"下拉列表框中选择"D8R2"选项。

（5）在"几何体"下拉列表框中选择"MILL_GEOM"选项。

（6）在"方法"下拉列表框中选择"MILL_SEMI_FINISH"选项。

（7）在"名称"文本框为默认的"FIXED_CONTOUR"名称，单击【应用】按钮，进入"固定轴轮廓"对话框，如图 6.48 所示。

图 6.48　"固定轴轮廓"对话框

（8）在"驱动方式"下拉列表框中选择"区域铣削"选项，会出现"驱动方式修改提示"对话框，单击【确定】按钮，系统弹出"区域铣削驱动方式"对话框，如图 6.49 所示，在此对话框按图示设置参数，最后单击【确定】按钮，完成区域铣削操作。单击"指定切削区域"图标 ，选择型腔底面，如图 6.50 所示。

（9）在图 6.48"固定轴轮廓"对话框中单击 图标，系统弹出"切削参数"对话框，如图 6.51 所示。

① 在"切削参数"对话框中单击【余量】选项卡，切换至该选项卡，然后在"部件余量"文本框中输入"0.3"，"检查余量"文本框中输入 0。

② 在"切削参数"对话框中单击【安全设置】选项卡，切换至该选项卡，然后在"过切时"下拉列表中选择"退刀"选项；在"检查安全间距"文本框中输入"3"，单击【确定】按钮完成切削参数设置，如图 6.52 所示。

（10）在图 6.48"固定轴轮廓"对话框中单击 图标，系统弹出"非切削运动"对话框，如图 6.36 所示。

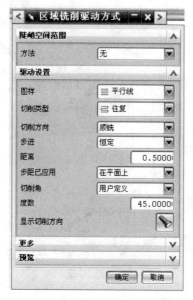

图 6.49 "区域铣削驱动方式"对话框

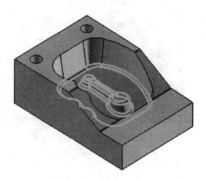

图 6.50 底面选择

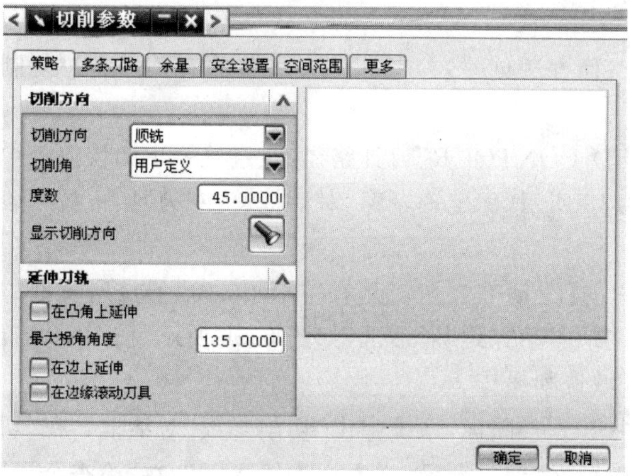

图 6.52 "检查几何体"对话框

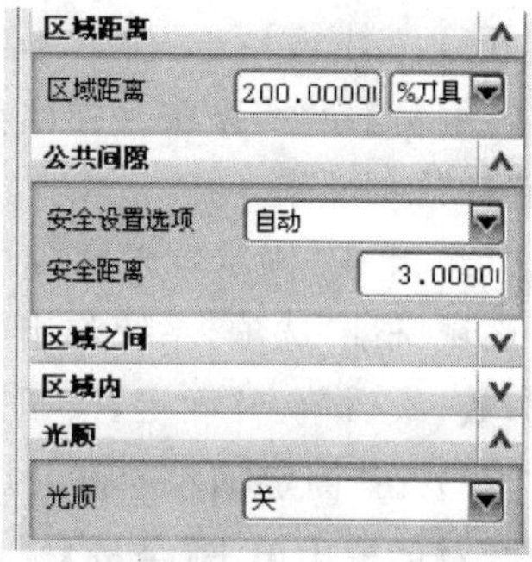

图 6.51 "切削参数"对话框

图 6.53 传递/快速参数设置

① 在"非切削运动"对话框中单击【进刀】选项卡。切换至该选项卡,然后在"进刀类型"下拉列表中选择"圆弧与刀轴平行"选项;在"半径"文本框中输入"3";在"圆弧角度"文本框中输入"90";在"旋转角度"文本框中输入"0";在"线性延伸"文本框中输入"0"。

② 在"非切削运动"对话框中单击"传递/快速"选项卡,切换至该选项卡,然后在"区域距离"文本框中输入"200";在"安全设置选项"下拉列表中选择"自动"选项;在"光顺"下拉列表中选择"关"选项;其余参数按系统默认设置,单击【确定】按钮,完成非切削参数设置,如图 6.53 所示。

(11) 在"固定轴轮廓铣"对话框中单击 图标,系统弹出"进给"对话框,然后在"主轴速度(rpm)"文本框中输入"2500";在"切削"文本框中输入"600";单击【确定】按钮,完成进给和速度的操作。

2. 中加工凹槽刀具路径生成

(1) 在"固定轴轮廓"对话框中单击"生成"图标，系统开始计算刀具路径。

(2) 计算完成后,单击【确定】按钮,完成中加工刀具路径操作,结果如图6.54所示。

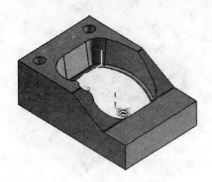

图6.54　中加工凹槽刀具路径　　　　图6.55　刀具路径复制

6.7.6　精加工凹槽刀具路径创建

1. 精加工凹槽刀具路径创建

精加工凹槽同样采用复制刀具路径方法创建,参考6.7.3小节的有关内容。复制结果如图6.55所示。

(1) 双击或单击鼠标右键"FIXED_CONTOUR"刀具路径,在系统弹出的快捷菜单中单击【编辑】命令,系统会弹出如图6.48所示"固定轴轮廓"对话框。在"刀具"下拉列表框中选择"D4R2"选项。

(2) 单击"固定轴轮廓"对话框中的【驱动方式】按钮,在"驱动方式"下拉列表框中选择"区域铣削"选项,系统弹出"区域铣削驱动方式"对话框,如图6.56所示,按图示设置相关参数,最后单击【确定】按钮完成区域铣削操作。

(3) 在"固定轴轮廓铣"对话框中单击图标,系统弹出"切削参数"对话框。在"切削参数"对话框中单击【余量】选项卡,然后在"部件余量"文本框中输入"0",在"检查余量"文本框中输入"0"。单击【确定】按钮。

(4) 在"固定轴轮廓铣"对话框中单击图标,系统弹出"进给"对话框。然后在"主轴速度"文本框中输入"3500";在"切削"文本框中输入"350",单击【确定】按钮,完成进给和速度的操作。

2. 精加工凹槽刀具路径生成

(1) 在"固定轴轮廓铣"对话框中单击"生成"图标，系统会开始计算刀具路径。

(2) 计算完成后,单击【确定】按钮,完成精加工凹槽刀具路径操作,结果如图6.57所示。

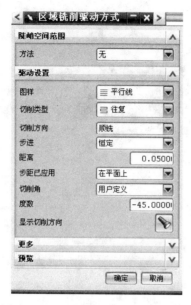

图 6.56 "区域铣削驱动方式"对话框

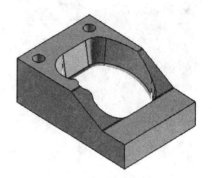

图 6.57 精加工凹槽刀具路径

6.7.7 侧壁中加工刀具路径

1. 侧壁中加工刀具路径创建

(1) 在【加工创建】工具条中单击"创建操作"图标，系统弹出"创建操作"对话框，在"类型"下拉列表中选择"mill_contour"选项。

(2) 在"操作子类型"选项框中单击"等高轮廓铣"图标。

(3) 在"程序"下拉列表框中选择"CAVITY"选项为程序名。

(4) 在"刀具"下拉列表框中选择"D8R4"选项。

(5) 在"几何体"下拉列表框中选择"MILL_GEOM"选项。

(6) 在"方法"下拉列表框中选择"MOLD_SEMI_FINISH_HSM"选项。

(7) 在"名称"文本框为默认的"ZLEVEL_PROFILE"名称，单击【应用】按钮，进入"Zlevel_Profile(等高轮廓铣)"对话框，如图 6.58 所示。

(8) 在"几何体"下拉列表框中单击图标，系统弹出"切削区域"对话框，在绘图区中选取型腔侧壁及倾斜平面区域作为切削范围，如图 6.59 所示。

(9) 在"等高轮廓铣"对话框中的"陡峭空间范围"下拉列表框中选择"无"选项；在"合并距离"文本框中输入"3"；在"最小切削深度"文本框中输入"1"；在"全局每刀深度"文本框中输入"0.3"，如图 6.60 所示。

(10) 在"等高轮廓铣"对话框中单击图标，系统弹出"切削参数"对话框，接着在"切削方向"下拉列表框中选择"顺铣"选项；在"切削顺序"下拉列表框中选择"深度优先"选项。

(11) 在"切削参数"对话框中单击【余量】选项卡。切换至【余量】选项卡。在"部件侧

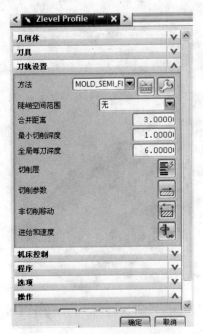

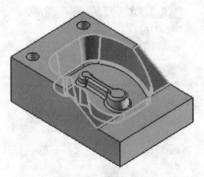

图 6.59　侧壁选择

图 6.58　"等高轮廓铣"对话框

图 6.60　"刀轨设置"对话框

面余量"文本框中输入"0.3";在"部件底部面余量"文本框中输入"0.1",其他切削参数按粗加工设置。单击【确定】按钮。

（12）在"等高轮廓铣"对话框中单击图标，系统弹出"非切削运动对话框"。在"进刀类型"下拉列表框中选择"插铣"选项;在"高度"文本框中输入"6";在"类型"下拉表框中选择"圆弧"选项;在"半径"文本框中输入"5";在"圆弧角度"文本框中输入"90",其余参数按系统默认设置。

（13）在"非切削运动"对话框中单击【传递/快速】选项卡，切换至该选项卡。在"安全设置选项"下拉列表框中选择"使用继承"选项;在"传递使用"下拉列表框中选择"进刀/退刀";在"传递类型"下拉列表框中选择"前一平面";在"安全距离"文本框中输入"3";在"传递类型"下拉列表框中选择"最小安全 Z"选项;在"安全距离"文本框中输入"25"。单击【确定】按钮。

（14）在"等高轮廓铣"对话框中单击图标，系统弹出"进给"对话框，在"主轴速度"文本框中输入"2000"，在"切削"文本框中输入"600"，最后单击【确定】按钮，完成进给和速度的操作。

2. 侧壁中加工刀具路径生成

（1）在"等高轮廓铣"对话框中单击"生成"图标，系统开始计算刀具路径。

（2）计算完成后，单击【确定】按钮完成侧壁中加工刀具路径操作,结果如图 6.61 所示。

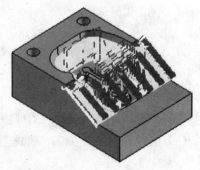

图 6.61　侧壁中加工刀具路径

6.7.8 侧壁精加工刀具路径

1. 侧壁精加工刀具路径创建

采用复制刀具路径方法创建,参考 6.7.3 小节有关内容。最后如图 6.62 所示。

（1）双击或单击鼠标右键"ZLEVEL_PROFILE_COPY"刀具路径,在系统弹出的快捷菜单中单击【编辑】命令,系统会弹出"等高轮廓铣"对话框。在"刀具"下拉列表框中选择"D4R2"选项。在"等高轮廓铣"对话框中的"陡峭空间范围"下拉列表框中选择"无"选项;在"合并距离"文本框中输入"3";在"最小切削深度"文本框中输入"1";在"全局每刀深度"文本框中输入"0.05"。

（2）在"等高轮廓铣"对话框中单击 图标,系统弹出"切削参数"对话框,在"切削参数"对话框中单击【余量】选项卡,切换至该选项卡。按如图 6.63 所示设置参数。单击【确定】按钮。

图 6.62　刀具路径 COPY

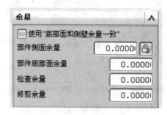

图 6.63　"余量设置"对话框

（3）在"等高轮廓铣"对话框中单击图标 ,系统弹出"进给"对话框。在"主轴速度（rpm）"文本框中输入"3500";在"切削"文本框中输入"350";单击【确定】按钮完成进给和速度的操作。

2. 侧壁精加工刀具路径生成

（1）在"等高轮廓铣"对话框中单击"生成"图标 ,系统开始计算刀具路径。

（2）计算完成后,单击【确定】按钮完成侧壁精加工刀具路径操作,结果如图 6.64 所示。

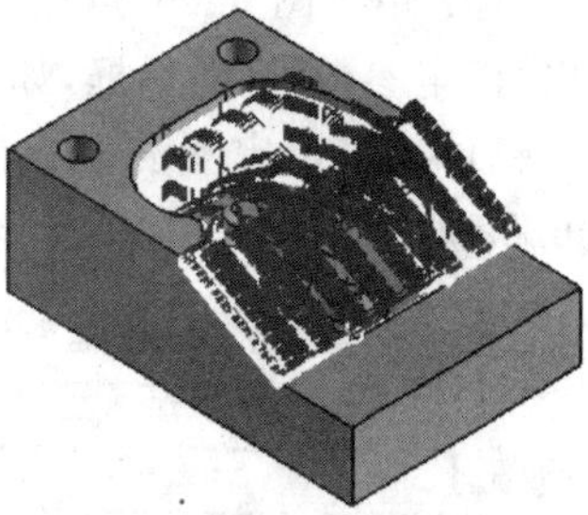

6.7.9 钻孔

1. 中心钻刀具路径创建

图 6.64　侧壁精加工刀具路径

（1）在【加工创建】工具条中单击"创建操作"图标 ,系统弹出"创建操作"对话框,如图 6.65 所示。在"类型"下拉列表中选择"drill"选项。

（2）在"操作子类型"选项框中单击"中心钻"图标 。

（3）在"程序"下拉列表框中选择"CAVITY"选项为程序名。

（4）在"刀具"下拉列表框中选择"SPOTDRILLING_TOOL"选项。

（5）在"几何体"下拉列表框中选择"MILL_GEOM"选项。

（6）在"方法"下拉列表框中选择"METHOD"选项。

（7）"名称"文本框默认"SPOT_DRILLING"名称。

(8) 单击【应用】按钮，进入"Spot_Drilling"即"点位加工参数设置"对话框，如图 6.66 所示。

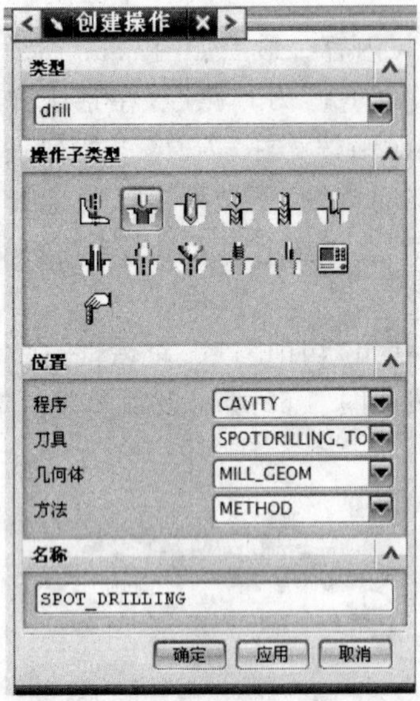

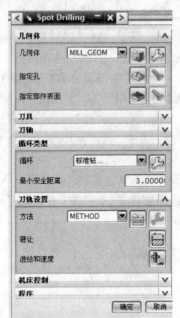

图 6.65 "创建操作"对话框

图 6.66 "点位加工参数设置"对话框

(9) 在"点位加工参数设置"对话框中单击"几何体中指定孔"图标，出现如图 6.67 所示对话框。单击【选择】按钮，在出现的对话框中再单击【面上所有孔】按钮，选择面(工件最上表面)。多次单击【确定】按钮返回图 6.66 所示对话框。

(10) 单击图 6.66"点位加工参数设置"对话框中的"循环"选项右侧的图标，系统弹出"指定参数组"对话框，如图 6.68 所示。

(11) 在"指定参数组"对话框中单击【确定】按钮，进入"Cycle 参数"对话框，如图 6.69 所示。

图 6.67 "点到点几何体"对话框

图 6.68 "指定参数组"对话框

图 6.69 "Cycle 参数"对话框

（12）在"Cycle"参数对话框中单击"Depth（Tip）_0.0000"按钮，系统弹出"Cycle 深度"对话框，如图 6.70 所示。

（13）在"Cycle 深度"对话框中单击【刀尖深度】按钮，然后在弹出的"深度"文本框中输入"2.5"；两次单击【确定】按钮，完成循环参数设置。

（14）单击"点位加工参数设置"对话框中的【避让】选项右侧的 图标，系统弹出"避让参数"对话框。在该对话框中单击【Clearance Plane_无】按钮，系统弹出"安全平面"对话框。在"安全平面"对话框中单击【指定】按钮，系统弹出"平面构造器"对话框。然后在绘图区中选择工件表面（孔所在面），在"偏置"文本框中输入"20"，最后单击三次【确定】按钮，完成避让操作。

（15）在"点位加工参数设置"对话框中单击"进给和速度"选项右侧的图标 ，系统弹出"进给"对话框。在该对话框中"主轴速度"文本框中输入"2000"，在"切削"文本框中输入"80"，最后单击【确定】按钮，完成进给和速度的操作。

（16）在"点位加工参数设置"对话框中单击"生成"图标 ，系统开始计算刀具路径。计算完成后，单击【确定】按钮完成中心钻刀具路径操作，结果如图 6.71 所示。

图 6.70 "Cycle 深度"对话框

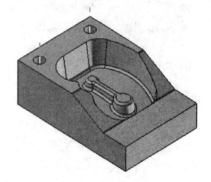

图 6.71 中心钻刀具路径

2. 啄钻刀具路径创建

（1）在【加工创建】工具条中单击"创建操作"图标 ，系统弹出"创建操作"对话框，在"类型"下拉列表中选择"drill"选项。

（2）在"操作子类型"选项框中单击"啄钻"图标 。

（3）在"程序"下拉列表框中选择"CAVITY"选项为程序名。

（4）在"刀具"下拉列表框中选择"DRILLING_TOOL"选项。

（5）在"几何体"下拉列表框中选择"MILL_GEOM"选项。

（6）在"方法"下拉列表框中选择"METHOD"选项。

（7）在"名称"文本框默认的"PECK_DRILLING"名称，单击【应用】按钮，进入"Peck Drilling"对话框，如图 6.72 所示。在"Peck Drilling"对话框单击"几何体"选项中"指定孔"右侧的图标 ，出现图 6.67 所示的"点到点几何体"对话框，在该对话框中单击【选择】按钮，再单击【面上所有孔】按钮，选择面（工件最上表面）。

（8）单击"Peck Drilling"对话框中单击【循环类型】按钮，在弹出的"循环"下拉列表框中选择【啄钻】选项,系统弹出"距离"对话框,如图6.73所示。单击【确定】按钮,系统弹出"指定参数组"对话框,如图6.74所示。再单击【确定】按钮,进入"Cycle参数"对话框,如图6.75所示;然后单击【Increment-无】按钮,系统弹出"增量"对话框,如图6.76所示。再单击【恒定】按钮,系统弹出"恒定"参数设置对话框;最后在"增量"文本框中输入"2.5",两次单击【确定】按钮,系统返回到"Peck Drilling"对话框。

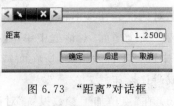

图6.73　"距离"对话框

图6.74　"指定参数组"对话框

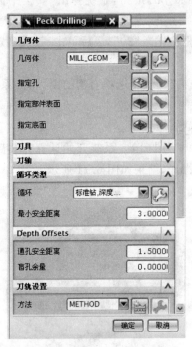

图6.72　"Peck Drilling"对话框

图6.75　"Cycle参数"对话框

(9) 在"Peck Drilling"对话框中单击【循环类型】按钮,系统弹出选项框,在"最小安全距离"文本框中输入"6";在"通孔安全距离"文本框中输入"1.5";在"盲孔余量"文本框中输入"0",如图6.77所示。

图6.76　"增量"对话框

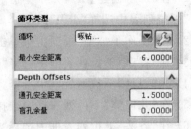

图6.77　【循环类型】对话框

(10) 单击"Peck Drilling"对话框中的"刀轨设置"选项的图标,系统弹出"避让参数"对话框。在该对话框中单击【Clearance Plane-无】按钮,系统弹出"安全平面"对话框。在"安全平面"对话框中单击【指定】按钮,系统弹出"平面构造器"对话框如图6.78所示。在绘图区中选择工件表面(孔所在面),然后在"偏置"文本框中输入"20",最后单击三次

【确定】按钮，完成避让操作。

(11) 单击"Peck_Drilling"对话框中的"刀轨设置"栏下的图标 ![],系统弹出"进给"对话框。在"进给"对话框中"主轴速度"文本框里输入"200"，在"切削"文本框中输入"80"，最后单击【确定】按钮，完成进给和速度的操作。

(12) 在"Peck_Drilling"对话框中单击"生成"图标 ![],系统开始计算刀具路径。计算完成后，单击【确定】按钮完成啄钻刀具路径操作，结果如图 6.79 所示。

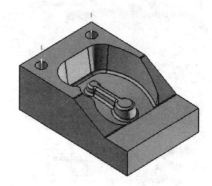

图 6.78 "平面构造器"对话框　　　　　　图 6.79 啄钻刀具路径

6.7.10 平面精加工

1. 平面精加工刀具路径程序创建

(1) 在【加工创建】工具条中单击"创建操作"图标 ![],系统弹出"创建操作"对话框，在"类型"下拉列表中选择"mill_planar"选项。

(2) 在"操作子类型"选项框中单击图标 ![]（平面铣、顺序排第二个）图标。

(3) 在"程序"下拉列表框中选择"CAVITY"选项为程序名。

(4) 在"刀具"下拉列表框中选择"D15R0"选项。

(5) 在"几何体"下拉列表框中选择"MILL_GEOM"选项。

(6) 在"方法"下拉列表框中选择"MOLD_FINISH_HSM"选项。

(7) 在"名称"文本框为默认的"FACE_MILLING"名称，单击【应用】按钮，进入"面铣削"对话框，如图 6.80 所示。

2. 面铣切削参数的设置

(1) 在"面铣削"对话框中单击"指定面边界" ![]图标，系统弹出"指定面几何体"对话框，如图 6.81 所示，在此对话框中"过滤器类型"栏下单击 ![]图标，然后在绘图区中选择平面，如图 6.82 所示；其余参数按系统默认设置，单击【确定】按钮，并返回"面铣削"操作对话框。

(2) 在"面铣削"对话框中的"切削模式"下拉列表框中选择"跟随周边"选项；在"步进"下拉列表框中选择"刀具直径"选项；在"百分比"文本框中输入"30"；在"毛坯距离"文本框中输入"3"；在"每一刀的深度"文本框中输入"0"；在"最终底部面余量"文本框中输入"0"，如图 6.83 所示。

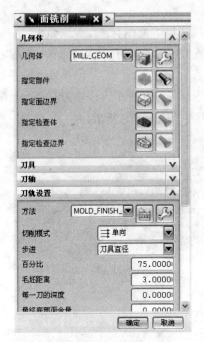

图6.80　"面铣削"对话框

图6.81　"指定面几何体"对话框

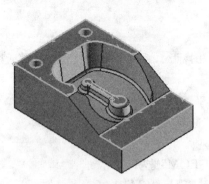

图6.82　平面选择

图6.83　"刀轨设置"对话框

（3）在"面铣削"对话框中单击图标，系统弹出"切削参数"对话框，如图6.84设置参数。

（4）在"切削参数"对话框中单击【余量】选项卡，切换至该选项卡，在"部件余量"文本框中输入"0"；在"壁余量"文本框中输入"0"，在"最终底部面余量"文本框中输入"0"，最后单击【确定】按钮完成切削参数操作。

（5）在"面铣削"对话框中单击图标，系统弹出"非切削运动"对话框，如图6.85所示。

① 在"非切削运动"对话框中的"进刀类型"下拉列表中选择"插铣"选项；在"高度"文本框中输入"6"；在"圆弧角度"文本框中输入"90"；其余参数按系统默认设置，如图6.86所示。

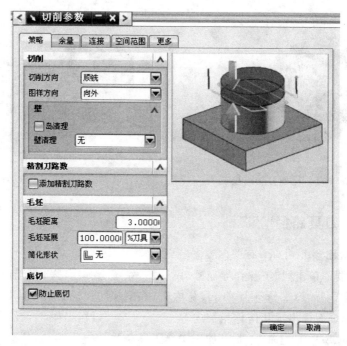

图 6.84 "切削参数"对话框

图 6.85 "非切削运动"对话框

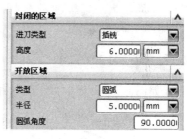

图 6.86 传递/快速

② 在"非切削运动"对话框中单击【传递/快速】选项卡,切换至该选项卡,接着在"安全设置选项"下拉列表中选择"自动"选项;在"安全距离"文本框中输入"30",最后单击【确定】按钮,完成非切削参数设置。

(6)在"面铣削"对话框中单击图标,系统弹出"进给"对话框。然后在"主轴速度(rpm)"文本框中输入"3500";在"切削"文本框中输入"250";单击【确定】按钮,完成进给和速度的操作。

3. 精加工平面刀具路径生成

(1)在"固定轴轮廓铣"对话框中单击"生成"图标,系统开始计算刀具路径。

(2)计算完成后,单击【确定】按钮,完成精加工平面刀具路径操作,结果如图 6.87 所示。

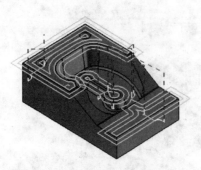

图 6.87　精加工平面刀具路径

图 6.88　加工完成效果图

6.7.11　刀具路径验证

刀具路径验证参考 6.6 节有关内容。

- 在导航器中单击"加工操作导航器"图标 ，系统会弹出"操作导航器"页面。
- 在【操作导航器】工具条中单击鼠标右键，在出现的快捷菜单中单击【几何视图】命令，操作页面会出现几何体相关内容。
- 单击【MCS-MILL】命令，此时加工操作工具条激活。
- 单击图标 ，系统弹出"刀轨可视化"对话框，在此对话框中单击【2D 动态】选项卡，然后再单击 （播放）图标，系统会在作图区域中出现仿真加工操作，最终效果如图 6.88 所示。

6.7.12　习题练习

完成如图 6.89～图 6.92 所示的图形加工。

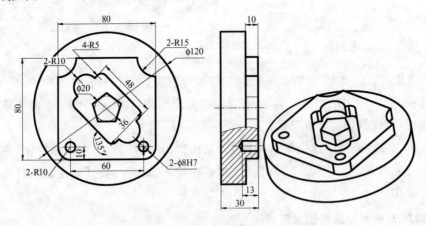

图 6.89　加工练习 1

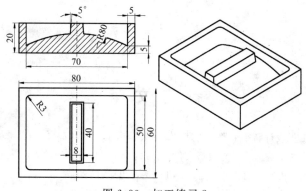

图 6.90 加工练习 2

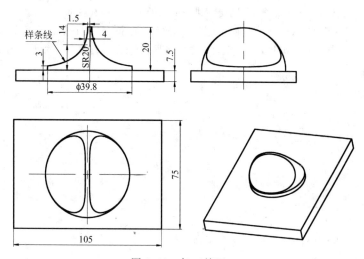

图 6.91 加工练习 3

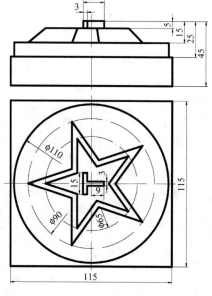

图 6.92 加工练习 4

参 考 文 献

1 吴立军. UG NX 工程设计新手上路. 北京：清华大学出版社,2007

2 老虎工作室. UG NX 4 基本功能与典型实例. 北京：人民邮电出版社,2007

3 展迪优. UG NX 4.0 快速入门教程. 北京：机械工业出版社,2007

4 洪如瑾. UG NX 5 设计基础培训教程. 北京：清华大学出版社,2007

5 高长银. UG NX 5.0 中文版完全学习手册. 北京：电子工业出版社,2008

6 孙祖和. UG NX CAD/CAM 与数控加工应用实践教程. 北京：机械工业出版社,2007

7 邓秀娟. Unigraphics NX4.0 中文版完全自学专家指导教程. 北京：机械工业出版社,2007